Félicien Champsaur

TUER LES VIEUX, JOUIR !

roman narquois
mœurs du temps

Paris
Ferenczi et fils, éditeurs
1925

20ᵉ mille

Tuer les Vieux, JOUIR !

70438

QUELQUES ROMANS

. DE

FÉLICIEN CHAMPSAUR

Félicien Champsaur

TUER LES VIEUX.

JOUIR!

roman vache
mœurs du temps

Paris
Ferenczi et fils, éditeurs
1925

IL A ÉTÉ TIRÉ DE CET OUVRAGE :

Trois exemplaires sur Japon Impérial
et
Quinze exemplaires sur papier vergé pur fil
Latuma
numérotés à la presse
de 1 à 3, et de 4 à 18

————————

Tuer les Vieux, Jouir !

LIVRE PREMIER

HÉROS DE GUERRE ET PARRICIDE

———

I

UN PATRON QUI VEUT L'ÊTRE TOUT A FAIT

En toutes grandes villes, certaines quartiers se
singularisent par des spécialités. A Paris, Grenelle
a celle de la métallurgie. On y voit nombre d'usines
de tout l'outillage concernant la télégraphie, le
chauffage, l'électricité, la locomotion. Ce n'est
point, certes, la fabrication intensive et formidable
des agglomérations de Saint-Etienne ou du Creusot, mais, à Grenelle, un lot très actif d'industriels
du fer et de l'acier occupe des milliers d'ouvriers.

La maison Aubert-Coutan, fondée en 1904 par
Firmin Aubert, le père d'Antoine Aubert, le propriétaire actuel, associé à Sixte Coutan, était, en
1923, une des plus anciennes et des plus prospères
de l'arrondissement. L'usine de pièces détachées

pour automobilisme et la petite mécanique, occupait environ, bon an, mal an, six cents ouvriers.
Entre les deux associés, le travail se partageait
ainsi. Antoine Aubert, homme de métier, s'occupait
principalement de la direction manuelle de l'usine,
et Sixte Coutan des affaires extérieures : recherche
et augmentation des commandes, publicité, *et cœ-
tera*. L'usine occupait un vaste rectangle dans la
rue des Entrepreneurs; la propriété se terminait,
en bordure du quai de Javel, par un pavillon assez
coquet : il servait d'habitation à Antoine et à son
fils Etienne, héros de la guerre de cinq ans, avec
plusieurs citations à l'ordre de l'armée, libéré maintenant de la servitude et de l'assassinat militaires,
— un des huit cent mille chevaliers de la Légion
d'honneur. (L'inflation du ruban rouge égale celle
des billets de banque; mais l'honneur et l'argent
baissent de plus en plus.)

Ce pavillon, séparé des bâtiments ouvriers par
une longue grille, ouvrait une porte bâtarde sur un
petit et gentil jardin derrière le pavillon patronal
dont l'entrée principale était sur le quai de Javel.
Une autre grille, belle et haute, à deux battants,
avec deux portes latérales, donnait accès sur une
large allée sablée contournant le logis du maître, le
desservait, et conduisait au garage, situé sur un côté
n'ayant pas vue sur le quai.

Six heures et demie (qui en signifiaient dix-huit
et demie, pour se conformer à l'heure régulière)

venaient de sonner à l'horloge de l'usine. Les ouvriers avaient tous cessé leur besogne et quitté les ateliers, depuis trente minutes.

Antoine Aubert était, dans son bureau, en compagnie d'un homme de haute taille revêtu d'une combinaison bleue, comme en portent les mécaniciens, — le patron, bien calé dans son fauteuil, et l'ouvrier sur une chaise.

— Alors, dit celui-ci en se levant, — je n'aurai pas encore, aujourd'hui, une réponse définitive?

— Attendez encore un peu, mon cher Lafon. Vous savez que Coutan a promis d'être ici à six heures. Il a dû être retardé.

— Votre associé fait tout son possible, il me semble, pour éviter la conclusion de cette affaire. Il faut tout le dévouement que j'ai pour vous, monsieur Aubert, pour m'empêcher de porter mon invention ailleurs, à une maison rivale.

— Merci, Louis. Il est certain que Coutan ne voit pas ce contrat d'un œil favorable. Pourtant, je lui ai bien expliqué l'intérêt qu'il y avait pour nous à traiter avec vous, d'abord, et tous vos camarades ensuite. Entre vos deux patrons, il y a, mon cher ami, une divergence profonde d'opinions : moi, vous le savez, Lafon, j'ai toujours vécu avec les ouvriers, j'ai manié le fer, je suis du métier, j'en connais les bons et mauvais côtés. Je comprends, à cause de ça, que l'ouvrier doit participer aux bénéfices de l'entreprise dont le succès est, un brin, son revenant; cette participation aux bénéfices créera chez lui de l'émulation, le fera s'intéresser davantage à son travail, trouver des moyens de l'abréger, en l'améliorant, il « dégottera » comme vous une invention qui mérite d'être encouragée. Oui, tel est mon avis. Mais, Coutan, lui, considère, avant tout, l'industrie comme une source de gains pour ses dirigeants; il ne voit que le rendement financier brutal, et la main-d'œuvre, exercée par l'être humain, est considérée par lui comme travail mécanique. Selon lui, l'ouvrier n'a pas besoin de penser. Penser? à quoi? Qu'il fasse ce que ne peuvent pas encore faire les machines, mais qu'il ne croie pas être lui-même autre chose qu'une machine. En proposant à Coutan de payer votre invention dix mille francs et de vous associer au rendement, je bouleverse complètement ses idées. Mais il y viendra. Il faut qu'il y vienne — et, pour le reste, aussi.

— Sans doute, sans doute, monsieur Aubert. Mais vous devez comprendre que je ne puis attendre indéfiniment. Il faut en finir. Nous sommes aujourd'hui le 5 avril 1923. J'attendrai encore jusqu'à la fin du mois. Mais si, alors, je n'ai pas une réponse favorable, considérez notre conversation d'aujourd'hui comme fixant date pour ma démission.

M. Aubert n'eut pas le temps de répondre. La porte du bureau s'était ouverte doucement. Une jeune et jolie femme avait entendu les dernières paroles de l'ouvrier. S'avançant avec vivacité dans le bureau :

— Eh bien, j'arrive à propos... Oui, c'est moi, ajouta-t-elle, en se tournant vers Aubert. Sixte n'a pas pu venir, et puis cette histoire embête mon mari, qui m'a envoyée à sa place... Alors, fit-elle en se retournant vers Lafon, — vous nous mettez le couteau sur la gorge? Payez, ou je m'en vais. Eh bien, fichez le camp, mon ami. On ne vous retient pas. Et vous tolérez ce langage, vous, Etienne? Mais, mon cher Aubert, les Coutan comptent encore ici!

Etienne Aubert s'était dressé. D'abord interloqué par ce flux de paroles, il l'interrompit :

— Ma chère amie, vous vous mêlez à des choses auxquelles vous n'entendez rien. Nous discuterons sérieusement avec votre mari qui est mon associé, je ne l'oublie pas. Pour aujourd'hui, votre intervention est, pour le moins, inutile, et je prie mon vieux camarade, Louis Lafon, de l'oublier.

— Comment?... Comment?... balbutia la jeune linotte. Vous me parlez ainsi, Antoine?

— Veuillez entrer là. Je vous expliquerai tout à l'heure, chère amie. (Entraînant cette joliesse svelte doucement, mais avec fermeté, il la fit entrer dans un cabinet attenant au bureau, puis il revint.) Lafon, dans sa combinaison bleue, était tout frémissant de colère. Aubert, lui tapant sur l'épaule :

— Ça ne marchera pas tout seul. Mais, ne vous inquiétez pas. C'est, désormais, une question d'honneur et d'avenir pour moi. Il faut que la raison l'emporte sur la fantaisie, quitte à rompre l'association, car je regrette aujourd'hui de n'être pas resté le seul maître. J'ai voulu devenir un grand usinier au lieu du petit fabricant que nous étions, du temps de mon père. Voilà où vous mène l'ambition.

— Ne regrettez rien, monsieur Aubert; il faut suivre son époque. Et — ajouta-t-il en riant — c'est ce que nous faisons nous aussi, les ouvriers.

— Et c'est justice. Allons, à bientôt, mon vieux Lafon. J'espère avoir de bonnes nouvelles à vous donner d'ici peu.

Il reconduisit le bon travailleur jusqu'à la porte, le quittant avec une cordiale poignée de mains.

Puis, soucieux, il entra dans le cabinet où l'attendait Josette Coutan, sorte de buen-retiro où se traitaient les affaires particulières ou très intimes. Un petit bureau dix-huitième siècle, un large divan et quatre fauteuils Louis XV; sur la cheminée, une terre-cuite de Clodion et deux candélabres. Assise, prostrée sur le divan, Josette Coutan, très moderne, l'air garçonnier, les cheveux noirs coupés courts, très net, sur la nuque rasée, tordait rageusement son manchon. Etienne Aubert, rond de manières et grassouillet, vint s'asseoir à côté d'elle et lui prit la main :

— Alors, tu m'en veux, Jo?

— Pour sûr. Un tel affront, devant un ouvrier.

— Ce n'est pas faute de t'avoir priée de ne pas t'occuper des affaires de l'usine, qui me regardent seulement, et ton mari. Contente-toi de le vider.

— Ah! te voilà bien tout entier! Que je ruine Coutan, tu t'en moques, et même ça te réjouit. Mais que je mette le nez dans tes bureaux, cela te déplaît. Tout de même, je ne suis pas fâché d'avoir dit son fait à ce Lafon. Oui, qu'il fiche le camp de la boîte, avec ses airs avantageux. Bon débarras.

— Sais-tu ce qui arrivera si Lafon quitte l'usine, à la fin du mois? Eh bien, tous les ouvriers le suivront.

— Allons donc! Gobeur!

— J'en suis sûr. Une maison rivale, qui rêve d'élargir sa fabrication, les embauchera tout de suite. Ton mari est adroit pour dénicher la commande, je lui rends justice. Pas de savoir-faire, mais du faire savoir.

— Aujourd'hui, c'est presque tout, fit-elle.

Après un silence, comme il restait impassible :

— Enfin, c'est humiliant pour nous de céder.

— Il y a un moyen, prononça froidement Aubert. Reprenons chacun notre part. J'estime l'usine huit millions. Je suis prêt à lui verser la moitié.

— Vraiment, dit Josette ébahie. Quatre millions?

— *Ni plus*, ni moins. Réfléchis, Jo. Ce que tu voudras, ton mari le voudra. Lorsque, il y a sept ans, pendant la guerre, il m'a apporté deux millions, cette entreprise ne lui souriait qu'à demi. Doubler son capital, après de très gros bénéfices empochés que tu as en partie dépensés, ce n'est pas une mauvaise affaire.

Josette réfléchissait, autant qu'elle pouvait. Au fond, l'usine ne lui plaisait pas. Elle fréquentait des poupées, très chic, dont les maris faisaient vaguement, *des affaires*, et ces ménages mondains vivaient sur un pied de cinq ou six cent mille par an Son mari, si débrouillard, si enbobineur, et entreprenant, gagnerait, lui, ce qu'il voudrait, surtout avec un départ de quatre millions.

— Et toi, tu continues? dit-elle, déjà décidée.

— Certes, mon fils Etienne m'aidera... Alors, c'est oui, Jo?...

— Et après, *nous deux?*

— Tu viendras de temps en temps, lorsque tu penseras à moi.

— Oui, je vois ça : c'est la rupture entre nous... Cochon!

— Mais non. Si je désire me séparer de Sixte, c'est beaucoup par affection pour toi. Ton mari t'adore, il écoute et fait tous tes caprices. Si, un jour, il apprenait qu'il est cocu, surtout par moi, ce serait un coup terrible pour l'usine.

— Voilà, faute d'autres scrupules, une considération qui t'arrête un peu tard. Quant à moi, si j'ai trompé mon mari, c'est la faute de la guerre. Mobilisé, il était à l'armée d'Orient, tandis que tu étais mobilisé à ton usine... J'ai été faible.

— Mais, ma chère, ne te reproche rien. C'est moi, le coupable. Ton tempérament a fait le reste.

— Tu arranges notre amour à ta façon. Enfin,

nous verrons la suite... Tu as bien dit : « Quatre millions ».

— Veux-tu voir les livres?

— Je ne comprends goutte à vos chiffres. Dis donc, tu ne m'as pas encore embrassée, ce soir.

— C'est ta faute. Tu as voulu causer affaires. Quatre millions, pense à ça. Plus, cent gros billets bleus pour toi, ma petite Jo.

II

DES VEUFS QUI SE REMARIENT NE MÉRITAIENT PAS DE L'ÊTRE

Les relations amoureuses de Josette et d'Antoine dataient de mai 1918. Aubert, malgré qu'il le crût, ne les avait pas provoquées. Onze ans de plus que son associé, il ne songeait pas le moins du monde à Josette qui, en fieffée coquette, s'était toujours exercée à le provoquer en faisant la gamine avec lui. Josette était alors en pleine exubérance de beauté. Le mari, toujours très épris de sa jeune femme, ne voyait qu'un jeu dans ces folâtreries avec un associé de vingt ans, au moins, plus âgé qu'elle. C'était, pour l'époux aveuglé par le bandeau d'Eros, une enfant qui lutine son papa. Aussi, lorsque, dans un emballement patriotique, émulation et gloriole, il renonça au poste tranquille où il s'était embusqué, pour partir au front de l'armée d'Orient, il confia sa

jeune femme aux soins d'Aubert, veuf depuis treize
ans de Celle qu'il adorait, emportée dans une crise
cardiaque, en lui laissant un petit garçon de six ans.

L'industriel, tout au travail et au lucre, avait
placé son héritier chez une tante, en Touraine, puis
au lycée, le destinant à l'Ecole Polytechnique.
Trop jeune lorsque la guerre éclata, Etienne resta,
d'abord, à l'usine avec son père. Ce fut le seul
temps farouche qu'ils eurent pour se connaître. En
1916, il partit, à dix-neuf ans, pour prendre part,
lui aussi, à l'immense tuerie. Passé de l'artillerie
dans l'aviation, il gagna la croix de guerre après
trois citations, et, en octobre 1918, le ruban rouge.
C'est gentil, quand on n'a guère plus de vingt ans.

Les liens, plus ou moins tendus, d'Antoine et de
Josette avaient donc cinq ans, et parfois bien au-
dessus des forces d'Aubert, toujours fidèle au souvenir de la sainte perdue, adorée comme elle le
méritait. Qu'était, à côté de ce type parfait de
l'épouse et de la mère, la frivole Josette? Cet excellent veuf l'avait supportée, à la fin de la guerre,
avec résignation, payant ainsi sa dette à l'amitié,
car il était certain que la jolie protégée, livrée à
elle-même, tomberait dans la galanterie facile avec
les combattants alliés : Français, Anglais, surtout
Américains.

L'affaire du brevet Lafon était donc l'occasion
attendue depuis longtemps, — sans compter une
autre raison de rompre avec Josette. Une amie de
sa femme était revenue de province, où elle s'était

mariée. Son mari avait été tué, aux environs de Verdun. Veuve, jeune, aussi riche et jolie que bonne et spirituelle, Mme Jousselin avait conquis l'industriel par le charme infini, souverain, prodigieux, qui émanait d'elle, et lui, Aubert, ne déplaisait pas. La fréquentation d'Aline Jousselin lui rendait encore plus insupportable le libertinage intense de Josette et son caquet d'oiselle. La fille d'Aline, dix ans, une gosse exquise, avait tout du caractère de sa maman. Ne devait-il pas craindre chez la petite fille une aversion instinctive pour l'homme soupçonné de vouloir lui enlever sa chérie? Non, Ulette, qui l'avait pris en vive amitié, sautait gaiment à son cou, lorsqu'il leur rendait visite.

Un jour, Ulette ceignit une écharpe bleue et, gravement, demanda :

— Monsieur Antoine Aubert, voulez-vous prendre pour femme madame Alice Jousselin, ici présente?

— Oui, se hâta de dire Antoine.

— Et vous, maman, consentez-vous à prendre pour époux monsieur Antoine Aubert?

— Ça demande réflexion, dit la veuve séduisante, en riant.

Les sentiments de ces veufs en train de vouloir se marier en étaient là, le soir où Josette Coutan rappelait à l'associé de son mari, à son amant paternel, — son peu d'empressement à solliciter ses baisers.

III

UNE PIEUVRE ADORABLE

Cependant, Josette regagnait, en auto, le domicile conjugal. Elle songeait en sa minuscule tête encadrée de cheveux noirs, rasés à la nuque, qui lui couvraient le front et tombaient, aplatis, de chaque côté, avançant sur chaque joue une aguichante volute, elle calculait, en tirant, garçonnière, de légères bouffées opalines d'une cigarette égyptienne :

— Quatre millions! Quatre millions! Pour sûr, ça vaudra mieux que de continuer cette vie stupide... Je me rappelle tous les chichis qu'il m'a fallu faire, cette année, pour aller à Deauville avec les Marchand, ces malins et crâneurs, à tout faire et tout oser, qui n'ont peut-être pas cent mille francs à eux et en dépensent par an le double, en faisant un bluff qui leur rapporte gros. Mon mari n'est pas une bête; avec quatre millions, il les roulera tous. ...Mais, il faut que je le décide... Et puis, Antoine pourrait changer d'idée. Quelle moule avec ses ouvriers! Au lieu de faire marcher « ça » à coups de trique... Aubert a la frousse, c'est évident. Raison de plus pour lâcher le truc... Quatre millions! Ah! ce que je vais les faire danser!... Et puis, l'Antoine, j'en ai soupé. Moins amusant qu'un poteau télégraphique, il se fait vieux, j'ai remarqué, plusieurs fois... Quant à son fils Etienne, ah!

je l'oubliais. Il siffle au disque, dur à l'assaut, lui,
solide au poste; et puis, j'aurai toujours comme ça,
par lui, un peu la main sur la maison... Ah! père
Antoine, tu fais le cochon avec moi, tu me paieras
ça... (*Elle chantonne :*)

Etienne! Etienne!
Prends le mien! Rentre la tienne!

« Quatre millions! Vingt-sept ans et de bonnes
dents! On va rire... Pourvu que mon mari ne ré-
siste pas!... Allons donc, est-ce qu'il a jamais voulu
autre chose que me faire plaisir? Et puis, il travail-
lera, il faut bien qu'il travaille, sans ça je l'aurais
toujours sur le dos, ou sur le... Froutt! mon vieux,
grouille-toi c'est de ton âge et de ton sexe. *Fais des
Affaires*, avec majuscule, de grosses Affaires. C'est
dans les combinaisons, les faufilages des débrouillards du luxe et du bluff qu'on pêche les millions,
aussi facilement que des crevettes... Quatre millions!... Quatre millions!... Quatre millions!...
La grande ribouldingue! »

Ils habitaient, rue Mozart, une sorte d'hôtel à
trois locataires. Au rez-de-chaussée, Georges Mou-
dy, auteur d'un volume de vers blancs, amorphes et
concolores, *Silences*, et d'un roman surréaliste, *la
Lueur du Diable*, prix Goncourt. Après ces deux
accouchements, il se reposait, comme Dieu après
avoir créé le monde, sur les lauriers que lui tres-
saient, dans les journaux et les revues, courriéristes

et critiques, d'autres avortons de lettres. Garçon demi-chauve, glabre méticuleusement et maigre, il possédait une trentaine de mille francs de rente, ce qui, par ces temps de vie chère et d'inflation du franc, lui permettait d'exister modestement et de payer, au café de la Rotonde, à Montparnasse, les consommations de ses thuriféraires et de se laisser taper, pour chaque éloge imprimé, d'un billet de cinquante francs. — Au premier, habitait la comtesse du Rouvre de Moëlkoët, née Anaïs Roupiot. Son mari, après avoir été sous-préfet en Bretagne, sa province, était mort chef de bureau au ministère de l'Instruction Publique et des Cultes, en ce temps-là. Cuisses entr'ouvertes, toute sa vie, ayant su épingler ses aventures galantes à la fortune et aux appointements du fonctionnaire, elle avait, à soixante-neuf ans, des prétentions à la chair fraîche et subventionnait une jeune actrice de l'Odéon. Voltairienne et sans culottes, le faisant voir quand elle pouvait, car elle était restée alerte, nette et bien faite du reste, jeune d'allures, mais pleine de sa noblesse. — Le deuxième étage était aux Coutan. Sixte, homme de goût, l'avait meublé en moderniste, avec un flair de l'harmonie et du confortable. Un ensemble de tons clairs, agréables à voir, dans une gamme sympathisant avec la beauté de Josette et qui la faisait valoir.

La porte du petit immeuble ne permettait pas l'introduction d'une automobile. On remisait la voiture dans un garage tout proche. Josette Coutan trouva son mari enfoncé dans un confortable et vaste fauteuil anglais; il lisait le journal, *le Temps*, et bâillait sur un article de Paul Souday. Se levant et se dirigeant vers sa femme :

— Te voilà, Jo! Enfin!... Je commençais à m'inquiéter... Les fauves de l'usine ne t'ont pas dévorée?

— Tu sais que je suis bonne dompteuse. C'est égal, une autre fois, tu feras tes commissions toi-même. C'est infect, cette odeur d'huile et de savon mêlés. J'en ai encore le cœur qui me lève.

— Et Antoine?

— Il était en grande conférence avec Lafon. Rien à faire, il lui donne raison. Il faudra se soumettre... à moins que...

— A moins que, quoi?

— Tu sais, mon petit, c'est trop sale cette ferraille, ça sent trop mauvais.

— Mais, je ne mets jamais les pieds dans les ateliers.

— Ça ne fait rien, mon chéri. Tu es trop élégant, trop fin et délicat, toi, mon adoré, d'une intelligence si active et si rapide, pour vivre dans ce milieu. La comtesse du Rouvre de Moëlkoët, que j'ai rencontrée, l'autre jour, dans un dancing, où elle offrait le thé à sa gentille protégée, me le disait : « Le visage aristocratique de votre mari jure avec son usine à Grenelle. »

— Vraiment, aurais-je l'honneur de plaire à ce vieux chameau?

— Le vieux chameau a de belles relations. Ça peut être utile. Mais il ne s'agit pas de ça. Je trouve au-dessous de toi ce rôle d'usinier, — demi-usinier.

— Il est certain que je préférerais être ministre. Ça dure moins longtemps, mais ça rapporte bien davantage.

— Pourquoi pas?... Plus tard?... Qui sait?

Tout en causant, elle s'était débarrassée d'un mignon chapeau, de son manteau, et, câline, elle s'était installée sur les genoux de son mari.

— Mon coco, tu devrais lâcher cette ferraille et « faire des affaires », ce serait mieux dans tes cordes, et tu gagnerais beaucoup plus. Vois les Bidard, les Marchand, et même Toto, tu les vois toujours libres de leur temps, ayant l'air de ne rien fiche, et, pourtant, ils drainent où ils passent un argent fou.

— Les Bidard, oui. Pas Toto, qui est toujours à la tire.

— Parce qu'il n'a pas les premiers fonds. Mais toi, avec ta galette?

— Je suis embarqué dans une usine. Il faut bien continuer.

— Mais, si Aubert était disposé à rompre l'association?

— Alors, c'est différent. En effet, j'aimerais autant autre chose.

— Aubert nous offre quatre millions, pour notre part. Dis-moi, « si qu'on acceptait? »

Blottie contre son époux, ses deux assiettes roses

dont elle savait le charme bien au creux du giron de son homme, lui extériorisant le fluide de son sexe, intériorisant l'éveil et le frisson du mâle, elle le capta, l'entoura de ses bras nus. A un observateur entré sans être aperçu, à quelque satyre invisible, pénétrant à son gré, sans trahir sa présence, dans les repaires supérieurs des logis parisiens, elle pouvait évoquer une pieuvre adorable. Nous gardons en notre corps un peu de tous les animaux dont nous sommes le mélange et le résultat le plus parfait, et notre nez, par exemple, est le bec de l'oiseau. Quels individus n'évoquent-ils pas un loup, un chacal, Clemenceau le tigre, d'autres un chien, une bête de somme, un lion ? Josette éveillait, comme toute jolie femme, l'idée d'une pieuvre vorace, dont le gouffre attirant est caché au centre, servi par le traquenard du nombril, les bastions d'avant des seins, ceux d'arrière. Pour tentacules les bras ensorceleurs et les jambes magiciennes. La pieuvre n'a qu'un orifice, et la femme en a trois. La pieuvre est horrible avec ses ventouses qui vous sucent le sang et la vie, Eve est pétrie de lys et de roses, de chair idéale. Adam toujours, s'en va ravi vers elle, vers l'amour, la ruine et la mort, parfois, capté par le sourire et les pièges de l'éternelle séductrice. Josette, sur les genoux de Sixte, comme nue sous la robe courte et légère, sa fleur velue et parfumée cachée entre les cuisses tanagréennes, irradiant vers elle le désir, un bras étreignant l'épaule du mari, lui caressant de l'autre main la joue, avançait vers les lèvres, à ce moment calmes et indifférentes de l'homme, une bouche amoureuse. Sangsue et Dalila, cette pieuvre adorable répétait :

— Aubert nous offre quatre millions pour notre part. Dis, mon grand, « si qu'on acceptait? »

Sixte Coutan répondit tranquillement :

— Il est vingt heures, ma chérie. J'ai faim.

— Moi aussi. Mais je croyais que tu avais invité Toto?

— Nous ne pouvons pas l'attendre indéfiniment. A table, Josette! Nous reparlerons, plus tard, des quatre millions.

Ils passèrent dans la salle à manger. Debout, le valet de chambre attendait en lisant le compte rendu des courses. Il fit immédiatement disparaître le journal. « Servez, René, dit Josette. Si Monsieur Thomas Keysar vient, il nous rattrapera. » La porte s'entr'ouvrit. Deux jeunes gens entraient, ruban pourpre à la boutonnière tous les deux.

— Un couvert de plus! cria joyeusement Thomas Keysar. J'ai rencontré Etienne, et je l'amène. J'ai une loge au Casino de Paris. Nous irons après dîner. Ça va?

Le convive en retard était un type de moyenne taille, au physique impressionnant, Thomas Keysar. Très versé dans la pratique de l'occultisme, la graphologie et le mystère des lignes de la main, il avait écrit une brochure en pillant des idées pas neuves, mais assez habilement pastichées de Péladan, Stanislas de Guaita et autres. Son visage le servait beaucoup, en ces pratiques de l'au-delà, un masque méphistophélique, éclairé de magnifiques yeux jaunes (on disait, au Café de la Rotonde : le César aux yeux d'or). Un rire enfantin contrariait parfois, quelque peu, son rire infernal. Correctement vêtu, souliers vernis toujours, linge impeccable. Mais un œil malin aurait su découvrir, dans un détail de sa toilette, les supercheries inspirées par la dèche. Il s'était glissé dans un journal quotidien, comme courriériste littéraire et ça lui faisait une plate-forme, un alibi, la gloriole d'une façade, l'air de gagner sa vie avec sa plume, alors qu'il n'avait que l'envoi des livres qu'il revendait. Une dizaine de portraits à l'emporte-pièce de vieilles célébrités, dans une petite feuille éphémère, *le Canard sans nom*, l'avait, un moment, mis en vedette dans un vague monde spécial de microbes d'art et de lettres. Ça s'appelait : *les Morts de Demain*. Presque tous, à commencer par Hercule qui n'a point accompli ses fameux travaux, Homère, qui n'a jamais écrit ses épopées, *l'Iliade*, *l'Odyssée*, Shakespeare, qui jouait et s'appropriait les drames de Bacon ou de Rutland, avaient volé leur renommée, ayant signé seulement les œuvres géniales de pauvres diables achetées pour quelques sous. D'autres étaient arrivés, en épousant des courtisanes riches. Chantages improductifs. Tout est réclame pour les artistes. Des poètes ne sont connus et estimés un peu que parce qu'on les croit pédérastes

Toute cette saleté de caractère, de vie bohème

et d'encre, composait à Thomas Keysar une louche notoriété, lui valait, avec les livres envoyés par les éditeurs et rachetés, pour vingt sous chaque, les dédicaces raturées ou la page arrachée, par un bouquiniste de son voisinage, deux fauteuils ou une loge par-ci, par-là, au théâtre ou au cinéma. Mais cette existence évertuée n'était qu'une continuelle bascule entre la gêne et des coups de veine, chantage ou publicité. Des dupes, aussi, à l'occasion : une femme superstitieuse ou un faible d'esprit, qu'il envoûtait et exploitait de son mieux. Et les bénéfices de la chiromancie. C'était un peu le cas, d'ailleurs, chez les Coutan. Thomas Keysar, très gai, très vivant, en dehors de ses trucs de magie, plaisait à Sixte et Josette, qui le traitaient en camarade, en familier. Pas tapeur avec eux, il savait garder la mesure, et, quels que fussent ses ennuis, il n'aurait pas emprunté un louis (de papier) à Coutan; il gardait, ainsi, l'attitude d'un homme du monde pique-assiette. En plus, ce drôle, un des huit cent mille chevaliers de la Légion d'honneur.

Son compagnon, invité par raccroc, Etienne Aubert, oui, le fils de l'usinier, qui, tout naturellement, pour cette raison, n'éprouvait aucune gêne chez l'associé de son père. *Et Josette était leur maîtresse.* Etienne, grand et fort, avait dans l'expression de ses yeux gris quelque chose de dur et de brutal qui contrastait avec ceux de son père, sympathique et bienveillant. Il n'avait pas toujours été ainsi. Il avait pris, à la guerre, et dans l'aviation, des habitudes autoritaires, et l'oubli absolu des conventions sociales.

— Justement, dit Josette, nous avons, aujourd'hui, un lièvre envoyé par Bidard.

— Je le savais, dit Thomas Keysar. Il a été chasser dans le Poitou, et le tableau était si chargé que les invités ont emporté chacun cinquante kilos de venaison. On n'avait pas tué, à Sauvageac, depuis huit ans. Le gibier pullulait.

— Ça me rappelle, dit Etienne, une nuit de tranchée. C'était je crois...

— Tu nous l'as déjà racontée. Vous avez pris des lapins pour l'ennemi et fait un feu terrible. Résultat : tous vos fils de fer barbelés coupés par les balles.

— C'est ça, reprit Etienne avec humeur. Mais pourquoi me couper la parole pour t'approprier?...

— Tes actions d'éclat? Pour remplacer les miennes.

— C'est vrai, demanda Josette. Qu'est-ce que vous avez fait pendant la guerre, Toto? Vous n'en parlez jamais.

— Et pour cause. Moi, vous savez, je n'ai rien de belliqueux, et je n'avais pas le moindre motif de haine contre personne, à l'étranger, et ça ne me disait rien de me faire abîmer bêtement pour des raisons tout à fait en dehors de ma compréhension. Ma maigreur et mon teint blafard d'alors m'ont servi. J'ai fait le malade, et j'ai évité l'abattoir jusqu'en 1917. Puis, il a fallu marcher. Pas loin. J'ai si bien fait agir des influences que j'ai été renvoyé comme impropre, définitivement.

— Tu devrais dire : *malpropre*, ronchonna Etienne.

— Si tu veux. Je n'y mets pas de vanité.

Coutan et Aubert se regardèrent. Ils se rappelaient les souffrances endurées, et ces anciens braves par force ne pouvaient s'empêcher d'admirer, avec dédain, celui qui avait trouvé le moyen d'y échapper.

— Je ne pouvais en faire autant, — dit Etienne, en élargissant la poitrine, — avec un torse d'athlète comme le mien.

— Et celui de Sixte? dit orgueilleusement Josette. C'est tout de même agréable de ne pas être un pedzouille.

— Eh bien?... Eh! ricane Keysar. Je me suis assez bien recalé depuis.

— A propos, Etienne, fit Coutan, pour changer la conversation qui, tout de même, avait un froid, as-tu entendu ton « cher » père parler de rompre notre association?

— Ah! c'est de ça qu'il retourne? Depuis quelque temps, le Vieux a l'air drôle. Je me demandais ce qu'il ruminait.

— Oui, reprit Coutan. Il veut faire participer les ouvriers aux bénéfices, et puis il y a l'invention de Lafon. Je trouve tout cela idiot.

— Si j'étais le maître, clame Etienne, en serrant les poings, *si j'étais le maître*, les ouvriers seraient matés. Ces salauds-là gagnaient des pognons énormes, tandis que, nous, les combattants, nous risquions, à chaque instant, notre vie. Je leur en foutrai, moi, un intérêt sur les bénéfices.

— Aussi, pour éviter mésentente et querelles, reprit Coutan, j'accepterai avec joie de reprendre ma part. Et, dorénavant, *je ferai des affaires.*

— Là, au moins, dit Josette, tu auras, mon chéri, tes coudées franches. Et vous, Etienne, ça vous plaît, cette vie d'usinier?

— Oui, dit sèchement le jeune homme. *J'aime l'usine.* Je me sens un tempérament de meneur d'hommes. Mais pas la douceur, ah! mais non! A la gare! comme disaient les poilus, et, si les ouvriers font grève, les mitrailleuses!

— Etienne! Bravo! fit Josette, lui envoyant un baiser. J'aime les gens à poigne.

— Malheureusement, soupira, insidieusement, Thomas Keysar, Etienne n'est pas le maître. Et son père est encore jeune, trapu comme un chêne. Tu n'es pas près d'être le maître au quai de Javel. Donne-moi ta main, Etienne, que j'y lise ton avenir.

— Va-t'en au diable, avec tes çonneries (mais, en prononçant, il supprima la cédille).

— Vous avez tort, Etienne, dit gravement Josette. Là-dessus, Toto est épatant.

— Oui, je le connais. Il va me dire : « Macbeth, tu seras roi. » Quand donc?... En l'an quarante?

— Pour mon compte, fit Coutan, qui croyait

prendre une décision que sa femme lui avait suggérée, j'irai, dès demain, m'expliquer avec ton père, et, s'il persiste dans ses idées, je me retire avec ma part : quatre millions.

— Quatre millions ! répéta Thomas Keysar, et un éclair fauve jaillit de ses yeux d'or. Quatre millions, zut ! C'est aussi la part de ton père, Etienne.

— Oui, plus l'usine et le matériel.

Thomas Keysar, le mage, se pencha à l'oreille du jeune homme :

— Etienne Macbeth, il faut vouloir.

— Eh ! cria Coutan, il faut se grouiller si on veut aller au Casino de Paris. La revue est idiote, on dit, mais il y a, dans des décors épatants, une centaine de femmes nues...

— Complètement, acheva Keysar. A part de petits cache-sexes de roses ou de plumes que, suivant les danses ou les attitudes, dépassent un peu quelques poils de tous ces nids de plaisir.

— Ni nu, ni connu, on s'en va, fit Josette en riant.

IV

LE CERVEAU DE MONTPARNASSE
ET DU MONDE

En sortant du Casino de Paris, le quatuor, Coutan et sa femme, Etienne Aubert et Thomas

Keysar, se consultèrent. Où finir la soirée ? Josette, plus que les mâles, un brin excitée par tous ces bus féminins, voulait continuer la fête. Etienne dit :

— Je ne demande pas mieux. Montmartre, un peu trop, manque de fantaisie. Depuis toujours, ce sont les mêmes chansons et les mêmes chansonniers. D'ailleurs, minuit. Il n'y a plus que les caveaux et les boîtes, où s'on s'embête à mort, à cent francs la bouteille de champagne, et dix francs, une amande grillée.

Alors, Sixte :

— Eh bien, c'est le moment. Toto nous vante toujours sa Rotonde. Fais-nous voir ça, mon vieux Keysar.

On s'entassa dans l'auto des Coutan pour Montparno. De même que tels quartiers semblent réservés à certaines industries, il y a, pour le cerveau de Paris, des points où paraît se concentrer la spiritualité de la capitale. En 1923, c'était encore à Montparnasse. L'esprit de Paris a évolué comme la morale, et le reste ; il a fusionné, parmi tant de brutalités, tant d'esprit étranger, qu'il est devenu mondial, sans être en progrès. Où, neiges d'antan, l'esprit qui régnait, vers 1880, du faubourg Montmartre à l'Opéra, brillante époque d'Aurélien Scholl, de Tortoni, de Brébant, du Café Anglais et de la Maison Dorée ? Il déménagea sur la Butte, « cerveau du monde », bonimentait Rodolphe Salis, à Montmartre, au théâtre et cabaret du Chat Noir, au café de la Nouvelle Athènes, dans les ate-

liers haut perchés du maquis, et sur le revers de la
butte, dans un antre à l'aspect de petite chapelle
de campagne : *le Lapin Agile*. (A cause de son
enseigne, peinte par le caricaturiste Gill. Mais le
temps efface toutes les gloires.)

Aujourd'hui, l'Esprit de Paris est sans domicile,
locaux rares, appartements introuvables, courant
toujours les rues, et traqué par les mufles. A dé-
faut de logis digne de Lui, il y a encore quelques
parlottes, où l'on dit des rosseries, pour donner
l'illusion de l'esprit. Un de ces mauvais lieux artis-
tiques et littéraires, le plus à la mode : jusques à
quand? le café de la Rotonde, angle du boulevard
Montparnasse et du boulevard Raspail. Il n'eut
pas pour fondateur un ironique comme Salis, le
charlatan du Chat Noir, mais un brave type de
limonadier, débonnaire et bienveillant. Libion, sans
la verve truculente du cabaretier montmartrois, eut,
accueillant et serviable, l'adresse de retenir quelques bandes de gars en gésine de nouveautés. Avant
1912, Lénine et Trotsky, souvent, rêvèrent, assis
à ces tables, y rédigeant un journal bolcheviste minuscule, qu'ils imprimaient eux-mêmes sur du papier
à cigarettes, expédiaient en Russie dans des bustes
en plâtre du tsar Nicolas II, pour mettre le feu au
vieil édifice. Ils l'ont fait. Les peintres habitués,
de l'établissement, exposaient des tableaux hurlu-
berlus à la Rotonde. Si Libion avait soupçonné la
future vogue des croûtes décadentes, l'imbécile eût
réalisé des fortunes.

Pendant la grande guerre, la Rotonde fut un asile pour la jeunesse cosmopolite venue, en France, pour y étudier les arts, le droit ou les lettres. Il y eut des descentes de police en quête d'espionnage, et le bonhomme Libion dut, plusieurs fois, voir fermer, par ordre, son établissement, presque toujours, d'ailleurs, consigné à l'armée. Depuis, la Rotonde, considérablement agrandie, est devenue, au premier, restaurant et dancing. En attendant que la vogue se porte ailleurs, déjà la clientèle change. Les uns ont émigré, en face, au café du Dôme; d'autres, au café du Parnasse.

En voiture, le quatuor parlait du spectacle auquel ils venaient d'assister, de cette revue plastique et décorative, et Thomas Keysar dit qu'on pourrait encore garnir les coins des Folies-Bergère, du Casino de Paris, du Moulin Rouge de jardinières vivantes, de jeunes femmes couchées, les jambes en l'air, avec des fleurs aux tiges enfoncées dans les deux vases naturels. Bouquets de boutonnière et de corsage originaux. — Rigolades dans l'auto.

Lorsque les Coutan, Etienne Aubert et Thomas Keysar pénétrèrent dans le café, la Rotonde était bondée, en bas comme au premier, boîte de nuit et dancing. Ils redescendirent et trouvèrent place, à grand'peine. Il y avait là des têtes extraordinaires de Japonais, aux yeux bridés, des masques sauvages d'Indiens Sioux, de Malais, d'Egyptiens, de Russes, des échantillons de l'humanité de tous les pays, leurs types les plus pittoresques et les plus accentués. Thomas Keysar interpella une gentille négresse :

— Tu es encore là, si tard, Aïcha?

— J'attend Rinaldo. Il me doit quinze séances de pose et m'a promis de l'argent, pour ce soir.

— Si on te pose un lapin, intervint Etienne, en riant, veux-tu que je t'accompagne chez toi, en y mettant le prix?

— Ce monsieur est-il de vos amis, Thomas? Sans doute, il ignore à qui il s'adresse. Renseignez-le donc, s'il vous plaît.

Keysar se pencha vers Aubert :

— La gaffe, mon cher. Aïcha n'est pas ce que tu penses. Modèle seulement, et pucelle.

— Quelle blague! dit brutalement le jeune mufle, décoré, tandis que Josette Coutan riait de son échec. S'il faut être peintre pour voir ses poils, frisés comme de la laine dure, j'en ferais bien autant que ceux-là.

Son geste désignait les toiles qui tapissaient la salle, de la cimaise au plafond. Toto éclata de rire:

— Je n'en doute pas. Tu sais qu'on expose, ici, un tableau barbouillé par la queue d'un âne.

Josette crécella joyeusement, avec affectation, pour attirer l'attention sur elle, qu'Etienne oubliait trop :

— Par un âne!... Oh!... Et ça c'est vendu?

— Très cher, ma chère. On l'avait signé : Cézanne.

« Le Maître? » cria une voix. D'aucuns se

levèrent, saluant le nouvel arrivant. Celui-ci, vaniteux de tout et d'une salopette de toile écrue toute neuve, dont il était vêtu, et pourtant parsemée de rapiéçages de tous les bleus possibles, barbouillé de taches d'un rouge saignant, s'avançait négligemment entre les tables et serrait les mains tendues vers lui. Il s'arrêta devant la jolie négresse :

— Tu attends Rinaldo, ma belle? dit-il. Ne perds pas ton temps ici. Il ne viendra pas. Je l'ai conduit à Sainte-Anne, cet après-midi.

— Il est fou, dit la jeune et gentille négresse. Ça ne m'étonne pas. Il me peignait avec des cheveux verts et des seins orange.

— Ce n'est pas une raison, dit Picasso. Je t'ai faite avec un chat vert Véronèse, et, pourtant, je ne suis pas fou.

— Peut-être, dit-elle, en montrant ses dents plus blanches dans la bouche brune. Mais tu rends fou les autres.

Picasso, bruyant comme un gong :

— Et puis après? Si l'on ne peut me dépasser, il est stupide de me suivre.

— Ah çà! cria Quelqu'un (il en avait l'air), vers la soixantaine, Guilleret, membre de l'Institut, apostrophant le célèbre cubiste. Qu'espères-tu tirer de tes défis au bon sens, à l'Art, à la Beauté?

— D'abord, le bon sens n'a rien à voir avec l'Art, et la Beauté, on l'a trop vue. Je veux réhabiliter la laideur. Et, si je faisais de la beauté, je crèverais de faim, comme toi.

— Je ne crève pas de faim, ça se voit à ma gueule. Il y a encore des amateurs dont la caboche est restée intelligente, heureusement. Si tu voulais, Picasso, tu pourrais être un grand peintre. Pourquoi brosser des horreurs? Parce que tu trouves de plus fous que toi, qui t'achètent, acharnés à la course derrière les novateurs. Vois ce qui vient d'arriver à Rinaldo, ton élève. Là, laisse ta conscience en repos. Assieds-toi là, mon grand, mon vieux, et causons.

— Ma conscience, mon vieux pompier, car c'est toi le vieux, est une vache enragée. Je la laisse tranquille, et elle fout la paix à ma peinture. Quand le cubisme aura fait son temps, eh bien, j'inventerai le conisme. Le cône, en art, comme en amour, après le cube.

— Bravo! cria un voisin de Guilleret et de Picasso. Soyons de notre époque. Assez de vieux jeu, Guilleret. Du nouveau, même idiot. On en a assez du style, de la nature, de la beauté, de la femme. Des maîtres d'autrefois, on en a plein le cul.

— Oui, dit en riant, à Guilleret, le fantasque et génial Picasso, n'épargnant pas même ses partisans, ça se voit à ses fesses de « tante ».

— A bas les vieux! cria un autre. Ils encombrent la terre. Ce n'est pas assez d'avoir, pendant cinq ans de guerre, baisé nos poules; ils n'ont pas la pudeur de nous céder la place, partout, à nous qui nous battions, pendant ce temps. C'est le tour de ceux qui ont sauvé le monde. Et les vieillards le mènent toujours. Ce sont ces salauds qui ont voulu la guerre, pour se débarrasser des jeunes gens. Il nous faut le gouvernement de la jeunesse; il faut tuer les vieux, — *jouir!* non pas à notre tour, mais sans attendre, tout de suite.

— Il a tout de même raison, fit Thomas Keysar à l'oreille d'Etienne Aubert, qui tressaillit.

L'autre continuait

— Après trente ans, l'esprit et le corps diminuent plus qu'ils n'augmentent et reculent plus qu'ils n'avancent. Les vieux occupent toutes les situations élevées, tous les postes supérieurs, toutes les plus hautes tribunes, et la jeunesse, qui veut jouir, après avoir souffert, dans les tranchées et dans le ciel, reste une immense force inemployée. De toutes parts, les vieux nous contiennent, nous dominent et nous jugulent. Cambronne, descends donc de ton cheval, eh! « feignant », pour leur dire un mot. Déjà, un as, Paul Raynal, — dans une pièce sublime, *le Tombeau sous l'Arc de Triomphe,* — fait mettre un père à genoux devant son fils, venu, en permission du front, à genoux, oui, *à genoux,* pour lui demander pardon. Les jeunes gens ne peuvent pas toujours, sottement, regarder leurs parents comme des demi-dieux, ainsi qu'ils faisaient, tout petits, ou bien avec les prunelles du chien pour son maître. La guerre et la victoire nous ont émancipés, grandis. C'est nous, les maîtres, *nous, de la guerre! Nous!*

— A mort, les vieux! hurla Keysar, se dressant. Pour les supprimer, en douce, faisons un silence glacial autour des anciens, la nuit et la tombe, d'avance. A nous, amis, la réclame intense, la casse et le sené de l'un à l'autre, inlassablement, dans tous les journaux et toutes les revues que nous avons envahis comme sur un riche butin se multiplie une fourmilière. Pour nous, la publicité à outrance, pour chacun les coups d'épaules de tous les camarades. Il faut enfoncer la gérontocratie, l'annihiler, la détruire. Nous avons conquis le droit de vivre, de bien vivre, de jouir de tout ce que nous avons protégé, cinq ans, de nos poitrines. Il ne faut pas que les vieux nous gênent, respirent, mangent, et vivent et baisent notre droit au bonheur, à la richesse, à l'amour, notre droit à tout.

— Pas plus? fit Guilleret, le membre de l'Institut, se levant à son tour, brave et alerte, la moustache blanche retroussée. Un groupe venait d'entrer, le peintre du soleil, Fabio Canti, et un autre homme; ils accompagnaient une très jolie femme.

— Il nous embête, ce vieux! A bas Guilleret, hurlèrent vingt voix. Qu'est-ce qu'il vient foutre ici, l'immortel? Sous la coupole! Dans son caveau! Qu'on le balance! A la porte! A la porte!

Guilleret, fringant, toujours debout :

— Venez m'y mettre à la porte! Vous savez aboyer. Mais c'est tout.

— Du calme, messieurs, du calme! firent deux garçons, intervenant. Que faut-il vous servir?

— De la raison et de la beauté! cria Fabio

Canti, levant son bras droit comme un Annonciateur, sur le seuil de la grande salle.

— Fabio Canti ! clame Guilleret. Fabio Canti! Tu arrives bien, mon cher. Au moins, nous serons deux pour tenir tête à ces loufoques.

— Nous serons trois! (C'était Picasso, qui surgissait à son tour, radieux dans sa salopette multicolore, mais, lui, comme Jupiter olympien pour apaiser l'orage, — qui s'apaisa).

— Nom de Dieu! fit Etienne Aubert. En voilà une qui remplacerait avantageusement la négresse. Quelle figure adorable, avec ses bandeaux noirs! Un visage de madone!

— Décidément, Etienne est amoureux, ce soir. Cette dame n'a rien d'extraordinaire, sauf qu'elle retarde. C'est un Botticelli. En tout cas, mon cher, vous pourriez dissimuler un peu plus vos désirs, quand vous êtes en société.

— Bah! fit le mari. Pardonne-lui, ma Josette. Etienne n'a pas besoin de se gêner avec nous. Il est garçon. C'est bien naturel, à son âge.

— C'est un mufle, dit Josette, sèchement.

— J'opine, répondit Etienne, en haussant les épaules. (La vérité est que la centaine de femmes nues du Casino de Paris l'avaient très excité et qu'il avait un peu trop bu.)

Picasso, cependant, la paix rétablie, serrait la main à Fabio Canti, à Guilleret, à celui qu'on venait de lui présenter, — « M. Raynaud, le commissaire de police du quartier de Grenelle », s'inclinait devant la dame, très jolie, à la coiffure botticellesque, qu'on venait de lui présenter aussi « — Mme Jousselin », leur cédait la place à sa table, et s'en allait triomphalement.

Pendant qu'un garçon s'empressait, demandant aux nouveaux venus ce qu'ils désiraient prendre, Mme Jousselin, souriante, disait à Guilleret et à Fabio Canti :

— Messieurs les redresseurs de torts et de sots, vous aurez fort à faire dans ce mauvais lieu. La société m'y semble un peu trop mêlée.

Fabio Canti :

— C'est ce qui m'a fait vous y conduire, chère madame, pour satisfaire votre curiosité.

— Ce que j'ai vu et entendu, répondit-elle, justifie l'idée que m'en a donné notre ami le commissaire; une anarchie artistique et sociale.

— Ecoutez, fit le peintre du Soleil. Voici un jeune poète que je connais. Il va nous déclamer une de ses productions.

En effet, à une des tables proches, un garçon glabre, les cheveux luisants, cosmétiqués, ramenés à l'arrière, l'air froid, américain, pour paraître très au goût du jour, debout, annonçait un poème moderne : *les Hautes Cheminées d'Usine.*

— Bien, dit Guilleret. Il va nous enfumer.

Le poète toussa, retoussa, et, avec la majesté d'une huître, non, d'une bouche d'où s'échapperait une perle, il commença, marquant par de longues pauses la fin de chacun des vers de son œuvre amorphe, pour rimes, çà et là, des assonnances :

Eperdument dressés sous la nue automnale
Ils sont
Trois, plus loin encore, noirs rigides *et muets comme*
Des monts.
Pourtant, tube intestinal de l'antre turgescent,
Inlassablement, leur panache s'étend, s'incurve,
s'effiloche.

Tel, MOI, en mon esprit inclus,
S'épanche, éperdument, un rêve sexuel, impur,
Incolore, sentant la colle de pâte et l'eau de Javel,
Fécond.

— Comme toi, jeta un loustic.
Le poète, sans sourciller, reprit, plus fort :

Fécond.

Oh! vous qui, comme moi, rêvez de l'être,
Le jour ou la nuit, peut-être,
Qu'importe! Ejaculons!
Je ne veux plus d'amour, d'orchidée, de banane,
Rien. Et pourtant,
Qu'importe! Toujours,
Ils sont trois, superbes, noirs, rigides *et muets comme*
Des sons
Ou des poteaux télégraphiques.

Le poète se rassit au milieu des beuglements
d'enthousiasme des cénacles.

— Eh bien, madame Jousselin, que pensez-vous de la Rotonde?

— C'est une maison d'aliénés.

Cependant, — à la table du quatuor, les Coutan, Etienne Aubert, Thomas Keysar, — Josette soupirait :

— J'en ai marre. Ça valait la peine d'être vu, mais ça fait le compte.

— Je n'ai pigé d'intéressant, reprit Etienne Aubert, recommençant à être mufle, sincère, et pour agacer Josette, que la jolie dame aux bandeaux, là-bas, et aux yeux de petite fille. C'est dommage qu'elle ne soit pas seule.

— Eh bien? Justement! s'écrie Mme Coutan, dont le rire cristallin tintinnabula, un héros comme Etienne ne peut-il enlever sa belle, en la disputant à de vieux monstres?

En ce moment, un client qui somnolait à une table voisine, se dressa et appela le garçon : « Gotfried est-il arrivé? » Celui-ci se pencha, clignant de l'œil vers la table où étaient Guilleret, Fabio Cantin, Mme Jousselin et M. Raynaud, le commissaire. Le client se leva tout de suite, et le garçon sortit derrière lui.

— Un amateur de stupéfiants, fit le commissaire de police. Je le signalerai à mon collègue. Ces marchands de drogue nous donnent un tracas du diable. Plus on en arrête, plus il y en a.

— Il faut croire que le commerce est bon.

— Je sais qu'ici, il y a, au moins, la moitié des

habitués qui sont des priseurs de coco, des morphinomanes, des éthéromanes, ou des fumeurs d'opium. Des vers, moi aussi :

Les fumeries sont très à la mode,
Mais la coco c'est bien plus commode.

Mme Jousselin écoutait les propos autour d'elle. Un rêveur, aux yeux comme désorbités, disait :

— Je travaille à une symphonie où je voudrais mettre l'âme actuelle du Globe. Les sons de l'ouverture mêlés aux cacophonies d'un jazz band évoqueraient les Etats-Unis prêchant le désarmement des voisins, le respect de la Bible et du Dollar; les miaulements japonais des kotos et les gémissements des shamysens chanteraient l'horreur des volcans et des tremblements de terre; les accordéons italiens accorderaient Fiume à l'Italie; et les violons allemands, sous des coups d'archets wagnériens, soupireraient après la paix universelle. Et puis, car vous savez qu'au moyen d'un microphone enfermé dans une boîte d'acier, puis jeté au fond de l'océan, après avoir été relié à un téléphone placé dans une chaloupe, on a pu recueillir le bruit et même le langage des poissons, reconnaître leur sorte et leur quantité, j'ajouterai la symphonie maritime à la symphonie terrestre, le « pip-pip » des harengs, le « couec-couec » des morues, et le sifflement léger des maquereaux. A travers ma symphonie, je veux encore qu'on entende, mêlé à tous ces bruits, à toutes ces âmes du monde, le claquement, en haut de la tour Eiffel, du drapeau étoilé des Etats-Unis de la Terre.

Un vieil artiste était là, avec sa fille, exquise et printanière, les cheveux coupés à la garçonne, grillant une cigarette. Thomas Keysar montra le père couvant amoureusement son fruit vert, et dit à ses amis :

— Il fait de l'inceste.

Etienne Aubert regarda longuement la petite, seize printemps :

— Il a bien de la veine.

Josette se leva :

— C'est la troisième fois, mon cher Etienne. Saint Pierre n'a pas été plus mufle, en reniant son maître. Partons.

— J'aurais dû rentrer en sortant de l'Odéon, disait Mme Jousselin (Guilleret s'en était allé déjà) à Fabio Canti et au commissaire. « — *L'Arlésienne*, avec la musique de Bizet, c'était plus sain que ce que l'on voit et l'on entend ici. Et je n'ai entendu, pourtant, que les conversations autour de nous ».

Fabio Canti prononça :

— Il faut tout connaître pour apprécier le meilleur. Il y a ici des ratés, des envieux, médisants, calomniateurs, des veaux et des vaches, de l'humanité plus vilaine qu'ailleurs; mais, j'en suis certain, il y a de futurs grands artistes, des poètes dont les vers resteront dans les mémoires des hommes. Peut-être, un grand romancier de demain.

— C'est possible. Mais qu'est-ce que vous voulez? *J'estime que ce monde-là n'est pas fréquentable.* Il ne faut pas me regarder avec tant de surprise. Je suis, tout simplement, une parfaite chrétienne et une femme honnête, peut-être un peu trop bourgeoise, mais sans affectation, je vous prie de le croire, malgré la déclaration que je viens de vous faire ici. Tenez, je ne serai jamais qu'à un homme qui me prendra en mariage. Mon art, à moi, est de savoir tenir une maison, de posséder à fond la cuisine française, et je puis faire, moi-même, une trentaine, au moins, d'entremets différents. J'ai surtout, ici, le respect de ma personne, de mon corps comme de mon âme.

— Et votre esprit, madame, n'aime-t-il pas les poètes, Musset, par exemple, Gérard de Nerval, et Verlaine qui dit :

... Voici des fleurs, des feuilles et des branches,
Et puis voici mon cœur, qui ne bat que pour vous.

Et Baudelaire?... Balzac?... Anatole France?

— Vous les choisissez mal, ami Fabio. Musset, ivre d'absinthe, trop souvent, racontait et monnayait ses amours avec George Sand qui fait, elle aussi, marché de ses aventures. — Gérard de Nerval qui finit par se pendre, votre Baudelaire, mort gâteux, aphasique, à Honfleur, tous après des vies désordonnées, — Verlaine, délicieux sans doute, vagabond socratique, allant, un peu saoul, de prison en hôpital, — et tant d'autres, j'aime mieux les admirer en les lisant.

— Mais, Balzac?... Anatole France?

— Balzac? Quarante à cinquante tonnes de charbon, où l'on trouve des diamants. Mais il vit, génial, dans sa chimère, harcelé sans cesse par ses créanciers, se cachant dans ses domiciles sous un nom baroque de vieille dame. Et, la nuit même de sa mort, ce génie est trompé par celle qu'il avait épousée, parce qu'il la croyait riche, et ça dans la chambre voisine de celle où reposait le cadavre illustre, avec le sculpteur Préault. Un artiste encore! — qui s'est vanté de cette saleté, comme d'ailleurs Sainte-Beuve pour son ami Victor Hugo. Tous ces hommes célèbres sont pittoresques comme Villon, La Fontaine, Jean-Jacques Rousseau; je les admire, je le répète, mais c'est tout. Anatole France, lui, satyre hypocrite, extraordinairement intelligent, destructeur, sans en avoir l'air, de toutes les croyances et barrières morales, pillotte dans les livres anciens des idées et des phrases même qu'il aiguise et perfectionne, qu'il présente et revend dans un ouvrage à lui où tout coule, pensées et phrases perfides, clair comme une eau de source. Ecœuré, fatigué d'être lecteur chez Lemerre, il devient le troisième dans l'hôtel opulent d'un couple multimillionnaire; et ce faune habile, à tête chevaline conte, par ordre de l'hôtesse qui fournit encore

non pas l'eau, mais le yacht pour les voyages **en**
Orient, récite dans ce salon académique, **des his-**
toires qu'il module à nouveau, **égrène des anec-**
dotes, toujours mieux, jusqu'à la perfection, comme
un adroit comédien un monologue. Anatole France
s'excuse auprès de Lucien Guitry qu'il a prié à
déjeuner, magnifiquement, chez la dame, avec un
sourire plaintif : « ... Mais il y a aussi les charges. » Et cet aristocrate parasite, amateur de vieil-
leries moyenâgeuses et religieuses, est, d'autre
part, un révolutionnaire, un nihiliste. **Je vous**
étonne, Fabio, moi, jeune femme retardataire, **pas**
du tout du vingtième siècle. Et, si je me suis ex-
primé ainsi, cher maître, sur des hommes qui sont
justement glorieux, que voulez-vous que je pense
de tous ceux qui, dans cet enfer d'art et d'esprit
où vous m'avez amené, voulant bien être mon Vir-
gile, ne sont que fœtus extravagants, amas de prétentions, de vices, et fumier de capitale.

— Alors, un écrivain ou un artiste de mérite,
s'il vous aimait, devrait perdre tout espoir de vous
épouser?

L'adorable, à visage de madone, feignit de ne
pas comprendre, et, sans encaisser ce direct gentil :

— La femme d'Alfred de Musset, de Baudelaire?... de Rousseau, du bon La Fontaine?...
pourquoi me renfoncer encore dans le passé, avec
mes principes surannés?... de Verlaine?... Alors,
pourquoi pas de Félicien Champsaur?... Quelle
horreur!... Et pourquoi m'écoutez-vous de la

sorte, en me contemplant d'un air anxieux?... Ah!
continua-t-elle en riant, le ciel me préserve d'un tel
malheur, le mariage avec un artiste, et qu'il en préserve ma fillette! Oui, mes chers amis.

— Ainsi soit-il, fit le commissaire de police, qui
lui-même était un brin poète.

Cependant, au premier étage, sans s'occuper de
la vie chère, de la dépréciation chaque jour plus
accentuée du franc, du péril bleu, des couples enlacés tournaient, frôlant, effleurant à peine le tapis
d'un dancing, et frôleurs d'eux-mêmes, voltaient.
Tango grave et sensuel, one-steep pimpant, fox-
trott voluptueux aux variations infinies, shimmy
fou, désarticulé, griseries plastiques et tourneuses
d'illusions, — des couples, çà et là, féminins, voltaient, en haut, souples, quasi fardés de rêve et
maquillés d'idéal, oublieux en ces instants, de toutes les fantaisies de la vie, éphémères comme les
minutes, allaient, viraient, légers, balancés et caressés par la musique, soumis aux lois du rythme, en
images successives de l'amour. Et la Terre elle-
même danse, emportant à travers l'espace toutes
nos sagesses et toutes nos folies, danse, — si minuscule qu'elle doit être invisible pour Sirius et une
multitude de Soleils, — emportée dans la danse
universelle de millions d'êtres.

V

LA TENTATION DE MACBETH ET DE L'ARSAC

Etienne Aubert occupait, dans le pavillon du quai de Javel, deux pièces au rez-de-chaussée et un cabinet de toilette avec appareil à douche. Ce fut la sirène de l'usine qui, à sept heures du matin, l'éveilla. Il s'était couché tard et avait mal dormi. Dormir? Il n'y fallait plus songer, les machines commençant leur tintamarre. Il sauta du lit d'assez méchante humeur et avec un léger mal aux cheveux. Il prit une douche et s'en trouva mieux. Il s'habilla, puis, prêt à sortir, vaseux, il se laissa choir dans un fauteuil et se mit à songer. Des paroles de Keysar sonnaient encore à son oreille :

« Il faut vouloir. »

« Qu'a voulu dire par là ce maudit sorcier? Et les attaques, si nettes et justes, contre les vieux, au café de la Rotonde?

« — A mort, les vieux! Ce sont eux qui ont voulu la guerre pour se débarrasser des jeunes gens. Il nous faut le gouvernement de la jeunesse, et tuer les vieux, à notre tour, qui encombrent tout... »

« Vouloir? Ce n'est pas pouvoir... Si l'envie suffisait, l'humanité, de nouveau, serait décimée par des assassins sans risques... Si j'étais le maître de l'usine, c'est certain, ça marcherait, ici, autrement. Mais je ne le suis pas, et mon père est encore trop jeune pour se retirer des affaires. Et moi, malgré mon ruban rouge, je ne suis ici qu'un accessoire, — *le fils du singe*, comme ils disent là-dedans. Un gamin, pour beaucoup qui m'ont connu enfant et regardent mon père comme un demi-dieu. Le gamin est un homme aujourd'hui, formé à tout par la guerre, avec une âme napoléonienne, démesurée. Qu'attendre d'un homme après cinquante ans?... Oui, *vouloir*, comme Macbeth? Mais je suis seul, moi, il n'y a pas de femme pour me pousser. Mais, Claude Barsac, l'arriviste, lui, *agit seul*. Quelle idée ce misérable Thomas Keyear, au prénom de pot de chambre, a mis dans mon cerveau? *Tuer les vieux!* ça va, toute la jeunesse le souhaite. Mais son père? C'est effroyable! Allons, elles ne sont plus de notre époque, ces tragédies classiques, ces meurtres de famille acceptables seulement pour l'antique théâtre grec. Et, pourtant, nous sortons à peine d'une tragédie immense, aux actes innombrables. Combien en a-t-il péri, pendant cette guerre, des pères de famille, des chefs de maison, d'usiniers, d'industriels, et des fils, des gendres? Mais c'était la guerre. Eh bien, c'est toujours la guerre, dans la paix, *où la guerre continue*, peut-être plus impitoyable, ne donnant plus, dans la lutte pour l'argent, de soins aux blessés, aux vaincus... C'était la guerre, alors, le hasard des obus, l'accident, l'accident qui frappe, à toute heure, et quand on y pense le moins. Quel éclair!

Si mon père était victime d'un accident, je serais le maître de l'usine, sans avoir rien fait pour ça, du jour au lendemain?... »

On frappa à la porte. Un serviteur :

— Monsieur Etienne, c'est « monsieur Aubert » qui vous prie de passer à son bureau.

— C'est bien. J'y vais.

Etienne se leva, tiré de ses réflexions. Il se sentait brisé, plus moralement que physiquement.

Quelques minutes plus tard, il pénétrait dans le bureau de son père.

— Eh bien, Etienne, comment va, ce matin? Je sais que tu t'es couché tard. Tu n'as donc guère dormi. Amuse-toi, mon garçon, mais soigne ta santé.

— J'ignorais être si bien surveillé. Je ne suis, pourtant, plus un gosse.

— N'en accuse que l'intérêt que je te porte, mon ami! tu me gardes rancune. Ça s'est fait bien par hasard. C'est Baptistin qui, lorsque je lui ai dit d'aller te prévenir, m'a répondu sans que je l'interroge : « M. Etienne dort peut-être encore. Il est rentré, cette nuit, vers trois heures. » Tu vois qu'il n'y a de méchanceté de part ni d'autre.

— Alors, c'est à moi de m'excuser. Je le fais avec humilité.

— Tu as des mots malheureux, mon fils. Enfin, passons. Es-tu assez reposé pour m'écouter? J'ai de graves confidences à te faire. Assieds-toi.

— Je suis tout prêt à t'entendre.

Antoine Aubert hésita un moment, puis, prenant son parti :

— Voici, mon fils. Tu es, maintenant, un homme; tu as fait la guerre si magnifiquement qu'on a récompensé ta conduite par un ruban rouge, que je n'ai pas obtenu après vingt ans de travail. Tu sais ce que c'est que la vie, tu es à même d'en comprendre toutes les nécessités. J'approche de la cinquantaine, je suis assez costaud, la santé est bonne. Tu dois comprendre que mon foyer, malgré ta présence, me semble un peu désert. J'aurais pu vivre, pour crever seul, comme j'ai fait depuis la mort de ta mère, que j'aimais passionnément. Mais le temps efface tout, douleurs et joies, et j'ai rencontré une femme...

— Bref, interrompit Etienne, vous songez à me donner une belle-mère.

Aubert fronça le sourcil. La patience n'était point sa vertu dominante et l'air agressif de son fils l'irritait.

— Tu l'as dit. Mme veuve Jousselin sera pour toi une mère excellente.

— Mme Jousselin? Je n'ai jamais entendu parler de ça.

— Etienne, sache être poli, avec Celle que j'ai choisie.

— Alors, qu'ai-je à voir là-dedans? Vous vous remariez. C'est votre droit. Je n'ai pas plus à voir dans ça que dans votre usine. Je suis un zéro —

il loucha vers son ruban rouge — je n'ai qu'à m'in-
cliner.

Le père pâlit et baissa la tête :

— C'est pénible d'avoir à plaider, à m'excuser.
Tu doutes de mon affection, parce que tu as été
longtemps éloigné de moi. Les exigences des
affaires m'y ont contraint. Puis, tu étais mieux soigné chez la sœur de ta mère, en Touraine, que tu
ne l'aurais été, dans cette usine, au quai de Javel,
et je t'ai gardé près de moi, lycéen, tant que j'ai
pu, et la guerre t'a enlevé, adolescent, quand nos
relations auraient pu devenir plus intimes, tout à
fait camarades. A ton retour, surtout à cause de
ce ruban pourpre que tu as décroché, j'avais l'intention de te mettre à ma place, à la direction de
l'usine, avec Coutan. Mais vous êtes revenus, tous
les deux, avec des idées autoritaires qui ne sont
plus de saison. Aujourd'hui, mon petit, les ouvriers
sont solidaires entre eux. Frapper l'un, c'est les
frapper tous. Ils ont compris que le travail est une
force, comme le capital. Etant le nombre, ils en
usent, en abusent parfois. C'est pourquoi j'ai résolu
d'attacher à moi, à mon usine, les ouvriers d'élite
que j'ai su y réunir, en les faisant profiter avec moi
des bénéfices de nos entreprises. Coutan ne veut
pas comprendre ça, et j'ai décidé de me séparer de
lui, en lui versant quatre millions. Te sens-tu capable de remplacer Sixte? Tu t'occuperas de l'ex-
térieur, n'ayant pas plus que lui contact avec les
ouvriers, ce qui évitera des frottements dangereux.

Tu n'apportes aucun avoir financier, mais tu es mon fils, et tu bénéficieras des mêmes avantages que Sixte. Cela te va-t-il?

Etienne était bien forcé de s'avouer que son père agissait noblement avec lui. Soixante secondes, il sentit que le vieux l'aimait et s'efforçait de le rapprocher à lui, et il fut sincèrement ému :

— Je ferai ce que tu désires, papa, et je rends grâce à ta sagesse et à ta bonté. Je tâcherai d'en être digne.

— Bien parlé, mon fils. A nous deux nous ferons de la bonne besogne.

— Alors, c'est réglé, papa? Tu romps avec Coutan.

— Oui. J'ai vu sa femme, et Josette obtient de lui ce qu'elle veut.

— J'ai dîné chez eux, hier. On a parlé de ça. Je crois que c'est fait.

— Et moi, s'exclame Aubert gaiment, moi qui croyais t'apprendre du nouveau!

— Tout de même, je n'espérais pas succéder à Coutan, et je crois que je serai aussi débrouillard que lui dans son emploi. Je dirai même que la guerre me sera utile, à ce point de vue, car je me suis créé des relations dans l'artillerie et l'aviation, et j'obtiendrai facilement des commandes.

— Tant mieux! Tu auras part égale dans les bénéfices.

— Et tu as toujours l'intention d'intéresser les ouvriers?

— Si j'ai tant tardé, c'est à cause de Coutan qui ne me comprend pas.

— Moi non plus. Les ouvriers vivent, depuis la guerre, mieux que les pauvres rentiers, et ils prétendent encore nous faire la loi.

— Que veux-tu? L'ouvrier n'est plus la bête de somme de jadis. Il sait compter, comparer. Ils sont, chez nous, six cents qui gagnent assez bien leur vie, mais ils n'ignorent pas que les deux patrons se font cinq à six cent mille par an. C'est donc le labeur de six cents hommes qui procure ce bénéfice à deux hommes. La balance n'est pas équitable. Mettons que, sur les bénéfices, je leur accorde un tiers, ils seront satisfaits, et j'aurai autant de gain, car, intéressés, ils mettront plus d'ardeur au travail et, par conséquent, produiront davantage. Ils auront le stimulant de l'émulation, trouveront des perfectionnements, des inventions même comme Lafon, dont la bielle à triple raccord est une merveille. En ayant l'air de poser au philanthrope socialiste, je ne m'enfonce pas.

— Alors, pourquoi avoir fait de moi un ingénieur?

— Si l'instruction nous forme des ingénieurs, le savoir-faire manuel nous donne, de temps en temps, des ouvriers de génie, qui, ayant la pratique du métier, envisagent tout de suite le côté pratique de ce qu'ils trouvent.

— Tu as raison, jusqu'à un certain point. Mais toutes ces concessions aux ouvriers les excitent à

de nouvelles réclamations, augmentent leurs ambitions d'être les maîtres. Alors, que deviendront
les patrons, *nous?* Enfin, inutile de discuter.

— Mais si, discutons. Je voudrais que tu par-
tages mes idées. Tu es appelé à me succéder : je
voudrais te laisser bien en mains le moyen de continuer mon œuvre. Heureusement, je puis durer
encore assez longtemps pour voir ton esprit évo-
luer, et reconnaître, par la prospérité de l'usine, la
justesse de mes prévisions.

— Je le souhaite, dit Etienne en se levant.
Quand entrerai-je en fonctions?

— Dès que j'aurai liquidé les Coutan.

Etienne serra la main de son père et se retira.
Rentré chez lui, il récapitula ce que venait de lui
proposer son père. Content de se voir associé à
l'entreprise, il percevait qu'il ne serait pas le maître,
qu'il ne pourrait pas satisfaire sa haine et son dé-
goût des ouvriers, et que ses théories de mateur de
populo n'auraient pas, de longtemps, l'occasion
d'être appliquées. La phrase de Thomas Keysar
vint marteler sa cervelle : « — Il faut vouloir. »
Vouloir, quoi? La mort de son père. Le vieux
voulait se remarier. A cinquante ans, il pouvait
encore avoir des enfants. Alors, il faudrait partager. Il serra les poings avec rage. « — Ah! zut!
Sortons. Le mouvement et l'air me feront du
bien ».

Il marchait sans but, quand il vit les grilles et les
verdures du jardin du Luxembourg. Il regarda

l'heure à sa montre-bracelet. Onze heures et demie.
« — Tiens! je suis tout près de Thomas. Si je
lui payais à déjeuner, je serais le bienvenu ».

LE FLIRT AVEC LE CRIME

Thomas Keysar habitait, rue Joseph-Barra, un
rez-de-chaussée assez bizarre. C'était un atelier de
sculpteur transformé : après une petite antichambre, un vaste atelier assez haut de plafond pour
qu'on ait pu élever, au fond de l'atelier, une soupente qui servait de chambre à coucher à l'homme
de lettres. Ayant eu, quelque temps, au ministère
des Colonies, un emploi, il avait su, par ses intri-
gues et d'habiles tripotages, se concilier des protec-
teurs pour se faire décorer, à l'occasion d'une expo-
sition coloniale, — dont il avait encore profité pour
se procurer, à bon compte, des planches, des nattes,
des tentures, des tapis. Le tout, pour trois cents
francs, qu'il n'avait jamais payés. Avec les planches. il avait construit une estrade de trois marches,
sur laquelle était juché un sommier en piteux état :
mais l'estrade était recouverte de moquette, et, sur
le sommier, les plus fraîches de quelques soieries du
même lot. Une grande caisse d'emballage tenait
lieu de table. Il avait fabriqué et peint en violet,
des escabeaux. Quelques planches, au mur, for-

maient la bibliothèque qu'il garnissait au fur à mesure, et dégarnissait des bouquins envoyés, en service de presse, par les auteurs et éditeurs, au courriériste littéraire d'un quotidien sans importance, et du journal d'art et d'avant-garde : *le Canard sans Nom*, où Thomas avait publié sa fameuse série de portraits au vitriol : *les Morts de demain*. Les volumes étaient repris, pour un franc, l'un dans l'autre, par un libraire du voisinage, et ce commerce payait un peu, vu la quantité de romans qu'on publie, sa critique et son courrier gratuits. Les tapis, disposés à terre avec goût, et les nattes, quelques toiles, pas encadrées, de peintres cubistes, au mur, c'était amusant. Quoi qu'il n'y eut rien chez lui, d'une valeur réelle, l'ensemble était agréable à l'œil.

Thomas Keysar, comme Etienne Aubert, était rentré chez lui, tard, et plus tard encore que le fils de l'usinier, car il était allé rôder aux Halles, où il devait rencontrer une maîtresse intermittente, comme lui dans la purée dorée. Heureusement, il se rendait, trois fois par semaine, boulevard Malesherbes, près du parc Monceau, chez le docteur Jaworski. qui rajeunit et prolonge la vie humaine, régénère l'organisme humain par des injections de sang jeune et vigoureux aux vieillards. Thomas Keysar était donneur de sang. Le docteur le lui captait, au bras, dans une ampoule qu'il injectait immédiatement, dans le bras de la personne, d'un sexe ou de l'autre, en train de vouloir rajeunir. La

quantité de sang prélevé était insignifiante, moindre
que pour une analyse (pour réaction de Wasser-
man, par exemple), et c'était un billet de cinquante
francs, chaque fois, qui tombait pour le donneur.
Thomas Keysar avait encore gagné, ainsi, cinquante francs, la veille, avant d'aller dîner chez les
Coutan. Il ne disait à qui que ce soit ce trafic de son
sang, paraissait vivre de sa plume mal rémunérée,
et ne compromettait point sa dignité de mage et
de littérateur.

La femme qu'il avait ramenée, ce matin-là, quê-
tait, comme lui, l'aventure. Pas très jolie, mais
aguichante, elle vivait, par intervalles, chez Thomas Keysar, quand il était argenté. Bien dressée et
stylée, elle lui rendait parfois service, lorsqu'il
ajoutait le magnétisme aux cent façons qu'il avait,
comme Panurge, de gagner sa vie. Berthe La-
marck jouait si bien le rôle de somnambule, que
Thomas s'y laissait prendre, tout Thomas qu'il
fût, et devenait presque de bonne foi.

Lorsqu'Etienne Aubert vint frapper à la porte
de Keysar, celui-ci dormait encore profondément,
en compagnie de Berthe. Comme on ne répondait
pas, Aubert criait :

— Thomas! Thomas! C'est moi, Etienne. Je
viens te chercher pour déjeuner.

Keysar endossa une robe de chambre, ancienne
houppelande de maraîcher, barbottée aux Halles,
et que Berthe avait soutachée de toutes sortes de
galons et broderies. Cela faisait partie du matériel

de magie, avec un vieux feutre dont il avait coupé le bord de façon à faire un bonnet à oreillettes. Robe de mage et bonnet s'harmonisaient avec l'ameublement.

— C'est la poire dont je t'ai parlé, souffla-t-il à Berthe, Etienne Aubert. Habille-toi, en deux temps.

Il dégringola de la soupente et alla ouvrir, en souriant :

— Quel bon vent t'amène?

— Il y a du nouveau, mon cher.

Etienne avait pris place sur un escabeau. Il connaissait l'installation de Thomas, étant venu, déjà plusieurs fois, chez le Mage.

— Hein? Tu n'es pas seul? reprit-il en entendant craquer les planches de la soupente.

— C'est rien, Berthe. Je l'ai rencontrée, après vous avoir quittés, les Coutan et toi. Tu peux parler devant elle. Je n'ai qu'à l'endormir. Elle n'entendra rien.

Et Keysar, dardant son fluide vers la soupente, commanda :

— Dormez! je le veux.

Un instant après, Berthe descendait raide, les yeux clos :

— Je dors, fit-elle.

Keysar alla la prendre par la main et la fit asseoir :

— Voilà, dit-il. Dégoise ce que tu veux. C'est comme si elle était absente.

— Dis donc, est-ce que vous vous foutez de moi tous les deux?

— Eh quoi, tu doutes encore de mon pouvoir. Et tu ne crois pas aux sciences occultes? J'y crois, parce que je sais, parce que je suis un initié. Tiens, veux-tu que Souriah te dise ce qui te trotte dans la pensée? Après, tu croiras peut-être.

— Souriah? Qu'est-ce que c'est que ça?

— C'est le nom occulte de Berthe, comme le mien est Assaouah.

— Tu m'embêtes. Tout ça, de la blague.

Thomas Keysar se retourne impérieusement, lève la main sur la tête de la jeune femme :

— Parlez, Souriah! Quelles sont les deux phrases que rumine M. Aubert? Parlez, je le veux.

— Macbeth, tu seras roi. Pour être roi, il faut vouloir.

Etienne sursauta :

— Quand même, tu m'épates. Mais, je ne crois pas, je ne veux pas croire.

— Comme tu voudras. Pourtant, l'évidence est là.

— Et puis, *je n'ai plus besoin de vouloir.* Mon père me donne la place de Sixte; alors, je suis déjà roi.

— Hum! Comme l'était Coutan. Patron! mais, aux premières allures de résistance, ton père le débarque. Il en fera de même avec toi. S'il partage entre vous les bénéfices, il veut rester le maître de l'usine. Pourtant, rien à dire. C'est un beau geste qu'il a fait là. Tu es content?

— D'un côté, oui. Mais, voilà, mon père veut se remarier.

— Contre qui?

— Sais pas. Une veuve, Mme Jousselin. Trente ans.

— Ton père n'en a que vingt de plus. C'est la bonne règle pour une femme, la moitié de l'âge de l'homme, plus cinq. Et ton père doit être un dur gaillard.

— Je n'en sais rien; je m'en fous. Mais pas de gosses. Partager avec eux, non.

— Pourtant, il est probable...

— Je veux l'usine à moi seul.

— Tu veux! Tu veux! Allons, tu y viens. Il ne faut pas seulement désirer. Il faut vouloir. Vouloir, c'est pouvoir.

Le Tentateur regarda Berthe. Souriah, les paupières fermées, ne bougeait pas plus qu'un terme. Néanmoins, se levant, il se rapprocha d'Etienne et lui chuchota :

— Ton père est toujours fourré dans l'usine. Il pourrait y avoir un accident. Il faut vouloir, et l'accident arrive.

Le fils ne put réprimer un frisson :

— Non! Jamais je ne pourrai faire ça.

— Toi, peut-être. Mais un autre? Ne t'occupe de rien, mais, quand tu le voudras, l'accident arrivera. Tu n'auras qu'à me dire : *je veux.*

Etienne le regarde avec effroi :

— Tu m'impressionnes avec ton truc de magicien. Allons déjeuner. Il est l'heure.

— Emmenons-nous Souriah? D'autant que ce sommeil magnétique est très fatigant pour le sujet.

Il promena quelques passes sur la tête de Berthe, qui poussa un profond soupir. Elle se leva et parut tout étonnée de se trouver en présence d'Etienne, mais le salua gracieusement.

— Dis donc, Aubert, si au lieu d'aller au restaurant, on déjeunait ici. Berthe ira chercher tout ce qu'il faut, et on sera mieux ici.

Etienne tira un billet de cent francs de son portefeuille et le tendit à la femme : « Est-ce assez? » Thomas :

— Certainement, et tu vas voir que rien ne manquera. Va, Berthe. Je vais mettre le couvert, pendant ce temps.

Il conduisit sa maîtresse jusqu'au seuil, et lui fit un signe d'intelligence. Toujours pratique, il pensait qu'il devait y avoir, pour lui et la ménagère improvisée, un certain rabiot pour le lendemain. Cependant, Etienne, son portefeuille toujours à la main, réfléchissait. Ce que lui avait dit Thomas, au sujet de son père, établissait entre eux une sorte de complicité :

— Toto, écoute. Puisque je vais participer aux bénéfices de l'usine, je veux que, toi aussi, tu gardes un bon souvenir de cet événement. Tiens, prends ce billet de mille. Ça me fera plaisir, à toi aussi, je pense.

— Merci, vieux. Tu es un vrai camarade. Il faut que tout réussisse, à tes souhaits.

— Quand je serai le maître de l'usine, il y aura de beaux jours pour toi, tu sais.

Sans dire plus, ils s'étaient compris. C'était un pacte, dont dépendait — maintenant, — la vie d'Antoine Aubert.

VII

CHAGRIN D'AMOUR NE DURE PAS TOUTE LA VIE

Mme Jousselin habitait, rue d'Hauteville, près de l'église Saint-Vincent-de-Paul, un appartement simple, deux chambres à coucher, cuisine, un cabinet de toilette avec baignoire, salle à manger, salon. Son premier mariage, union arrangée par les deux familles et acceptée par les jeunes gens sans emballement comme sans regret, n'avait pas été, positivement, un mariage d'amour, mais il l'était devenu. Pierre Jousselin, modeste fabricant d'automobiles, avait eu quelques succès. De là ses relations avec Aubert. Puis, la guerre était venue. Jousselin, parti comme officier du génie, fut tué au Bois Le Prêtre, où il installait l'emplacement d'une batterie de 420. Le chagrin d'Aline fut réel, car la tendresse était née dans le jeune ménage avec Ulette, qui avait, maintenant, une dizaine d'années. La petite fille adorait son père, et c'est la ressemblance — non physique, mais morale, — de l'usinier du quai de Javel avec son papa qui avait amené l'enfant à fiancer les deux dépareillés.

Sept heures du soir venaient de sonner au cartel de la salle à manger. Mme Jousselin, aidée d'Ulette, pour laisser la bonne toute aux soins du dîner, mettait la dernière main au couvert. Mercredi, le jour d'Aubert, car, depuis les fiançailles, Aline avait décidé qu'Antoine viendrait dîner un jour par semaine. Le mariage devait avoir lieu bientôt, fin juillet. C'était, généralement, la morte-saison à l'usine. Aubert laisserait la direction à son fils et à Lafon, et les nouveaux époux iraient passer leur lune de miel dans les Côtes-du-Nord, à Plounevez, où Mme Jousselin avait une propriété.

Aubert arrive, chargé d'un superbe bouquet de roses, et d'un album d'images pour Ulette. Il embrassa franchement Mme Jousselin sur les deux joues, puis, trois ou quatre fois, la petite fille, et l'on se mit à table. En dînant, Aubert fit part de la place donnée dans l'usine à son fils Etienne. Aline, nature heureuse, simple, honnête et gaie, sans esprit de vanité ou de domination, approuva, mais ajouta :

— Comment se fait-il que vous ne me l'ayez pas encore présenté?

— Mon fils a l'esprit un peu ombrageux. Quand je lui ai annoncé notre mariage, son premier mouvement a été un mécontentement visible.

Ce n'est qu'à la réflexion qu'il a compris, puis, lorsqu'il a vu que je lui faisais large part dans l'usine, il s'est radouci.

— J'aurais préféré qu'il comprenne avec son cœur les désirs de son père.

— Que voulez-vous? Cette maudite guerre a gâté bien des cerveaux, faussé bien des caractères. *MOI*, (les trois lettres en majuscules), ce sentiment domine chacun, et l'un de ces égoïstes forcenés, Jean Sarment, a intitulé une pièce, au Théâtre Français, toujours : *Je suis trop grand pour moi.* C'est la devise d'une génération qui se croit plus grande qu'elle n'est. *Moi*, d'abord, c'est le mot d'ordre pour tous. Beaucoup de relations, le plus possible, et peu d'amis. On a des amis, et pas un ami véritable parmi eux. Il n'y a plus que des êtres âpres à la curée de l'argent et du plaisir personnels. On ne s'unit plus, comme nous, par amour, par estime mutuelle, mais par intérêt, pour rechercher ensemble des plaisirs et des sensations. Puis, chacun va de son côté, où le mène sa fantaisie ou son vice. Etienne, comme tant d'autres, a vu la mort de si près, qu'il ressent, encore aujourd'hui, cette indifférence de toute humanité. A voir, d'ailleurs, tant d'improbités et de mufleries, entre les nations comme entre les individus, on se demande, à présent, si l'on n'est pas dupe en restant juste et bon. Puis, il est inutile de se le dissimuler, cette génération de plus ou moins anciens combattants se considère comme ayant désormais tous les droits.

A leurs yeux, ils sont les sauveurs de la France,
que dis-je? du monde entier. Ils sont des héros,
tout ce qui n'est pas eux n'est qu'une non-valeur.
Passé quarante ans, on n'est plus des hommes, on
est des vieux, et ces vieux devraient avoir le bon
goût de disparaître. Etienne, malgré lui, subit l'influence d'un milieu, d'une ambiance que certains
littérateurs essaient d'exploiter. Mais les signes
abondent de cette muflerie de la jeunesse, de cette
amoralité sauvage et sans pitié, pour les faibles,
qui se moque de toute loyauté, avec des rires de
barbares.

— En ce cas, mon ami, la vue de notre intérieur
sera le meilleur enseignement pour notre fils. Ame-
nez-le. Je tâcherai de lui rendre la maison agréable,
et, un jour, nous le marierons. La vie familiale fera
le reste.

— Je l'espère. La vue de notre bonheur lui fera
souhaiter un bonheur pareil, et il redeviendra ce
qu'il était, un doux et brave garçon.

— Et puis, je lui dirai, moi, s'écria Ulette, qu'il
faut nous aimer tous les trois. Et il ne sera pas assez
méchant pour me faire pleurer.

VIII

LA PRÉSENTATION D'ÉTIENNE

La résiliation de la société Aubert-Coutan avait
eu lieu; Etienne avait pris la place de Sixte. Tout

à son nouveau rôle, déployant une fiévreuse activité, il avait débuté par enlever, haut la main, une
grosse commande de pièces détachées pour l'aviation militaire. Ce succès l'avait mis de bonne humeur, et bien qu'à contre-cœur, mais il était bien
forcé de faire la connaissance de sa future belle-
mère, il accepta, sans trop d'ennui, l'invitation de
Mme Jousselin.

A huit heures tapant, la sonnette retentit, annonçant le père et le fils, tous deux chargés de
fleurs. Etienne eut un léger sursaut en reconnais-
sant en Mme Jousselin, la dame, adorablement
jolie, ne sacrifiant pas à la mode des cheveux coupés au ras de la nuque, à la garçonne, aux fins
bandeaux noirs lui donnant l'air des plus exquises
madones de Raphaël, la dame qui, tout de suite,
lui avait asséné comme un coup de foudre, dans
une envie formidable de sa possession. Réprimant
sa surprise, et, ce moment d'émoi passé, il complimenta banalement la jeune femme, sans lui dire
encore qu'il l'avait admirée déjà, lui baisa la main;
et son père, ensuite, l'embrassa sans façon

Mme Jousselin sourit, quand on se mit à table :

— Et, maintenant, je vous prie d'être indul-
gents pour ma vieille Madeleine, qui a fait de son
mieux.

— Alors, ce sera excellent, dit Antoine, car
c'est un vrai cordon-bleu, et, comme je suis sûr que
vous y avez ajouté vos soins, nous allons déguster
un repas digne des plus fins gourmets.

Tout fut parfait, en vérité, la chère, l'ordonnance, et les vins. Aubert, heureux de voir que l'ambiance plaisait à son fils, et tout, à commencer par la maîtresse de maison, ne perdait pas une occasion de mettre en valeur sa future femme et la petite Ulette. Cependant, le jeune homme, tout en suivant la conversation générale, ne pouvait s'empêcher, parfois, de laisser sa pensée suivre sa pente naturelle qui était l'envie, un besoin, plus fort que tout, de prise et d'autorité. Mentalement, il faisait un rapprochement entre une de ses maîtresses, Josette Coutan, et Mme Jousselin, la première frivole et pimentée, artificielle et vicieuse, une fleur du mal, celle-ci, séduisante au possible avec ses bandeaux d'antan et que cette exception faisait originale, celle-ci, oui, délicieuse, intelligente et fine, en restant naturelle. « Mon père a toutes les chances, grognait-il en lui-même. Il a toutes les veines. Pourtant, elle est bien plus jeune que lui, trop même. Ce n'est pas juste. Il serait plus logique que ce soit moi, l'aimé. » Le désir, qu'il avait eu, tout de suite, quand il avait vu cette femme si tentante, le tenaillait. Au dessert, tout malaise dissipé dans le triomphe des mets et des vins, Etienne, un peu rossard :

— Fais-je une faute, madame, en vous disant que, si je suis conquis par votre grâce, votre charme et votre beauté, ce n'est pas la première fois. Vous m'avez impressionné, récemment, un soir, vers minuit, au café de la Rotonde, où vous étiez, accompagnée de trois vieux.

Elle riposta vivement :

— Comment, trois vieux ? L'un, c'est Fabio Canti, qui m'avait menée là, après la soirée à l'Odéon, où on jouait : *l'Arlésienne*, — Fabio Canti, dont les tableaux célèbres sont si lumineux, évoquent l'Egypte, la Palestine, la Syrie, sans compter la magie de Venise, où il naquit, Fabio, toujours jeune d'allure, de verve, de talent, et bien élevé, Fabio Canti, qu'on a surnommé : *le Peintre du Soleil*. L'autre, Antoine Guilleret, le fameux portraitiste, membre de l'Institut, que j'ai connu, là seulement, d'ailleurs. Et M. Raynaud, un simple commissaire de police, mais qui n'était pas déplacé dans ce milieu de littérateurs plus ou moins ratés, et d'artistes plus ou moins fous. J'ai dit, d'ailleurs, le lendemain, mon impression de cette soirée à votre père, et je ne retournerai plus, croyez-le, mon cher Etienne, dans ce mauvais lieu, même en bonne compagnie. Ah! vous étiez là?

— Votre beauté, pourtant, reprit Etienne, devrait se faire plus indulgente à l'art, aux poètes et aux artistes.

— J'aime tout ce qui est bon, et tout ce qui est beau, les arts, la poésie, la musique, surtout; mais trop d'artistes, aujourd'hui, sont brouillés avec la grâce, la morale et la beauté. Je n'ai fait que passer, sans doute, en cet endroit où vous m'avez vue, et je voudrais me tromper dans mon jugement, je n'ai trouvé là, dans une étuve malsaine de gens pittoresques, sans foi ni loi, sacrifiant tout à leur fantaisie, à la recherche du bizarre, capables de tout, sans autre religion qu'eux-mêmes et leurs chimères, je n'ai vu qu'un cosmopolitisme d'esprits faussés, gâtés, et d'âmes pourries.

Elle sourit :

— Je vous demande pardon, mon cher Etienne. Je n'ai pas coutume de m'emballer ainsi. Mais je tiens à ce que vous ne gardiez pas de moi l'opinion que vous avez pu avoir, ce soir-là.

Comme elle se levait, Etienne lui baisa la main, à nouveau :

— Voulez-vous, fit-elle, que nous prenions le café, au salon?

La vieille servante avait apporté l'odorant breuvage, et Mme Jousselin, avec sa grâce coutumière, emplissait les tasses et les présentait à ses invités.

— Tu vois, mon fils, dit Aubert, que je ne te donne pas une belle-mère trop sotte et trop désagréable. J'espère que tu nous sacrifieras volontiers quelques-unes de tes soirées. Quand nous serons mariés, si même tu veux vivre en famille avec nous, tu n'as qu'à le dire... Oh! je sais, fit-il, sur un geste d'Etienne, à ton âge, on préfère plus d'indépendance. Mais, si, un jour, tu te lasses de cette vie tout en dehors, la maison te sera toujours ouverte.

Ulette, alors, la gentille gamine, s'avança vers le jeune homme :

— Vous savez, mon ami Etienne, que c'est moi qui ai marié maman avec mon ami Antoine. Vous voyez que je m'y entends. Je vous marierai aussi.

— C'est convenu, mademoiselle. Au fait, pourquoi ne vous marieriez-vous pas avec moi?

— Ah! mais, — dit Ulette, interloquée, — vous êtes déjà mon frère. Vous ne pouvez pas encore être mon mari.

— C'est dommage, car je vous aime déjà beaucoup.

— Moi, aussi. Ah! que c'est malheureux! Comment faire, dis, maman?

— Il faut, d'abord, grandir. Le mariage viendra en son temps.

— Mais, oui, si j'étais fiancée à Etienne... Ah! tant pis! je vous appelle, décidément, Etienne tout court. Appelez-moi Ulette... vous me feriez la cour, vous m'apporteriez des fleurs, comme à ma maman...

— Veux-tu te taire, petite effrontée?...

— C'est la faute à Etienne, qui m'a parlé de mariage.

— En tout cas, Ulette, je vais t'embrasser.

Parole et geste. La petite fille se laissa biser gentiment et embrassa, elle aussi, Etienne sur les deux joues. Aubert et Aline, les parents, les yeux humides, se serrèrent les mains.

IX

CONFIDENCES D'APRÈS-GUERRE
ET D'APRÈS-DINER

En revenant au quai de Javel, dans l'automobile qu'Aubert, à l'ordinaire, conduisait lui-même, l'usinier, assis, devant, à côté de son fils, qui avait voulu tenir, lui-même, le volant :

— Eh bien, ta future belle-mère est-elle à ta convenance?

— Tu as trouvé, je crois, la femme idéale. Il suffit de la voir et de l'entendre, pour envier ton bonheur.

— Pourquoi ce mot impropre, *envier?* En tout cas, c'est une épouse comme il n'y en a plus guère, pas une poupée, comme... (Il hésita.)

— Comme Josette, allais-tu dire... Il a été un temps où toi aussi (le ton et l'air d'un camarade) tu as trouvé, oui, toi aussi, d'après les cancans, quelque attrait à cette poupée.

— Non. A ce sujet, tu te trompes. J'ai subi Josette. Elle ne m'a jamais plu. Ce sont les solitudes et les circonstances de la guerre qui nous ont rapprochés. Mais, surtout, depuis le retour de Sixte, cette liaison était devenue, pour moi, un supplice.

— Vous ne vous doutez, sans doute, pas que Josette est aussi ma maîtresse.

Aubert regarda son fils :

— Vraiment, je regrette une telle confidence. Tu aurais pu garder cela pour toi.

—- Secret pour secret, papa. C'est pour te faire sentir que je comprends la différence que tu établis entre Mme Coutan et Mme Jousselin.

— Je n'y a même pas de comparaison à tenter, dit sèchement Antoine. Enfin, reprit-il, puisque tu as provoqué ce sujet, je m'étonne que, sachant, comme tu viens de me l'apprendre, mes anciennes relations avec cette grue, tu sois devenu son amant.

— Oh! à notre époque, et avec Josette, ça n'a pas d'importance. Moi ou un autre, Coutan ne serait pas moins cocu. J'ai, d'ailleurs, pour excuse que Josette était ma marraine de guerre. A ce titre, ça s'imposait.

— Comment, vos relations datent de si loin?

— Oui. Mais, ne vous inquiétez pas. J'apprécie Josette pour ce qu'elle vaut. Une amusante jouis-seuse, rien de plus.

—- J'ai toujours déploré que Coutan soit aux mains de cette femme. C'est, malgré tout, un bon garçon et un honnête homme. On va voir valser les millions du mari.

— Il a le sens des affaires, elle aussi, peut-être plus que lui. Il gagnera ce qu'il voudra.

— Tu appelles ça, gagner de l'argent? Tromper, bluffer sans cesse, voler, faire des dupes.

— Les affaires? C'est prendre l'argent des autres. Il faut être de son temps.

— Etienne, si je savais que, toi aussi, tu songes

à t'enrichir, *par tous les moyens*, je préférerais te foutre un million et ne pas t'associer à l'usine. Vivre largement, en travaillant ferme, c'est mon idéal, mais non en trafiquant de louches entreprises.

— Soyez tranquille à ce sujet. La firme Aubert restera toujours sans tache et sans reproche, comme le chevalier Bayard, autrefois.

— Merci, mon fils, je suis et resterai, ainsi, fier de toi.

X

ÊTRE LE MAITRE DE L'USINE! NE PAS L'ÊTRE!

Si Antoine Aubert avait pu lire dans la pensée de son fils, il eût été moins rassuré, non qu'Etienne songeât à se lancer, comme Coutan et Josette, dans les grandes affaires; il avait trop, L'USINE, dans le sang, dans la peau. En effet, depuis sa petite enfance, il avait été bercé, avec cette idée, qui avait été celle de son grand-père et de son père, l'agrandissement continu, la prospérité toujours plus vive, intense, de l'Usine. Ce mot, L'USINE, avait, à ses yeux, une splendeur solennelle et martiale, de conquête. C'était, avec des tenailles chaque année plus fortes, l'emprise des ouvriers sur les classes supérieures, la progression du prolétariat espérant une bourgeoisie plus noble que ne la comprennent tels commençants et des fonctionnaires d'Etat, une ascension assez semblable à celle du militaire, parti simple soldat et en train de saisir, maréchal de France, le bâton étoilé, — avec cette différence que l'industrie mène à l'amélioration sociale, tandis que le militarisme aboutit à la destruction, dans un recul de l'humanité. C'est, à travers les échelons de la vie, — apprentis, tâcherons, ouvriers à la pièce ou à l'heure, contremaîtres, chefs d'ateliers, directeurs, patrons, — l'émulation naturelle de l'homme intelligent et honnête. Etienne Aubert, au lieu d'envisager, comme son père, l'union des travailleurs avec l'industriel, ne voyait, lui, que son égoïste domination sur l'ouvrier exploité le plus âprement possible, dans une sorte de bagne plus doux, sur lequel il régnerait en maître absolu, patron s'enrichissant de plus en plus, sans répit, du trimard universel. Il voulait devenir un des autocrates du travail, avec lequel les chefs d'Etat sont obligés de compter.

Voilà ce que ce jeune homme, étendu dans son lit, ressassait vaguement, et ce qui l'empêchait de s'endormir; et à ses rêves ambitieux venaient se mêler les visages, estompés, en surimpression, comme on dit au cinéma, de Mme Jousselin et d'Ulette. L'hypothèse d'un mariage, plus tard, avec la fillette de dix ans, ne lui déplaisait pas; mais c'était bien loin, tandis que sa future belle-mère ferait une adorable maîtresse. Quand? Tout de suite. Il avait de l'incertitude de la vie, le lendemain, pendant la guerre mondiale, gardé cette volonté de jouissance immédiate, causée par l'appréhension de la mort. Et cette hantise maladive de la jouissance tout de suite, une des conséquences fatales de l'esprit de guerre, s'aggravait d'une sorte de sadisme morbide, d'une inconsciente et irrésistible idée de posséder tout ce que son père possédait, de jouir de tout ce dont il jouissait: la maîtresse, L'USINE, la femme. Et c'était cette secrète, mais tenace, envie qui l'avait poussé à révéler à son père qu'il était, lui aussi, l'amant de Josette Coutan; et, maintenant, d'obscures méditations s'opposaient à son repos.

Enfin, très las, il s'endormit.

XI

LE BAR DES BARBEAUX ET DES TANTES

En réalité, le propriétaire avait baptisé ce bar simplement de son nom qui était Léon Barbeau; mais l'humour des clients et leurs qualités spéciales avaient inspiré la vraie désignation de l'établissement, ainsi connu dans le quartier, le Bar des Barbeaux et des Tantes, à quelques centaines de mètres du cimetière du Père Lachaise. En angle, avec terrasse sur la rue des Pyrénées, la boutique était divisée en deux parties : le bar avec un long comptoir très haut, et ce qu'on dénommait le café, dont une petite partie, au fond de la salle, formait un cabinet intime, interlope, clos par une porte qu'un verrou pouvait fermer intérieurement, garni d'un divan, d'un lavabo, et sans autre issue que le café.

Quinze heures. A ce moment de l'après-midi, les seuls consommateurs étaient ceux qui justifiaient l'appellation de ce bar. A la sortie des ateliers voisins, la clientèle serait plus honorable. Au comptoir, les flâneurs se succédaient, avec cet air nonchalant et désœuvré des marlous et des invertis en baguenaude. A l'entrée du café, ils étaient quatre, trois demi-mâles et une gonzesse en train de faire une manille aux enchères.

— Allons, ferme ton égout. T'as perdu. On va pas s'engueuler. T'as perdu, parce que c'était ton tour. Si on n'a pas d'jeu, le plus mariolle est foutu... On rebiffe?

— Ma foi, non. Si l'on f'sait un tour pour dégotter Vizautrou? Y parlait, hier, d'un tuyau épatant, à faire un tas de billets.

— Eh bien, vas-y avec Tuemouche. Moi, je remonte avec Sans-Liquette. Si y a du bon, vous nous le direz.

Les deux tatas sortirent. Baudard et sa femme restèrent un moment silencieux ; puis, Sans-Liquette :

— Pourquoi qu't'as pas calté avec eux? Vizautrou a, souvent, des combines épatantes, et, tu sais, j'serais pas fâchée de m'la couler pendant qué'que temps. La poule à Goujot est aux bains de mer.

— Si j'ai pas été avec eux, c'est qu'y a un micmac en train avec le Pétomane.

— J'gobe pas c'Pétomane. Il la fait trop à la pose.

— Dame! c'est un artiste. Et puis, avec moi, y fait pas l'crâneur. On s'connaît depuis l'biberon.

— Allons, liche ton glass. On radine au perchoir.

La porte du bar s'ouvrit, et une femme parut, semblant chercher quelqu'un.

— Berthe! cria Sans-Liquette.

L'interpellée, Berthe Jafaux, — Souriah, la somnambule, — entra :

— J'ai eu du mal à vous trouver.

— On a déménagé, à cause d'Armand. Y avait des histoires. Tu prends un verre?

— Oui. Un café cognac. Enfin, je vous ai dégottés. C'est le principal. Es-tu libre, Baudard?

— Tout à fait. Y a du boulot pour mézigue?

— Oui. Une grosse machine qui peut nous mettre au Soleil pour longtemps. Et pas de risque. C'est Thomas qui mène la barque, et moi.

— Tu es toujours, sœurette, avec ton sorcier? interroge Sans-Liquette.

— Oui, il y a quelque chose dans sa caboche. Il fallait l'occasion, elle est venue enfin. Oui, une grosse affaire, et, je le répète, sans risque. Rappelez-vous que Thomas n'est pas des nôtres. Il a besoin de moi, et moi j'ai besoin de vous. Surtout de toi, Armand. Tu n'as pas oublié ton métier d'ajusteur-mécanicien?

— Ah! mais, dit Baudard, j'espère que tu n'as pas l'intention de me faire turbiner?

— Si, mais rassure-toi, pas longtemps.

— Et ça rapporte.

— Cinq cent mille. Quatre cents pour moi et Keysar. Cent mille pour vous deux.

— Merde alors! T'appelles ça couper la poire en deux, toi?

— C'est nous, la tête; toi, tu n'es que le bras. A prendre ou à laisser. Pour vingt mille, j'en trouverai un autre.

— Et qu'est-ce qu'il y aura à faire?

— Entrer dans une usine comme ouvrier, et amener un accident, tu entends bien, *un accident*, qui amène la mort du patron.

— Alors, ça me botte. Depuis que je ne travaille plus, j'ai les patrons en grippe. Quand est-ce qu'on travaille?

— Il y aura de l'embauche demain, samedi. Tu seras signalé, l'embauche est assurée. Ensuite, le reste te regarde.

— Alors, je tâcherai de faire vite. Aboule les renseignements.

— Usine Aubert, quai de Javel. Te présenter au fils, Etienne Aubert, de la part de M. Thomas Keysar. Le fils du singe sera avisé, en plus, par un coup de téléphone.

— Et la braise?

— Dans la quinzaine, au plus tard, après l'enterrement d'Antoine Aubert, le père.

— Bon! Y a pas d'acompte?

— Il faut que le patron soit mort, pour puiser dans la caisse.

— Demain, j'irai au quai de Javel. Embrasse ta sœur. On file.

Et Berthe Jafaux, — Souriah, — remonta la rue des Pyrénées jusqu'à l'avenue Gambetta, qu'elle descendit jusqu'au square du Père-La-chaise. Là, elle rejoignit Thomas Keysar qui l'attendait, boutonné, jusqu'au col, dans une vareuse à ruban rouge. Elle s'assit à côté de lui, sur le banc, où il lisait une revue littéraire.

— Je commençais à m'inquiéter. As-tu réussi?

— J'ai eu du mal à les dénicher. L'affaire est dans le sac. Tu as toujours ta garantie?

— Voilà, dit Thomas Keysar, tirant un portefeuille d'une poche intérieure et du portefeuille un papier timbré. Ce n'est compromettant pour lui que s'il refusait de payer. Sois sans crainte. Il paiera.

Berthe prit la feuille de papier timbré :

— Donne. Ça me fait plaisir de relire ça : « Je soussigné, Etienne Aubert, industriel, quai de Javel, reconnais devoir à M. Thomas Keysar, publiciste, et à Mlle Berthe Jafaux, la somme de cinq cent mille francs que je m'engage à leur rembourser, le jour où j'entrerai en jouissance de la succession de mon père. » Et c'est signé : *Etienne Aubert*. Ecrit, d'un bout à l'autre, de sa main. Il ne peut pas ne pas s'exécuter.

Berthe rendit la feuille :

— Ne l'égare pas, surtout. Entre nous, tu sais ce qui est convenu. On s'épouse. Si nous tenions un journal de notre vie, et c'est inutile, nous pourrions écrire aujourd'hui : *Finie, la misère.*

XII

LES OUVRIERS EN MARCHE

Quelques jours avant la célébration de son mariage, Antoine Aubert avait, ce samedi soir, réuni tout le personnel. Lafon, dans la confidence, avait fait arrêter les machines et annoncé que le Patron désirait causer avec tous ses ouvriers.

A cinq heures un quart, il parut sur la passerelle mobile qui dominait les ateliers. Sans plus d'apprêt, il s'arc-bouta devant la rampe, et, s'appuyant à la main courante, il commença :

— Camarades, — permettez-moi d'employer ce terme qui a quelque chose, entre nous, de plus amical, de plus familier. Jusqu'à ce jour, j'ai été pour vous tous un assez bon patron, mais tout de même un patron, c'est-à-dire celui qui exploite les travailleurs pour le bénéfice d'un seul. Ne croyez pas que ce dont je vais vous faire part soit une décision impromptue. Non, depuis longtemps, je la prépare, et mon père y avait songé avant moi : je veux vous associer tous à la fortune de l'usine, en vous intéressant aux bénéfices. Vous ne serez pas seulement mes ouvriers, vous allez devenir mes collaborateurs, mes associés. Vous vous dites, peut-être : « Si c'étaient ses idées, à lui et à son père, pourquoi avoir attendu si longtemps? » C'est que, mes amis, ce n'est pas si facile que vous le croyez. Pour installer une usine comme la nôtre, avec son énorme matériel de machines, il faut un capital; nous avons mis, mon père et moi, quarante ans, à réaliser ce capital usinier, qui représente, aujourd'hui, au moins, quatre millions. Ces quatre millions ne sont pas de l'argent, mais l'outillage nécessaire pour en gagner.

« Ce que je vous propose, et que j'espère vous accepterez, est très grave, pouvant avoir une répercussion sur toutes les corporations des métaux. Vous êtes tous, tant que vous êtes, syndiqués, et, par cela même, unis avec vos camarades de métiers similaires. Or, je ne puis, moi tout seul, convertir, du jour au lendemain, les usiniers mes confrères. Il faut donc que vous et moi soyons le noyau fondamental d'une vaste association future. Depuis longtemps, je vis avec vous, je vous connais tous, et je puis, non sans orgueil, me vanter d'avoir réuni, dans cette usine, une véritable élite de bons et sages ouvriers. Celui qui veut une récolte fructueuse doit choisir son terrain et sa semence. Réfléchissez mûrement à la proposition que je vous fais. Demain dimanche, il y aura la réunion à trois heures. Vous discuterez, en toute liberté. Si votre réponse est favorable, le nouvel exercice commencera dès lundi, après-demain. Voici les grandes lignes du pacte à conclure entre nous :

« 1° Les bénéfices annuels seront partagés en trois parts. La première, pour être répartie entre tous les ouvriers, en parts égales. Le salaire journalier seul étant selon les capacités. La deuxième part sera destinée à l'augmentation du capital social, afin que la société soit toujours en progrès et en voie d'agrandissement. La troisième part sera attribuée à Antoine Aubert comme intérêt du capital engagé par lui.

« 2° Le tarif ouvrier, selon capacité ou habileté, sera fixé par un conseil ouvrier nommé par vous-mêmes. Etant donné que l'émulation entre tous est une loi de progrès, ce conseil ouvrier se réunira, chaque trimestre, pour juger les litiges entre concurrents ouvriers et décider en toute conscience. Le conseil ouvrier, élu pour trois ans, peut être rééligible.

« Ceci, camarades, est la base des premiers statuts à établir. A vous, par la suite, d'améliorer ce qui sera défectueux, et de créer ce qui sera susceptible d'amener un progrès dans votre association d'abord, dans votre corporation ensuite. »

Cette proposition était si inattendue que les ouvriers restèrent muets, comme stupéfiés. Louis Lafon, qui, lui, avait été mis au courant, prit sur lui de répondre :

— Monsieur Aubert, votre proposition vient

d'un grand cœur. Elle doit amener dans les usines et dans l'esprit de tous nos camarades une véritable révolution. Au nom de tous, je vous remercie, du fond de nos âmes. Vive l'évolution ouvrière! Vive son annonciateur! La cause des ouvriers est en marche, elle ne s'arrêtera pas. Vive Antoine Aubert! Vous êtes le modèle des patrons.

L'auditoire était dégelé. Tous applaudirent, hurlant des vivats.

Le lendemain, à la réunion tenue dans le grand hall des machines, les ouvriers qui avaient eu le temps de réfléchir discutèrent les propositions de l'usinier. Le syndicat, averti, avait envoyé des délégués : c'était le côté d'opposition, car la grande majorité se rangeait à côté d'Antoine Aubert. Mais, se séparer du syndicat était grave, en effet. Lafon monta sur l'estrade, quelques planches posées sur des tréteaux :

— Camarades du syndicat, jusqu'à présent nous nous sommes montrés parfaits syndicalistes et avons apporté, toujours, nos mensualités. Pourtant, à la tête de vos bureaux, qui voyons-nous, émargeant largement, non des ouvriers comme nous, mais des dévoyés de la bourgeoisie qui, n'ayant pas réussi dans une fonction libérale, forts de leur instruction, ont su s'infiltrer parmi nous, et, mieux éduqués, ils ont pris facilement la place des ouvriers ignorants. Ce ne serait pas un mal. L'ouvrier tend facilement la main à qui lui montre de l'amitié.

« Mais, ces bureaucrates, souvent, pour légitimer leurs fonctions, propagent entre nous des discussions. Ils s'entendent même, on dit, avec les patrons pour susciter des grèves, au moment précisément où le travail manque de commandes. En ce cas, ils rendent seulement service aux patrons, en leur faisant fermer les usines pendant un certain temps, d'autant que les ouvriers sont encore contents de rentrer aux mêmes conditions qu'avant la grève, quand ce n'est pas avec une diminution de salaire, ou une sélection d'ouvriers. Double avantage pour les patrons : ils ont évité le chômage de la morte-saison, — et les ouvriers trop capables de raisonner ont été mis à l'index du syndicat des patrons.

« Eh bien, camarades du syndicat, une chance exceptionnelle nous est offerte de devenir les maîtres de nos têtes et de nos bras. Allez-vous nous en empêcher? Cette expérience, nous devons, nous allons la tenter. C'est un pas en avant pour arriver à un communisme industriel, le moyen de créer, avec le temps, un seul organisme pour le travail et le capital. Si le syndicat nous abandonne, tant pis! Il y perdra plus que nous. »

Les délégués crièrent :

— Nous ferons fermer votre usine.

— Soit. Mais, nous sommes quelques centaines de gars pour la défendre, et quand les camarades syndiqués sauront pourquoi nous acceptons la lutte, je doute que vous trouviez, de votre côté, beaucoup de combattants.

A l'unanimité, les ouvriers de l'usine applaudirent la proposition de Lafon, et les représentants du syndicat s'en retournèrent, déçus. Mais le syndicat préféra feindre de ne rien savoir, et continuer à toucher les mensualités que Lafon et Aubert, pour éviter un conflit, conseillèrent aux ouvriers de continuer à payer, en prévenant toutefois que, en cas de grève, l'usine Aubert se tiendrait en dehors de toutes difficultés et ne fermerait pas ses ateliers.

XIII

L'ATTRAIT DU BAISER DÉFENDU

Antoine Aubert, avec la satisfaction du devoir accompli envers ses ouvriers et associés, avait célébré son mariage avec Aline Jousselin, que son personnel avait déjà, depuis un mois, décidé de fêter par l'offrande d'un buste en bronze à cire perdue, par La Monaca; et le sculpteur, en quelques séances, avait fait de l'usinier une image en terre, très ressemblante, étonnante d'expression, frémissante de vie. Un vent de bonheur semblait souffler, en ce mois de juillet, sur l'usine du quai de Javel, et la joie du grand patron, tout à l'amour qui le rajeunissait, prêt à partir, la semaine suivante, en Bretagne, avec sa jeune femme, rayonnait aussi sur les visages des ouvriers.

Un seul, parmi tous ces gens heureux, n'était pas

satisfait. Etienne Aubert avait bien été forcé de se rallier à ce qu'il dénommait les loufoqueries sociales de son père, et il en sentait déjà le bon effet, mais, dérangé dans son système autoritaire, il souffrait, comprenant qu'il ne pourrait jamais traiter les ouvriers de notre temps comme il le voulait. Les faire rétrograder, alors qu'ils entrevoient, de plus en plus, la possibilité de s'élever dans leur condition, serait difficile. Ils sont trop peu, les patrons, en face des masses laborieuses, des multitudes ouvrières, et l'exemple d'Antoine Aubert, ce lâchage d'un patron, dégoûtait son fils.

Ne pouvant encore aller contre, Etienne estima plus sage, pour le moment, de suivre le courant, de marcher à côté de son père, et même, au besoin, de paraître marcher devant.

Mais, outre l'usine, il y avait le nouveau ménage. Etienne, affectueusement traité par la nouvelle Mme Aubert et par Ulette comme un fils et comme un frère, ne pouvait s'empêcher de convoiter cette femme, si jolie et si exquise, qu'il avait désirée ardemment, tout de suite, lorsqu'il l'avait vue, pour la première fois, sans la connaître; et les relations libertines qu'il gardait avec Josette Coutan, devenue tout à fait grande mondaine, ne le guérissaient pas de cet amour. Etienne tenait des deux caractères différents de ses parents: de son père l'intelligence ouverte et l'amour du travail, et, chez lui, bien plus accentué que chez sa mère, l'esprit mécontent et critique, le besoin de dominer.

Cette femme jeune, et si jolie, qui semblait se
donner à son père, dans une frénésie des sens, une
exaltation conjugale, était, pour lui, *un non-sens, un
sacrilège contre nature, une spoliation.* L'aimait-il,
lui, Etienne, d'un amour véritable? Mais il la désirait follement, éperdument, d'un béguin irrité, exas-
péré d'autant plus que son père la possédait. Il savait qu'un jour l'usine serait à lui. Mais quand? Et
des enfants possibles, avec ce sacré mariage. D'autres héritiers de l'usine? Des frères, des sœurs? Et,
pourtant, sa nouvelle famille faisait tout pour lui
être agréable. Mais une envie le taraudait, un sentiment qu'il ne pouvait chasser, extirper.

On lui volait, à lui, qui s'était battu, avait risqué,
pendant de longs mois, sa vie pour sauver cette
usine, et Paris, quand le vieux, au quai de Javel,
amassait tous les bénéfices de la guerre et se dis-
trayait avec Josette Coutan, la femme de son associé qui était, lui, à Salonique, au front d'Orient,
on lui volait, oui, cette usine et cette jeune veuve,
miracle de grâce et de beauté, dont le mari aussi
avait été tué dans l'immense massacre. *Et c'était le
vieux, resté à l'abri, qui profitait de tout.* Décidément, sa génération était une génération sacrifiée,
que les vieux, pendant cinq ans, avaient envoyée
à la mort, et qu'ils condamnaient, ensuite, au re-
noncement, à l'attente pendant des années, quand
il faut jouir tout de suite, — sans laisser passer,
et se faner, les roses de la vie.

XIV

LA MORT DU PATRON

Il avait suffi à Etienne de recommander à son père l'ajusteur Armand Baudard, comme un ancien camarade de guerre, pour que l'apache fût accepté dans les ateliers. Armand avait un peu perdu la main, mais il eût été inapte que l'usinier ne l'aurait pas renvoyé : il suffisait qu'il eût partagé, avec son fils, des misères et des dangers.

Baudard, lui, se promettait bien de ne pas s'éterniser à l'usine. Il se proposait, dès qu'il serait en possession de la forte somme, de se retirer en province, à proximité d'une rivière poissonneuse et de s'y livrer à sa passion favorite. Sans-Liquette approchait de la trentaine, et ses charmes commençaient à réclamer beaucoup aux artifices. Comme la plupart des Parigotes, elle avait le pépin d'une maisonnette avec accompagnement de poules et de lapins, d'un jardin avec des fleurs et des papillons, l'été. Elle avait, autrefois, exercé le métier d'apprêteuse naturaliste. Elle savait rendre presque la vie aux plus magnifiques papillons des Indes et de Ceylan, qui arrivaient à Paris, entre ses doigts, comme momifiés, en les laissant quelques jours sur un lit de sable humide où les ailes recroquevillées reprenaient, peu à peu, leur souplesse et leurs couleurs éclatantes. Elle étendait ensuite les superbes lépidoptères sur une planche, abattant les ailes mortes et revivifiées et les fixant adroitement, d'une main délicate, au bord, sans les abîmer, avec de toutes petites épingles. Elle réparait, habilement, une aile un peu déchiquetée avec des morceaux similaires pris à une aile, similaire et détériorée, d'un autre papillon de la même espèce. Elle enfermait, ensuite, ces merveilleux papillons ressuscités entre deux plaques de verre, l'une plate et l'autre bombée, et ils avaient, moins le mouvement, dans leurs cercueils de cristal, le prestige de la vie. Sans-Liquette, depuis, était devenue fille galante, ôtant si souvent sa chemise qu'elle ne l'avait presque jamais, et de là son surnom. Mais les papillons des Indes, qu'elle avait caressés pendant près d'un an, jadis, avaient renforcé son goût de la nature, des fleurs et des champs. Baudard avait hâte d'offrir à Sans-Liquette et à lui-même une existence douce, le repos rêvé, la sécurité, le bonheur.

Pour gagner tout ça, que fallait-il ? La mort d'Antoine Aubert, d'un patron, un régal, quoi. Mais comment faire. Quoi qu'il y paraisse, l'accident, dans une usine, n'est pas si facile. Le patron passait bien, tous les jours, dans les ateliers, mais presque toujours accompagné de Louis Lafon ou d'un contremaître, et tous les endroits dangereux sont garantis soigneusement par des garde-fous et des grillages. Dès le premier jour, Baudard avait vu l'immense roue faisant entraînement, à l'autre bout de l'usine; mais ce volant, qui avait cinq mè-

tres de diamètre, était à moitié enterré dans un palier métallique et entouré d'un fort grillage montant
à hauteur d'épaule. Certes, celui qui tomberait entre les jantes de la formidable roue, serait vite
broyé. Mais comment y faire choir un homme
robuste?

Pourtant, l'ajusteur-mécanicien ne vit rien de
mieux pour arriver à ses fins. Le grillage qui en-
tourait le volant avait une porte afin de permettre,
les machines arrêtées, de nettoyer et graisser les
engrenages et l'arbre de couche, et c'était un des
contremaîtres qui avait la clef. Pour Baudard, la
fabrication de cette clef était le b, a, ba de son métier. De plus, au fond de l'usine, précisément après
la machinerie, se trouvaient les entrepôts de métaux à l'état brut pour la fabrication, de sorte que
le patron, pour rentrer chez lui, dans le pavillon
sur le quai de Javel, devait forcément passer par
la machinerie.

Dès lors, il y avait plan. Il fallait faire concor-
der, pour Baudard, le moment où il pourrait aller
aux magasins, chercher une barre de métal, et celui
où le « singe » se rendrait chez lui; et tous les jours
l'usinier quittait son bureau vers midi moins le quart,
pour aller déjeuner. Baudard fixa au vendredi suivant le jour de l'exécution.

Ce vendredi, précisément, Aubert, ayant reçu
d'un ami retiré à Dieppe un panier bien garni, une
langouste, un bar et des huîtres, avait invité Etienne,
qui avait accepté, arrangeant ses courses afin d'être

à l'usine pour l'heure du déjeuner, car son père aimait l'exactitude. Le dernier de ses rendez-vous
d'affaires était à Saint-Cloud ; aussi, le jeune
homme, après avoir enlevé une assez forte commande, rentrait joyeusement en automobile, et,
comme la journée était belle, le soleil de juillet
splendide, et pas encore trop chaud, il s'arrêta, pour
un apéritif, au pavillon d'Armenonville. Certes, à
cette heure, il ne songeait pas à la reconnaissance
d'un demi-million, sur papier timbré, qu'il avait si-
gnée. Onze heures vingt. Preste, il remonta sur
l'auto et reprit, mains gantées, le volant, pour être,
au quart, au quai de Javel. Son intention était d'arriver à temps au bureau pour y déposer la nouvelle
commande. Entré par la porte de communication
du fond de la machinerie, Etienne vit son père qui,
après avoir traversé l'usine, se dirigeait de son côté.

Ce qui advint, alors, fut rapide, horrible. Au
moment où Antoine Aubert allait passer devant la
grande roue, Armand Baudard sortit rapidement
du magasin aux métaux, une lourde barre de fer
sur l'épaule. Antoine reconnut l'ouvrier embauché
récemment, le protégé de son fils; heureux du bon
déjeuner qu'il allait faire avec sa jeune femme et
son grand fils, il lui fit un geste d'amitié et se rangea pour le laisser passer. Baudard, de sa gauche
libre, lui rendit le salut. Mais au moment où il
dépassait le patron, d'un mouvement bref comme
un éclair, il tourna sur lui-même, et la lourde barre
vint frapper violemment le veuf, derrière la nuque.

Assommé, il tomba sans un cri.

Baudard, vite, ayant posé sa barre, le long du grillage, avec une clef qu'il sortit de sa poche, ouvrit la porte et saisissant le vieux, le poussa dans les jantes de l'énorme roue. Un choc mou, des craquements d'os brisés. L'assassin ayant repoussé la porte sans la fermer à clef, se dirigea sans hâte vers l'atelier et, calme, reprit sa place au tour, où il travaillait en ce moment.

Le crime horrible avait été consommé devant les yeux d'Etienne, et c'était lui l'instigateur. Tremblant de tous ses membres, il resta longtemps là, prostré, comme écrasé. Ce fut la sirène de l'usine annonçant midi qui le tira de son abrutissement. Là-bas, à l'extrémité de la galerie, il percevait le brouhaha des ouvriers courant aux lavabos, avant de sortir pour prendre leur repas. Alors, se secouant, il passa plusieurs fois les mains sur son front, comme pour y effacer une trace sanglante, puis, lentement, il revint sur ses pas.

Comme il rentrait dans le pavillon, Ulette lui sauta au cou.

— Bonjour, Etienne, as-tu vu petit père? Il est en retard, aujourd'hui.

— J'arrive à l'instant, et je ne suis pas entré à l'usine, Ulette.

Il avait prononcé ces mots avec difficulté, les mâchoires convulsivement serrées.

— Qu'as-tu, grand frère? Tu es tout pâle?

— Je ne suis pas bien. Une crise de fièvre qui s'annonce, un héritage de la guerre.

La porte de la salle à manger s'était ouverte. Mme Aubert parut sur le seuil :

— C'est vous, Etienne. Eh! quoi, votre père n'est pas avec vous?

— Non. Je viens de rentrer. Je ne l'ai pas encore vu.

— Vous seriez bien aimable d'aller voir ce qui le retient.

Etienne, soulagé d'échapper à la présence de la jeune veuve, se hâta vers l'usine. « Je vais avec toi, grand frère! » cria Ulette. Et, gambadant, elle le précéda. Il se sentait défaillir, à l'idée de passer devant le volant, arrêté maintenant. Il passa devant la terrible fosse, ne sachant ce qu'il devait faire, mais suivant la petite fille. Soudain, quelque chose de froid et de gluant s'écrasa sur son front; il y porta la main et la retira couverte de sang. Un hurlement tragique s'évada de sa gorge contractée, et il s'abattit sur les genoux. Ulette, qui s'était retournée, regardait, médusée, ses yeux effarés allant du jeune homme à une courroie de transmission au-dessus d'eux. Retenu par un lambeau de vêtement, un bras, plutôt une loque sanguinolente, hideuse, d'où tombaient de lourdes gouttes de sang. Etienne écroulé, restait écroulé sous le lugubre débris qui le tachait de sang coagulé.

Le cri épouvantable, eschylien, d'Etienne, avait été entendu. Un certain nombre de pères de famille et demeurant trop loin pour aller déjeuner chez eux, avaient été autorisés à apporter leur fricot, et prenaient leur repas dans un réfectoire attenant aux lavabos. Lafon, qui détestait le restaurant, comme sa femme becquetait chez sa sœur, était du nombre· Bientôt, tous furent autour d'Etienne et d'Ulette.

— Un homme est tombé dans le volant! s'écria Lafon. Comment cela a-t-il pu se faire? Oh! mais, la porte n'est pas fermée!... Emportez monsieur Etienne! commanda-t-il à deux ouvriers, et toi, Jouvenet, reconduis l'enfant... Moi, je vais descendre dans la fosse. Toi, Bernard, cours chez le commissaire de police. J'ai bien peur que ce ne soit le patron.

— Monsieur Aubert! dirent les ouvriers avec horreur.

— Lui seul passe ici, à cette heure. Allons! Il faut en avoir le cœur net.

Et, levant la trappe d'acier, Lafon mit le pied sur l'échelle de fer descendant au fond de la fosse. A l'odeur d'huile et de savon se mêlait une odeur de sang. Par la trappe ouverte, la claire lumière d'une journée splendide éclairait le fond de la cuvette de ciment et de pierre engainant la gigantesque roue. Apparut un amas de chairs et d'étoffes déchirés, déchiquetés, broyés. Seule, comme si elle eût été coupée à dessein, la tête gisait dans un coin.

— C'est bien lui! balbutia Lafon, quand il eut remonté l'échelle. Quel épouvantable malheur!

— La porte a dû rester ouverte, dit un ouvrier.
Le patron a dû vouloir la fermer. Un étourdissement l'a pris, et il est tombé dans le volant.

XV

LA PORTE DU NÉANT

En ce moment, le groupe s'écarta, livrant passage à Mme Aubert. Prévenue par le compagnon
qui avait ramené Ulette, la jeune épousée accourait, éperdue, Lafon se jeta au-devant d'elle :

— N'approchez pas, madame! C'est trop horrible! Hélas! Nous faisons tous une perte irrépa-
rable.

— Antoine! Antoine! Je veux le voir!

— Je vous en supplie, madame. C'est un spectacle affreux. Monsieur Aubert est tombé dans
cette roue, il a été littéralement broyé.

Epouvantée, la malheureuse regardait, tour à
tour, le volant meurtrier, et les hommes qui l'entou-
raient. Tout à coup, ses yeux rencontrèrent le bras
projeté, sans doute, accroché encore à la courroie.
Ses yeux se révulsèrent, et elle s'abattit, en proie
à une crise nerveuse.

— Un médecin!... Vite, un médecin!... N'importe lequel!

Trois hommes — heureux d'échapper à cette
scène atroce — se précipitèrent au dehors. Aidé de

quelques autres, Lafon transporta Mme Aubert chez elle, et la remit aux soins de sa femme de chambre. En passant devant la salle à manger, ils purent voir les couverts mis élégamment, les huîtres ouvertes, attendant les convives, dans la belle lumière de midi. Ce contraste les frappa tous d'horreur, et, quoi qu'ils eussent à peine pris quelques bouchées de leur repas, ils se sentaient l'estomac barré par une angoisse toujours croissante.

Le commissaire, enfin, arriva, d'assez méchante humeur. Son secrétaire était venu le relancer, chez lui, dans sa salle à manger. L'affaire était trop importante pour la remettre à un sous-ordre. Maugréant, il s'était rendu à ce devoir forcé. Dans le hall, les ouvriers, revenus de déjeuner, parlaient bas, commentant l'événement. Les contremaîtres réunis s'interrogeaient pour savoir quel parti prendre. Enfin, Lafon proposa d'aller prendre les ordres de M. Etienne. Depuis longtemps déjà, le fils avait repris conscience de la situation, mais il feignait toujours la faiblesse pour se donner le temps de reconquérir le sang-froid nécessaire.

Quand Lafon se présenta, il parut faire un grand effort et se redressa sur le divan où on l'avait allongé. Il tendit la main au premier contremaître :

— Oh! mon ami!... mon ami!... Ce coup m'a brisé. Mon pauvre papa!

— Du courage, monsieur, nous sommes tous à la merci d'un accident.

— Je me suis trouvé mal comme une femmelette. Mais, où est ma belle-mère? Quel coup dur aussi pour elle!

— J'ai laissé Mme Aubert en proie à une crise nerveuse, entre les mains de sa femme de chambre, et j'ai envoyé chercher un médecin.

— Merci, Lafon, mille fois merci. Heureusement, vous êtes là, mon ami.

Ce fut à ce moment qu'arrivèrent, en même temps, deux médecins ramenés par les ouvriers. On les conduisit vers la patronne. Cependant, le commissaire, ayant fait les constatations d'usage, semblait conclure à un accident, dû au manque de surveillance. Le contremaître, dépositaire des clefs de la machinerie, avait affirmé que la porte était bien fermée. On avait, comme d'habitude, visité la machinerie, le samedi précédent, après le départ des ouvriers à midi (ils faisaient la semaine anglaise). L'après-midi, sous sa direction, les manœuvres avaient procédé au nettoyage général et au graissage. La porte de la cage du volant était bien fermée, puisque, depuis six jours, personne ne s'était aperçu de son ouverture.

— Pourtant, un fait indéniable. Elle était ouverte, aujourd'hui. Où est cette clef?

— Dans mon tiroir, monsieur le commissaire.

— Eh bien, je vais voir si elle y est encore.

On entra dans les ateliers. La clef fut trouvée à sa place. A ce moment, Etienne, soutenu par Lafon, rejoignit le groupe du commissaire.

— Me permettez-vous, monsieur Raynaud, de congédier les ouvriers. Je ne pense pas que vous ayez besoin d'eux tous, pour votre instruction.

— Non. De ceux seulement qui étaient présents lors de la funèbre découverte.

— Bien, monsieur le commissaire. Mon ami, dit-il, se retournant vers le contremaître, veuillez congédier tout le monde. Demain, samedi, on fera la paye comme d'habitude, et cette semaine sera payée entière, comme la semaine prochaine. Nous fixerons, demain, le jour de la reprise du travail.

Lafon s'inclina et sortit pour remplir cette mission. A part lui, il était un peu épaté de la soudaine amabilité d'Etienne. Jusqu'alors, l'estime qu'avait pour lui Antoine Aubert n'avait jamais eu l'approbation du fils. « Après tout, pensa le brave homme, je me suis trouvé là à propos. Les grandes douleurs rapprochent les cœurs. »

Le commissaire avait repris son enquête. La porte restée ouverte était toujours l'énigme du drame. Après s'être informé des travaux en cours, on conclut à l'ouverture accidentelle causée par l'ébranlement donné par les chocs du marteau-pilon dont on s'était beaucoup servi la veille. M. Aubert, passant devant cette porte, avait voulu la fermer. Un étourdissement subit (peut-être causé par les fatigues charmantes de son mariage), et voilà.

Comme, après cette conclusion, il n'y avait plus qu'à faire retirer de la fosse les restes du patron, — quand ce travail épouvantable fut achevé, —

Louis Lafon et Pierre Engelard, le contremaître à la clef, partirent ensemble, le cœur un peu chaviré:

— Crois-tu, Lafon, à la conclusion du policier? dit Engelard.

— Hum! On s'est servi des millions de fois du pilon, et jamais la porte ne s'est ouverte toute seule, à cause des secousses. Il est vrai que ce n'est pas une raison. Ce qui n'est jamais arrivé arrive.

— Non! mille fois non! Une secousse ne peut faire sauter un pène de cinq centimètres, surtout quand la porte joint bien, et c'est le cas.

— Alors, qu'est-ce que tu penses?

— C'est justement ce qui m'embête. Je ne pense rien.

Ils se séparèrent. Mais Lafon, en cheminant vers son logis, prenait et reprenait toutes les hypothèses possibles, au sujet de la porte fatale. Aucune ne le satisfaisait. Sa pensée revint à Etienne. Rien ne pouvait lui faire soupçonner que celui-ci fût coupable, et sa pensée ne s'y arrêta même pas. Mais, à présent, Etienne devenait le Maître de l'Usine. Jadis adversaire de son père au sujet des réformes sociales, continuerait-il son œuvre commencée en faveur des ouvriers, ou ferait-il marche en arrière?

Cet accident, ce stupide accident, tracassait Louis Lafon. Cette porte ouverte? Pour le néant. Et qui profitait au fils?...

LIVRE DEUXIEME

LES PIMENTS DE L'INCESTE ET DU DANGER

I

DU MAL BIEN FAIT N'EST JAMAIS PERDU

Qu'on jette une bombe dans une rivière tranquille, en un gracieux paysage, ou bien dans un torrent écumeux de montagne, la bombe, en éclatant, tuera quelques poissons, goujons ou truites, peut-être, mais elle n'empêchera pas l'eau de couler vers le fleuve et vers la mer. La vie suit son cours comme l'onde.

Après le départ du commissaire et la constatation officielle de l'accident, Etienne vint prendre des nouvelles de la jeune veuve — veuve pour la seconde fois — et fit mander une sommité médicale. Le médecin fameux déclara que l'état de

Mme Aubert était grave, comme celui d'Ulette. Le cerveau de la maman avait reçu une trop forte commotion, et son corps était rétabli que son esprit flottait encore dans le brouillard. Ce n'est que lorsqu'elle eut repris assez conscience d'elle-même pour se rappeler sa fille et comprendre le danger où cette enfant se débattait, que l'amour maternel fit un miracle. Pour soigner la chair de sa chair, elle redevint elle-même, et, dans les soins à donner, trouva un dérivatif à sa propre douleur.

C'était plutôt l'imagination de la fillette qui était frappée; atteinte, que la substance matérielle de l'encéphale. L'intellect très développé de la petite avait subi comme une sorte d'horreur effrénée en se trouvant brusquement en face de cette énigme : *la mort*. Ce n'avait été, jusqu'alors, pour elle qu'un mot. Son papa avait été tué, mort pour la patrie, pour le droit, comme le proclamaient tous les dithyrambes et bobards, et cet encens lui donnait une sorte de grandeur d'apothéose. Mais, Papapa ? Lorsque Ulette avait compris la mort en face de ces débris humains, des restes horribles du père qu'elle aimait mieux que le premier dont elle ne se souvenait guère, il y avait eu dans cette gosse une sensation de déchirement de tout l'être, et le résultat fut une sorte de paralysie mentale. Une indifférence complète aux besoins matériels et un oubli du passé qui allait même jusqu'à ignorer sa mère. C'était une patiente rééducation à faire. C'est à ce travail que, sous les indications du docteur, s'appliqua Mme

Aubert, et c'est ce qui, personnellement, la sauva.

Toutes deux, la mère et l'enfant, étaient soignées, n'ayant aucune parente, par des dévouements subalternes : la vieille Madeleine, bonne à tout faire; la femme de chambre, Annie; la concierge de l'usine, Mme Langlois; et Mme Lafon, qui était accourue pour aider un peu les trois autres ahuries par cette suite de catastrophes. Etienne Aubert, qui ne connaissait pas la femme de son contremaître, la prit, d'abord, et pendant quelque temps, pour une parente de la concierge et ne s'occupa de tout ça, d'ailleurs, que pour mettre à la disposition de cette dernière, d'initiatives plus dégourdies et avisées, l'argent nécessaire aux malades.

Malgré vingt ans de différence, Mme Aline Aubert aimait sincèrement, profondément, son mari. Chez ce vieux, elle avait, à hauteur d'une intelligence d'élite, capable de diriger la sienne et de l'élever, découvert, pendant leurs quinze jours d'union, un mâle vigoureux, expert au déduit. Ses trente ans, apogée de la femme, où elle est dans toute sa plénitude sexuelle, avaient obtenu la satisfaction des sens et de l'esprit; de là un grand amour cérébral et charnel pour ce second époux qui l'avait comme révélée à elle-même.

Un être, encore inconnu, déjà, vivait en elle.

Etienne Aubert, dans tout ça? Chez lui, après les funérailles magnifiques de son père, dont les centaines d'ouvriers suivaient le corbillard chargé de couronnes de perles et de fleurs, la lourde tâche de la direction de l'usine avait été son moyen d'oublier. Il ne connaissait pas le remords, au sens romanesque du mot. Il savait bien qu'il n'avait pas tué son père. C'était seulement, à son instigation, que le crime avait été commis; mais, puisque le mal avait été bien fait, et que, par suite, son plus vif désir était accompli, il devait accepter la nouvelle situation et devenir, dans le temps le plus bref possible, un potentat de la métallurgie. Et ses idées changèrent. Le parti de son père était le plus sage. En associant l'ouvrier, on l'intéresse non seulement à son travail qu'il améliore, de toutes façons, mais à l'existence même d'une usine qui devient sa chose, son but, son espoir en une continuelle amélioration de la vie.

Alors, il résolut de s'attacher Louis Lafon, qu'il sentait son égal, peut-être supérieur, à la fortune près. Il en fit le directeur manuel de l'usine, tandis que lui continuerait la recherche des commandes. Cet acte eut un plein succès chez les ouvriers. Lafon était aimé; c'était un artisan comme eux-mêmes, doué, mais si simple et si juste que tous applaudirent à cette décision. Le nom d'Antoine fut éclipsé dans tous les cœurs par celui d'Etienne, ou plutôt les deux se confondirent en un seul nom qui renfermait tous les espoirs d'avenir : l'usine des Aubert.

Un seul point noir, sur cet horizon ensoleillé : Thomas Keysar et Berthe Jafaux. Il n'avait eu garde de ne pas retirer, en la payant, la reconnaissance compromettante de cinq cent mille francs, écrite sur papier timbré. Mais Thomas qui, *avant*, parlait d'aller tenter fortune en Amérique, avait changé d'avis. Il avait lâché le courriérisme litté- raire, qui ne lui rapportait que de la gloriole au café de la Rotonde et au café Napolitain, pour s'installer, à force de publicités amicales, *liseur de pensée*. Il s'était installé dans une rue neuve et soli- taire, la rue Huysmans, petit affluent du boulevard Raspail. Là, il donnait des consultations psychi- ques, avec l'aide de la voyante Souriah. Les séan- ces qu'il avait données, toute une semaine, dans un grand music-hall, *l'Empire*, avaient eu un succès magnifié par les camarades de la presse.

De plus, il avait publié un livre, avec exemplai- res sur papier de Hollande ou du Japon, qu'il ven- dait aux poires, et qui était démarqué d'un bouquin, *le Satanisme et la Magie*, d'un écrivain, Jules Bois, perdu depuis aux Etats-Unis, où on ne sait pas ce qu'il est devenu. Quoi qu'il en soit, Etienne Au- bert lui ayant payé la forte somme, les cinq cent mille, avait cessé toutes relations, ou presque, avec ce couple interlope et compromettant. Thomas Keysar s'en souciait peu, mais la voyante, qui s'at- tribuait la réussite des deux entreprises, gardait de l'aigreur pour ce lâcheur d'Etienne, pour qui elle se sentait de l'inclination.

Et voilà comme quoi tout s'arrangeait. Le vieux était disparu et enterré, Mme Aubert avait repris son charme, sa gentillesse souriante, sa beauté, et portait en elle un souvenir vivant de cette quinzaine conjugale. Ulette, à nouveau, faisait tintinnabuler ses rires dans le pavillon du quai de Javel, et l'usine travaillait, formidablement, toutes ses machines entraînées par la grande roue qui avait dévoré le patron, mais nettoyée de toute cette chair broyée, de ces vêtements ensanglantés, de ces caillots rougeâtres. La vie enfin, ingénue, amorale et cynique, continue, comme une onde claire ou malpropre, coule à la mer, la vie toujours plus forte que la mort.

II

UNE ÉGLOGUE DE NOUVEAUX RICHES

Parmi les exquis paysages qui décorent la banlieue parisienne, Vilennes, au bord de la Seine, assez surélevé pour être à l'abri des inondations, étale au soleil ses habitations plutôt bourgeoises qu'agricoles. De la petite ville, le terrain monte, en molles ondulations, vers des sites très pittoresques et largement garnis de bouquets de bois et de charmantes villas aux jardins fleuris.

Sur la route qui va de Vilennes à Médan, de Zolatre mémoire, une porte à massive serrure, ouvrait sur un long couloir, un chemin herbeux d'une centaine de mètres, resserré entre les murs des propriétés voisines. Au bout de ce sentier, une maison d'aspect abandonné, comme le jardin : un rez-de-chaussée sur caves et un étage surmonté d'un vaste grenier. Cette propriété, en raison de sa situation isolée, était restée à vendre ou à louer pendant plus de dix ans. Le dernier acheteur l'avait acquise pour quarante mille francs.

Un gai soleil de septembre dardait ses rayons. Une femme, à une fenêtre du premier étage, jeta un coup d'œil dehors, sa chevelure en broussaille et les yeux encore mal éveillés de la sieste, et nue comme Eve dans le paradis terrestre, trianglée de poils blonds. Elle s'étira, bâilla longuement, puis, enfilant une paire de savates, elle descendit. Dans la salle à manger, la table était encore chargée d'assiettes et de reliefs de toutes sortes; dans la cuisine, les casseroles gluantes de sauces voisinaient avec une cuvette d'eau de savon et une lessiveuse débordant de linge sale.

L'Eve, d'une trentaine d'années, de ce singulier Eden, fit un geste de lassitude, et, parlant haut pour se tenir compagnie et faire un peu de bruit dans ce silence :

— Il faut qu'Armand me paie une boniche. Ça me dégoûte de laver la vaisselle. Et qu'est-ce qu'on va becqueter, ce soir?

Elle ouvrit un placard. Sur les rayons, une dizaine de boîtes et de pots de conserves :

— Y a du bon. Des tripes, du homard, confiture de coings. Quatre bouteilles et du rhum. C'est emmiellant qu'y ait pas de salade dans le jardin. J'aurais bien brouté une romaine. Baudard ferait mieux d'en planter que d'aller à la pêche.

Elle entendit la sonnette de la porte de la route : « Ah! zut! le v'là déjà! » Elle empila, dans la salle à manger, les assiettes sales. « — Hein! A force de s'ennuyer, il jabotte, tout seul comme moi?... Mais non, il amène quelqu'un... Ah! zut alors! » Baudard criait dans la venelle :

— Eh! Sans-Liquette, mets ton faux-col. C'est une visite.

Sans-Liquette jeta un coup d'œil autour d'elle, vit une camisole qui traînait sur un tabouret, elle l'enfila, ceignit un tablier et se trouva habillée, comme deux hommes entraient : Armand Baudard et une ancienne connaissance du bar des Barbeaux et des Tantes, rue des Pyrénées, Arthur Fallot, dit Tuemouche.

— Bonjour à la plus belle, dit galamment Arthur. Hein, tu ne t'attendais pas à voir un pote de Ménilmuche?

— Non, pour sûr. Comment t'as fait pour nous dégotter?

— Hasard, tout pur. J'étais venu taquiner le goujon à Vilennes. On m'avait dit qu'ça mordait par ici. En fait de poisson, j'ai rencontré Baudard. V'là comme ça s'est fait. J'vous gêne pas, j'pense.

— Ah! mon vieux, c'qu'on s'emmerde dans cette cambrouse!

— Mince! T'es rien difficile. J'en ferais bien mon ordinaire, moi.

— Alors, la ménagère, dit Baudard, qu'est-ce qu'on bouffera ce soir?

— Toujours la même chose : des conserves.

— J'ai envie de vous inviter à dîner au restaurant.

— Au restaurant! protesta Tuemouche. T'as pas la trouille. Tu en aurais, au moins, pour cinquante balles. Sale guerre! gronda-t-il. C'est sa faute, la vie chère.

— Et ben? Quand on régale un copain, je ne regarde pas à la dépense.

— Diable! t'es tant qu'ça galetteux? T'as donc fait un riche mic-mac?

Baudard fronça les sourcils :

— Peut-être bien, fit-il sèchement.

— Ah! j'te d'mande rien. Chacun ses affaires. Mais, tout d'même, t'es chançard. Moi, j'fous la purée. La Rouquine s'est fait poisser. Quinze jours de Lazaro, et malade. Enfin, la déveine, quoi.

— Alors, t'es venu jusqu'ici?

— A pinces, oui, ma vieille, et le train onze pour m'en retourner. Aussi, aboule vite un frichti. Ça me donnera du nerf pour m'en aller. J'ai rien briffé d'puis c'matin.

— Tu prendras le chemin de fer, dit Baudard avec autorité. C'est moi qui raque. Allons, mon pote, un coup de main pour déblayer.

Les deux hommes s'actionnèrent, pendant que Sans-Liquette allumait le gaz et faisait chauffer les tripes à la mode de Caen et une boîte de pois verts. Les mâles torchaient les assiettes avec de vieux journaux, rinçaient les verres dans la lessiveuse et, bientôt, l'on était à table.

D'abord, attaque d'une boîte de homards. Puis, les tripes et les petits pois. Les quatre bouteilles furent vidées. En dégustant le menu :

— Ça va mieux, hein, fit Baudard, tapant sur le ventre de Tuemouche. Il ne sera pas dit que je n'aurai pas aidé un aminche dans la mouyse. Tiens, vieux, v'là un bif de cent balles. Tu me rendras çà, à ta prochaine affaire.

Il sortit de sa poche un portefeuille graisseux, mais rebondi, pour en extraire un billet de cent francs qu'il tendit à Tuemouche.

— Nom de Dieu! dit le pauvre, en larmoyant. Pour un pote, on peut dire que t'es un pote. Aussi, de tout cœur, je t'souhaite encore une affaire comme celle que t'as dû faire.

— Non, merci. J'aime mieux autre chose.

— Alors, fit Arthur, comprenant qu'il avait gaffé, alors vous avez loué, ici, pour la saison? C'est tout à fait chic. Y faudrait ça à la Rouquine pour se remettre.

— Qu'en dis-tu, Armand? fit Sans-Liquette, en poussant le coude à Baudard, au lieu de prendre une bonne?... Avec ces sacrées boniches, on n'est jamais tranquille, y a plus d'honnêtes filles, au jour d'aujourd'hui.

Baudard était un peu éméché. L'idée d'éblouir d'anciens copains l'emporta sur la prudence :

— La propriété m'appartient, fit-il avec importance, et je me suis retiré des affaires. Je vis de mes rentes.

Arthur, extasié :

— Ah! mon vieux, que j'suis content pour toi. Au moins, toi, t'es arrivé, et t'es pas une vache. Tu estimes toujours les anciens de Menilmuche.

— Dis-donc, Sans-Liquette, reprit Baudard, en versant trois rasades de rhum, on va reconduire Arthur à la gare. On prendra un jus à la buvette. Va enfiler un jupon, car il semble que tu es, plutôt, vêtue à la légère. Et, en route!

Sans-Liquette esquissa un cake-walk assez risqué, vu son costume sommaire, et monta au premier pour faire toilette.

— Oui, reprit encore Baudard en veine d'orgueil et de confiance, me v'là probloc. Demain, quand tu r'viendras avec ta femme, j'te ferai voir l'immeuble. J'ai payé çà quarante mille balles. C'est pour rien, au prix qu' sont les logements et le terreau, huit cents mètres. Tiens! fit-il, frappé d'une idée, si tu veux, j't'embauche, la femme comme boniche et toi comme jardinier. A nous deux, nous ferons pousser des patates et d'la salade.

— Moi, fit gravement Arthur, à ta place, j'aurais des poules et des lapins. Ça, c'est pas fatigant, et pas de fricot; crac, tu casses les reins à un lapin, tu coupes le cou à un poulet, et t'as d'la bidoche.

— Je suis content, mon pote, de t'avoir rencontré. Je m'barbais tout seul ici, et Sans-Liquette regrettait Panam. A nous quatre, on rigolera. C'est pas la place qui manque. Trois chambres, au premier.

— Chouette! On ira à la pêche, on fera des manilles.

Les deux copains s'embrassèrent. Sans-Liquette rentra habillée décemment, gentiment. Les trois amis s'en allèrent, sur la route droite, en titubant un peu. Avant de partir, les deux nouveaux riches avaient remis à Tuemouche deux boîtes de conserve, pour la Rouquine qui attendait sa friture, afin de ne pas se coucher le ventre vide. Il y avait quarante minutes à attendre à la gare. On les passa à la buvette, à avaler des cafés, des petits verres. Enfin tous trois s'embrassèrent comme des parents.

— A demain! Arthur, n'oublie pas. A demain!

En revenant, Baudard et Sans-Liquette se félicitaient mutuellement de la bonne aventure. Décidément, la solitude et la retraite étaient contraires à leur tempéraments. On allait donc s'amuser un peu.

III

LA CONSULTATION D'HOMO-DEUS

Le salon de consultation du mage Thomas Keysar.

Thomas avait abandonné, depuis qu'il avait hérité de quatre cent mille francs, le courrier littéraire qu'il signait gratuitement : *Un Sauvage*, dans un quotidien à tirage modeste. Et, pourtant, s'accomplit pour la critique littéraire, une évolution commerciale analogue à celle qui a transformé, en partie, la critique d'art. Il avait compris, dès qu'il avait eu un peu d'argent, qu'il ne faut pas compter sur les Lettres pour vivre, que la gloire est une balançoire, et que l'argent seul compte. Installé, comme liseur de pensées, rue Huysmans, il exploitait, décidément, avec l'aide de la réclame, les facultés de divination extraordinaires de sa maîtresse. Pour impressionner le visiteur, sur la table, un jeu de tarots, un globe céleste et une lorgnette de cristal. Le plafond, peint en bleu intense, et semé d'étoiles en papier doré.

Thomas se promenait, de long en large, quand le gong de l'antichambre résonna. Keysar s'avança vivement vers la porte qui s'ouvrit, livrant passage à un homme étrange mais correct, le docteur Marc Vanel qui, depuis quelque temps, surprenait tout Paris par ses expériences psychiques et dont les expériences publiques étonnaient, plus ou moins, tous les savants. Agé, alors, de trente-cinq ans, il ne les paraissait pas, et son visage, d'ailleurs très beau, gardait une impassibilité marmoréenne. Entré délibérément, il avait salué du geste, sans se découvrir. L'aspect, un peu théâtral et suggestif du salon lui avait fait, légèrement, hausser les épaules.

— Veuillez vous asseoir, mon cher maître. Je sais le prix du temps du docteur Vanel, *Homo-Deus*. Je ne vous aurais pas prié de vous déranger s'il ne s'était agi d'un phénomène extraordinaire.

— Je vous écoute, mais soyez bref.

— J'avoue être plutôt un pitre en matière de somnambulisme qu'un véritable savant. Je vous assure, pourtant, maître, avoir obtenu des résultats, stupéfiants pour moi-même, de la voyante Souriah, ma maîtresse depuis trois ans. Elle est fille du peuple, née de parents alcooliques et syphilitiques. Je veux dire que le fond de l'organisme de mon sujet est plutôt malsain, non seulement du côté physique, mais du côté mental. Telle quelle, elle est très apte au somnambulisme et, ce qui est plus singulier, à une certaine extériorité d'esprit. J'entends par là que, à certains moments, l'esprit de Souriah semble doué de dualisme; elle est elle-même et elle est une autre, qui n'a pas le moindre rapport moral avec le sien propre. L'énigme de cette nature m'intrigue et j'ai foi dans votre aide pour éclairer ces ténèbres.

— Expliquez-vous mieux, fit Homo-Deus.

— Depuis trois mois, depuis que, par un hasard heureux, notre situation s'est améliorée, l'état psychique de cette personne a subi une transformation étrange. Jusqu'alors, j'utilisais sa clairvoyance pour attirer ceux que je considérais, autrefois, comme des dupes, et qui, maintenant, sont véritablement renseignés par une voyante merveilleuse. Il n'y a plus de charlatanisme dans ses révélations, — ce qui m'impressionne moi-même et m'inquiète.

— Voulez-vous me la présenter?

— Tout à l'heure. Je n'ai pas fini. Si cela s'était borné à des consultations susceptibles de satisfaire les clients et, par suite, d'augmenter notre réputation, je n'aurais pas insisté, maître, pour avoir votre avis. Mais, outre ce cas psychique singulier, Souriah est sujette, depuis un mois, à des attaques d'épilepsie suivie de catalepsie qui durent de plus en plus longtemps. Le premier accès dura quatre heures, le second neuf, le troisième vingt-cinq; et, cette fois, la quatrième, elle est en état cataleptique depuis deux jours, exactement cinquante-trois heures.

— La progression est rapide. Alimentez-vous la malade?

— J'ignore tout de sa maladie. C'est pourquoi, maître...

— Vous me disiez que son esprit est double. Quand vous en êtes-vous aperçu?

— Il y a environ trois mois, je le répète, en état de somnambulisme, elle a comme perdu sa personnalité et parlé avec l'esprit d'une autre femme, et cette intruse a une perception surprenante. Vous devez comprendre que les trois quarts des consultations demandées ont pour motif des objets perdus, des rivalités d'amants, des intérêts de famille, des questions d'héritages, des sujets assez banaux. Toujours des espoirs sur l'avenir; et, sur l'avenir, Souriah n'est pas plus renseignée que moi-même, et c'est alors l'éternel jeu des attrape-nigauds. Mais, sur le passé, rien, entendez-vous, rien ne lui est caché, et il suffit d'un objet quelconque pour la mettre sur la piste, et elle le voit, même au delà de l'Océan. C'est ainsi qu'elle a pu donner à un jeune Brésilien de Montparnasse le bulletin journalier de la maladie de son père, résident à Rio. Je pourrais vous citer vingt cas, que je vous affirme authentiques. Je n'y comprends rien moi-même, je vous le répète, et cela diffère totalement de nos débuts où il n'y avait que du chiqué. C'est déjà assez surprenant; mais il y a, maintenant, cette dualité mentale, oui, la jonction d'un autre être tellement en dehors de Souriah que j'en ai quasi peur.

— Est-ce si effrayant?

— Effrayant n'est pas le mot juste. *Effarant.* Figurez-vous entendre un être qui ne serait pas de notre Terre, qui aurait vécu dans d'autres astres.

— Allons donc, vous êtes fou?

— Pas encore. Mais ça pourrait venir, si je suis, dans ses déductions, les rêves fantastiques de ma femme.

— C'est tout?

— C'est tout.

Homo-Deus se frotta les mains, pensant que ce serait, vraiment, un sujet pour lui :

— Conduisez-moi vers elle.

Thomas Keysar fit entrer le docteur Vanel dans la chambre à coucher où reposait la Voyante. Souriah (Berthe Jafaux) était toute habillée, sur le lit de milieu, en ses vêtements de séance, une ample robe de chambre de velours, fermée par des bou-

tons de corail rouge, et les cheveux coupés au ras
des épaules. Ainsi étendue, pâle, les yeux ouverts
et fixes, rigide comme un cadavre, la jeune femme,
était impressionnante.

Homo-Deus s'approcha, tâta le pouls, appuya
son oreille sur la poitrine de Souriah, puis, légèrement, sur les globes des yeux.

— Eh bien, docteur Vanel? fit Keysar, anxieux.

— Etat cataleptique parfait. Le pouls est in-
sensible, le cœur presque imperceptible. C'est le
quatrième accès, dites-vous. Encore deux ou trois,
et ce sera la mort.

— La mort? balbutia Thomas.

— A moins que je ne devienne maître du mal.
Cette chance me semble problématique.

— Quoi? Vous n'espérez pas? Vous qu'on surnomme : *Homo-Deus.*

— Vous devez croire que je ferai tout pour la
sauver. Avez-vous un tisonnier, un réchaud à gaz?

— Dans la cuisine, maître, si vous voulez bien
me suivre.

Le docteur Vanel trouva un tisonnier.

— Ça fera l'affaire, dit-il.

Puis il alluma le gaz, et plaça dessus la tige
de fer.

— Surveillez, monsieur, le tisonnier. Lorsqu'il
sera rougi à blanc, apportez-le-moi vivement.

Il retourna près de la malade et la déchaussa.

Quelques minutes après, Thomas Keysar rentrait, portant la tige de fer rougie à point.

— Donnez. Vous, appuyez vos mains sur la poitrine et frictionnez rythmiquement pour ranimer la respiration... C'est cela... Continuez...

Vanel, cependant, promena rapidement le tisonnier sous la plante des pieds de la jeune femme. Une odeur de roussi, de brûlé, se répandit dans la chambre. Un léger tressaillement parcourut le corps de Souriah.

— Endormez-la, reprit Homo-Deus, du sommeil magnétique. Vous avez l'habitude de son tempérament. Par ce moyen, nous éviterons un réveil brutal.

Trois secondes, il enfonça de quelques millimètres la pointe ardente au milieu de la plante des pieds de la patiente. Cette fois, elle sursauta et poussa un léger cri. Mais, comme elle ressentait l'influence du sommeil magnétique, après un profond soupir, ses paupières se refermèrent, et un souffle régulier souleva sa poitrine.

— Reportez le tisonnier à la cuisine, dit le docteur Vanel. Nous n'en avons plus besoin.

IV

LE MYSTÈRE D'UNE AME DOUBLE

Homo-Deus, se penchant sur la malade, dit avec autorité :

— Surveillez-vous, vous-même. Je vous défends

de vous laisser aller à ce sommeil qui pourrait être mortel. M'obéirez-vous, Souriah?

— Je tâcherai. Mais, pourquoi voulez-vous que celle-ci ne meure pas?

— De qui parlez-vous?

— De l'autre, Berthe Jafaux.

En ce moment, Thomas Keysar rentrait. Marc Vanel lui fit signe de se taire.

— Et vous, qui êtes-vous?

— Pas de sons pour le traduire par une voix humaine.

— N'êtes-vous pas un être terrestre comme nous?

— Non, pas moi. L'autre, *oui*.

— L'autre? Berthe Jafaux.

— Oui. Oh! la malheureuse!

— Vous la plaignez? Elle souffre?

— Plus moralement que physiquement, et elle ne s'en doute pas.

Le docteur Vanel regarda Thomas Keysar :

— Un cas étrange, en effet. A moins que nous n'ayons affaire à une simulatrice. Pourtant, à la suite d'une crise d'épilepsie léthargique, c'est assez invraisemblable. (Il se retourna vers Berthe Jafaux.) Vous rendez-vous compte, madame, de la crise que vous venez d'avoir?

— Parfaitement, et sa gravité ne m'inquiète pas, car je ne pensais pas vivre avec le cerveau d'une femme qui a assassiné.

— Silence! intervint Keysar, commandant à la

malade. Docteur, excusez-moi, mais le secret de Berthe Jafaux n'est pas seulement le sien. Bornez-vous, je vous prie, à la pénétration d'un mystère psychique : *la dualité d'une âme.*

— S'il y a, dans le passé de cette femme, un crime qui influe sur sa mentalité, je suis en droit de le connaître, ne fût-ce que pour combattre le mal. Ce qui sera dit ici restera secret pour les autres. Ça s'appelle le secret professionnel. Mais je dois tout savoir.

— A quoi bon charger votre conscience d'une responsabilité, que vous ne pourrez enfreindre. Le secret de Berthe Jafaux, je le connais, et je vous jure que la malade ne désire pas qu'il soit divulgué.

— Vous êtes son complice. Rassurez-vous. Je ne dirai rien, quoi qu'il arrive.

— Alors, *as you like it.* Mais l'esprit vulgaire de Berthe Jafaux, ma maîtresse et ma complice, oui, n'a rien d'intéressant pour vous, tandis que l'esprit qui l'anime en ce moment est tout à fait supérieur. Homo-Deus, seul, est capable de pénétrer ce mystère psychologique.

Sans répondre, Vanel revint à la malade qui semblait reposer toujours du même sommeil tranquille :

— Voyez-vous dans ma pensée? dit-il en lui posant la main sur le front.

— Oui. Vous voudriez avoir la clef de cette dualité, de cette énigme?

— En effet. Voyez-vous un empêchement à me
les révéler?

— Pas le moindre. Sachez, tout d'abord, que
j'ai rien de commun avec cette misérable. Si je
me sers de son organisme, c'est que je n'ai pas
d'autres moyens d'exister sur ce globe, où je suis
tombé bien involontairement.

— Votre esprit vient donc d'un autre monde?

— Bien en progrès sur le vôtre, un monde de
purs esprits, c'est-à-dire existant sans être, comme
sur votre terre, enfouis dans une enveloppe char-
nelle. Quoiqu'immatériels, nous avons des sens qui
nous permettent de communiquer nos pensées, de
nous unir et de procréer. La mort, que j'ai seulement appris à connaître sur la Terre, n'existe pas
pour nous, et nous remplaçons cette sorte de méta-
morphose de la matière par l'exode. Le trop-plein
de notre monde, obéissant à je ne sais quelle impul-
sion du besoin, s'embarque, dans l'éther, sur les
ondes lumineuses des plus proches Soleils et se
répand à travers l'univers sidéral. Le hasard m'a
conduit sur la Terre, et, pour mon malheur, je me
suis enfoncée dans le cerveau de Berthe Jafaux.
Détail assez répugnant des astres matériels comme
le vôtre (il y en a beaucoup), c'est, d'ordinaire, au
moment de la copulation de la genèse, que se fait
notre matérialisation. Ainsi, tant de gens sur la terre
ont des âmes doubles, comme il y a des corps doubles, attachés par une bande de chair à l'aine, des
fleurs et des fruits doubles, des étoiles doubles. J'ai

voulu éviter celle loi fondamentale en profitant d'une syncope d'un être adulte, pour violer son crâne, le domicile de son esprit, et m'y installer à son insu. J'ai eu la mauvaise fortune de tomber sur cette aventurière, et d'être, ainsi, à la merci d'une coquine et de son complice.

Le docteur Vanel, abasourdi de cette révélation, regarda Thomas Keysar, qui posa un doigt sur son front pour indiquer que sa maîtresse était folle, ajoutant :

— Depuis trois mois, Berthe a l'esprit dérangé. Moi aussi, je sens ma cervelle qui se détraque. En voilà assez, pour aujourd'hui, n'est-ce pas, maître?

— Au revoir. Tout ceci restera entre nous, soyez-en sûr.

— Croyez-vous que, sans danger pour la malade, je puis continuer mes expériences et consultations habituelles.

— Je n'y vois pas d'inconvénients. Mais, notez, pour moi, soigneusement, tout ce qui vous semblera anormal chez la somnambule.

— Promis. Derrière le charlatan que je parais, il y a un écrivain qui s'est beaucoup occupé des mystères psychiques. Avec l'aide de l'illustre docteur Marc Vanel, *Homo-Deus*, une très grande découverte est possible.

— *Amen*, dit le docteur étrange. Je dois vous déclarer que je suis venu ici, avec un esprit très prévenu contre vous. Je ne veux rien connaître de votre vie passée. Cette femme est pour nous un pacte d'alliance. La science au-dessus de tout.

V

UNE OISELLE JOLIE DE PASSAGE

Thomas, ayant reconduit le savant célèbre, *Homo-Deus*, jusque sur le palier, rentra dans la chambre et contempla longuement la dormeuse. Il ne se sentait pas le courage d'affronter, tout seul, *l'inconnu*. Il fit des passes et réveilla la dormeuse. Souriah, Berthe Jafaux, s'étira, ouvrit les yeux et dit :

— J'ai faim.

— Parbleu, voilà deux jours que tu dors. Après une consultation, tu as eu une attaque d'épilepsie qui s'est terminée en léthargie, et ça durerait peut-être si je n'avais appelé le docteur Vanel.

— Je ne me suis jamais si bien portée.

Elle sauta hors du lit. Mais elle y retomba en poussant un hurlement de douleur :

— Oh! là là! mes pauvres pieds!

— J'ai oublié de te le dire. Pour te réveiller, il a fallu te passer un fer rouge sur la plante. Je vais te panser. Dans quelques jours, il n'y paraîtra plus.

Thomas Keysar, qui avait fait un peu de tout, qui avait été, six mois, infirmier pendant la guerre, achevait de terminer le pansement, lorsque le gong de l'entrée retentit.

— Ah! quoi que ce soit, après une une affaire comme ça, je ne suis pas en train, s'écria Berthe.

— Monsieur, dit la bonne, c'est Mme Coutan.

— Josette? C'est différent. Faites-la rentrer ici. Cette oiselle me fera oublier mes brûlures.

En magnifique manteau de zibeline, malgré la douceur du temps, coiffée d'un chapeau, une merveille de fantaisie, ses mains, son cou, ses oreilles, un feu d'artifice de joyaux, de perles, de diamants, Josette apparut :

— Bonjour, mes enfants. Eh bien, quoi? Berthe bat sa flemme?... Elle n'a, pourtant, pas l'air d'être malade... A moins que?... Si je vous dérange, les amoureux?...

— La nuit nous suffit. Mais vous êtes flambante, ma chère.

— Hein? fit Josette, en allant se mirer dans la glace de l'armoire, j'ai eu du nez de faire lâcher à mon mari son usine. Sixte vient de gagner trois cent mille francs. C'est ça, du travail. Depuis qu'il est dans les affaires, il gagne ce qu'il veut. Alors, sur sa dernière, il m'a donné le tiers. Aussi, vous voyez, j'étrenne ce manteau et ce chapeau, pour venir vous voir.

— Comment il a gagné ça? demanda Keysar.

— Vous êtes plus curieux que moi. Je ne lui ai pas demandé. *Dans les affaires*, vous comprenez, c'est jamais la même chose... Ah! nous irons passer l'hiver sur la Côte d'Azur, dans notre Rolls. Il y aura, là-bas, toute une bande et des gros sacs. Il fraye avec les plus malins. Albert Dubarry, le directeur et propriétaire du journal, *l'Ere Nou-*

velle, le parrain d'Herriot, de Painlevé, l'ami fidèle de Caillaux, nos futurs maîtres, lui conseille de se laisser porter sur les listes du Cartel des Gauches, aux élections prochaines, et il soutiendra sa candidature. Il était question, ces jours-ci, de partir pour la Russie, avec Charles Humbert. Il paraît qu'il y a des millions à ramasser, avec les Soviets. C'est ça la bonne vie; il végétait avec cette vieille moule d'Antoine Aubert·

Ce nom fit passer un frisson dans le dos de Berthe et de Thomas. Elle continuait, intarissable :

— Que devient Etienne? Un ours mal léché, on ne le voit plus. Il est bien fait pour vivre dans la ferraille, celui-là. Pourtant, il a toujours été bien reçu à la maison. Le voyez-vous, quelquefois, vous autres?

— Il y a une quinzaine, fit Thomas. Etienne, absorbé par l'usine, n'a plus le temps de voir les amis.

— On s'en passera, dit Josette, délibérément. Savez-vous pourquoi je suis venue?

« Grue, pour faire voir tes bijoux et ton manteau », pensa Berthe. Elle dit :

— Ma foi, non, mais c'est très aimable à vous. dit-elle.

— Eh bien, voilà. Voulez-vous venir avec nous, à Nice? Je vous offre l'hospitalité. On s'amusera à faire de la poussière et de la sorcellerie.

— Nous ne disons pas non, fit Keysar.

Et Josette reprit :

— Si l'affaire, *russe*, s'arrange, Sixte partira bientôt pour Leningrad et Moscou. Alors, nous serons tout à fait entre nous. On tâchera de ne pas s'embêter.

Berthe échangea un coup d'œil avec Thomas. L'invitation était gentiment égoïste. Josette pourrait faire parade de son luxe et se distraire en leur compagnie.

Mais les deux rusés complices apercevaient aussi quelque chose de mieux que d'être une distraction pour Josette. En une pareille maison, avec une vicieuse comme elle, il y avait sûrement à glaner, à la faveur de ce gaspillage. Et puis, quand on veut ramasser des pommes d'or, il faut aller au jardin des Hespérides.

— En y réfléchissant, reprit Thomas, ma réputation est faite, à Paris, de liseur de pensée. A Nice, à Cannes, à Monte-Carlo, j'ai une clientèle toute préparée. Comptez sur nous, chère amie.

— Vrai, vous êtes bien gentils, tous les deux. Je vous téléphonerai, la veille du départ, et je viendrai vous prendre avec « la Rolls ».

Elle allait se retirer. Tout à coup, comme si elle avait oublié quelque chose :

— A propos, si vous voyez Etienne Aubert, je ne serais pas fâchée qu'il apprenne notre nouvelle situation, depuis que Sixte a quitté sa sale usine.

VI

EN PROIE AU DÉSIR INSENSÉ

Ce même jour où Josette Coutan invitait Thomas Keysar et Berthe Jafaux, dite Souriah, en occultisme, à venir passer l'hiver avec elle sur la Riviera, une fête toute intime avait lieu dans le petit hôtel du quai de Javel, pour y célébrer mieux que la convalescence, la guérison d'Ulette. Etienne Aubert devait présider, naturellement, ce petit dîner solennel, à trois; l'éphémère et toujours délicieuse Mme Antoine Aubert, qui voyait dans le rétablissement de sa fille un heureux présage de sa nouvelle maternité, encore invisible, avait préparé un menu délicat et décoré la table des dernières roses de septembre.

Mme Aubert avait l'intention d'aller faire ses couches chez sa marraine, Mme Desambez, veuve fortunée d'un notaire de Cannes, qui possédait, au bas des monts boisés de l'Estérel, à Théoule, une villa beaucoup trop vaste pour elle; et c'était, pour l'opulente veuve, un prétexte agréable de donner l'hospitalité à sa filleule, occasion qui permettrait à la vieille dame de jouer à la poupée. Mme Desambez avait eu deux fils, tués tous les deux, pendant la grande guerre; l'aîné était marié et père de deux enfants, un garçon de dix ans, en 1923, et une fille de sept. Mme Ossola, sa bru, et ses enfants, quoiqu'ayant un bel appartement à Nice, habitaient chez Mme Desambez presque toute l'année.

A huit heures précises, Etienne se présenta, apportant une superbe poupée pour Ulette, et un bouquet de roses pour la jeune maman.

— Merci, grand frère, cria Ulette, en lui sautant au cou.

Puis il baisa la main de sa belle-mère, qui lui dit :

— Comment vous exprimer ma gratitude, mon ami ? Que serait-il advenu de nous, pendant toutes les émotions que nous avons traversées, sans votre sollicitude attentive ? Ah ! si notre Antoine nous voit (elle montra, sur la cheminée du salon, le buste, exécuté maintenant en bronze à cire perdue, et modelé par La Monaca, *avant l'accident*), il doit être fier de la conduite de son fils.

Etienne devint pâle, à ce rappel du passé. Le visage en bronze semblait le fixer, et le fils occupait, à l'usine, une place usurpée par un crime. Pour changer la conversation :

— Avez-vous reçu des nouvelles de Théoule ? dit-il d'une voix étranglée. Songeons plutôt à l'avenir.

— Oui, Mme Desambez nous attend avec impatience, ainsi que sa belle-fille, Mme Ossola. Robert, son petit garçon et Simone réclament Ulette. Nous allons former, là-bas, une vraie colonie de veuves et d'orphelins.

— Mme Ossola est veuve de guerre? demanda Etienne.

— Oui, mais Mme Desambez a perdu, au front, ses deux fils.

— Il aurait été préférable qu'un isolé comme moi périsse au lieu d'un homme ayant deux enfants.

— Ah! mais non! protesta Ulette. D'abord, tu sais que tu dois être mon petit mari.

Mme Aubert intervint :

— Tu joues encore à la poupée, et tu veux qu'Etienne t'épouse?

— Ulette a raison. Il faut bien que je légitime sa poupée. Comment vas-tu l'appeler?

— Antoinette. Elle me rappellera ainsi mon bon papapa.

La bonne vint annoncer que madame était servie, et l'on passa dans la salle à manger. Etienne complimenta l'ordonnance fleurie et le goût de la table.

— Tiens, grand frère, dit Ulette, mets-toi là. C'était la place du bon papa Antoine, et tu es maintenant le maître de la maison.

— Où nous sommes un peu, à présent, des intruses, ajouta la jeune belle-mère.

— Vous plaisantez, j'espère. Car, si j'avais eu le bonheur de vous connaître plus tôt, il est probable que vous vous seriez, tout de même, appelée madame Aubert.

— C'est vous qui plaisantez, Etienne, fit-elle en rougissant.

Mais Ulette intervenait :

— Ce n'est pas possible, ça. Si tu avais épousé maman, tu ne pourrais pas te marier avec moi.

— C'est vrai, mais tu aurais été ma petite fille chérie.

— Ah! non! j'aime mieux être ta femme. Et puis, maman ne se remariera plus. Elle va m'acheter un petit frère. Alors, elle aura assez à faire comme cela. Vous ne savez pas, monsieur, ce que c'est que d'élever un enfant.

— Et vous le savez, mademoiselle.

— Bien sûr. Avant Antoinette, j'en ai eu bien d'autres.

— Ah! diable! Ce n'est pas drôle pour ton futur mari.

— Oh! mais, c'est des enfants pour rire. C'est des poupées. Les vrais enfants, c'est les poupées pour pleurer. Demande à maman si je ne lui ai pas causé des soucis, dernièrement. Elle a eu bien peur de me perdre, tu sais.

La maman :

— Ne parlons plus de cette vilaine maladie. Bavarde un peu moins et mange un peu plus. Il faut rattraper le temps perdu et prendre des forces. Tes futurs amis de Théoule, Simone et Robert, sont bien portants, et tu as l'air d'une mauviette.

— Ils sont au bord de la mer, et puis ils n'ont pas été malades. Mais, sois tranquille, je les rattraperai. Donne-moi, encore, un petit morceau de poulet.

Etienne écoutait ce bavardage puéril, en reportant tout son désir sur la mère. Devant cette merveille de beauté, de grâce et de charme, qu'il avait envié à son père, plus d'autre obstacle à présent que la seule volonté de la jeune veuve. Etienne sentait qu'il lui était sympathique, et il avait assez d'empire sur lui-même pour dissimuler son esprit ombrageux, envieux, dominateur, cacher ses défauts, et gagner dans l'esprit de sa jolie belle-mère en exagérant plutôt les qualités de son père. Il n'en doutait pas : avec le temps, une influence physique éveillerait sinon l'amour, mais un besoin d'aimer dans les sens de la jeune veuve. L'aimable et serviable bonne femme, qu'il avait pris, d'abord, pour une parente de la concierge, était Mme Louis Lafon, et ce fut encore un moyen de gagner du terrain dans le cœur d'Aline, car Adrienne Lafon était vite devenue une amie pour elle. Et la conduite d'Etienne avec Lafon lui avait complètement gagné la confiance et l'estime de la femme du nouveau directeur, qui, tous deux, ne tarissaient pas d'éloges sur « Monsieur Etienne ». Donc, tout était en bonne voie.

— Etes-vous content, Etienne ? demanda Mme Aubert. L'usine marche à votre idée ?

— Très bien. Je crois que nous allons faire une année épatante. Si ça continue, il faudra s'agrandir. Heureusement, nous avons encore un terrain sur la rue des Entrepreneurs, deux mille mètres, qui ne demande qu'à être employé. Mon père l'aurait, déjà, utilisé, sans ses désaccords avec Coutan, l'associé dont il s'est, enfin, séparé.

— Que fait, maintenant, ce monsieur Coutan?

— Des affaires. C'est un mot assez vague et qui paraît vous étonner. Ça consiste en tous moyens de gagner, dans le sens du jeu, de l'argent, sans pratiquer aucune industrie ou commerce. On peut, ainsi, faire fortune très vite. Sixte Coutan a tout ce qu'il faut pour ce genre de « business » : l'esprit d'intrigue et la chance des cocus.

— Ça ne doit pas être toujours très honnête?

— Oh! l'honnêteté! Un mot, encore, très relatif. S'il n'y avait que des honnêtes gens, la vie serait peut-être très difficile, et assommante. Ainsi, tenez, la semaine dernière, j'ai obtenu la commande de cinq mille moteurs pour avions. L'intermédiaire, un chef de bureau du Ministère de la Guerre, sait très bien que je ne fabrique que des pièces détachées. Pourtant, j'ai eu la commande, au détriment de l'usine Penaud, non parce que j'ai soumissionné moins cher que mes concurrents, mais parce que je donne 20 0/0 à ce chef de bureau, qui, lui, en repasse la moitié à X..., car, dans ces sortes de marchés, le responsable est inconnu. Eh bien, ce sont ces types-là qui font des affaires, et c'est la Princesse qui paye les commissions.

— C'est-à-dire le contribuable, tout le monde.

— Tout le monde dont je fais partie, moi aussi. Mais, à moi, il me reste des bénéfices. Notez qu'ils sont, aujourd'hui, des milliers de gens qui font des

affaires et qui gagnent de grosses galettes à ce truc-
là, dépensant sans compter et ne trouvant rien de
trop cher. De là, l'augmentation de tout, et la vie
trop dure pour qui ne peut gagner en proportion.
Mais, pour revenir à l'Usine, je puis dire que l'idée
d'y associer tous les ouvriers a été une idée géniale.
On peut visiter toutes les usines, nulle part on ne
trouvera l'entrain et l'activité de la nôtre. Ainsi,
chez Penaud, ils font beaucoup pour les ouvriers.
Coopération pour l'alimentation, prime aux ouvriers pères de famille, assurances contre les accidents, etc. Eh bien, j'ai l'embauchage, au choix,
sur sa main-d'œuvre. Et, si j'ai besoin d'une centaine d'ouvriers, je les trouverai chez lui.

Pendant cette conversation sérieuse, Ulette s'é-
tait assoupie. Aline sonna Madeleine, qui enleva
la petite fille sans qu'elle s'éveillât. Pendant ce
temps, Mme Aubert servit le café et offrit à
Etienne le service de fumeur de son père.

— Avec un peu de bonne volonté, dit en riant
le jeune homme, encore en deuil, comme d'ailleurs
sa jeune belle-mère, je pourrais me croire, ici, entre
ma femme et mon enfant. Quel malheur que je ne
vous ai pas rencontrée plus tôt! (Et, comme Aline
ne paraissait pas avoir entendu :) Nous sommes, à
peu près, du même âge, nous deux, tandis que mon
père pouvait, presque, être le vôtre.

— Je ne me suis jamais aperçue de cette différence, car le malheur m'a formé un caractère bien
au-dessus de mon âge. Vous ne pouvez vous figurer

quelle a été ma détresse morale, à la mort de Jousselin, restée seule avec un enfant de cinq ans. Il
me fallut, alors, apprendre à diriger ma vie, chose
que mon mari m'avait évitée jusqu'alors.

— Vous vous remarierez. Vous êtes encore si
jeune, si jolie, si...

— Vous oubliez que je vais avoir un enfant de
plus.

— En êtes-vous bien certaine? On ne devine
rien.

— Tout à fait certaine.

— Je vous ai entendu dire que c'était un bonheur pour Ulette d'avoir un second père comme le
mien. Vous pouvez rencontrer quelqu'un qui vous
aime assez pour être le père de vos deux enfants.

— Je ne le désire pas. Deux maris tués, je me
fais un peu l'effet de porter guigne.

Etienne eut un geste de dépit. Décidément, elle
ne voulait pas comprendre. Il résolut de brûler ses
vaisseaux et d'en avoir le cœur net :

— Vous êtes trop intelligente, Aline, pour ne
pas avoir saisi que je vous aime, depuis longtemps,
depuis le premier jour où je vous vis. La seconde
fois, il y avait un obstacle insurmontable, et je dus
enfermer cette passion. Une catastrophe, aussi
épouvantable qu'inattendue, nous laisse libres, et je
puis avouer, aujourd'hui, un amour qui cesse d'être
criminel. Je puis être heureux et vous faire partager ce bonheur. Je vous jure de me vouer entière-
ment à ce but, et d'être, pour vos enfants, un père

aussi affectueux que s'ils étaient les miens. Ne me répondez pas tout de suite, réfléchissez... Pesez bien votre situation et votre avenir, songez à ce qu'une femme de votre jeunesse peut avoir à souffrir de l'isolement. L'amour des enfants ne peut remplacer celui d'un mari, et la Nature a des lois qu'on ne peut transgresser. Après vos relevailles, je vous rappellerai cette soirée, et vous rendrez réponse. Jusque-là, laissez-moi espérer.

L'éphémère Mme Antoine Aubert pensa qu'elle avait le devoir de ne pas aliéner davantage ce garçon hardi, *de sourire*, gaiement, si elle pouvait, de ne pas le fâcher, car on ne réconcilie jamais que les indifférents, et telle parole échappée est irrévocable. Elle ne pouvait juger comme un tribunal ce héros qui n'avait pas conscience d'être un salaud, cet ambitieux et amoureux sans vergogne, sans scrupules, sans honte, sans remords, — et qui n'était même pas artiste. En bourgeoise, elle réfléchit qu'il fallait, sans les déchirer, repriser ses chimères comme des chaussettes, et, vraiment, cette brute vaillante n'était pas digne de souffrir.

— J'ai toujours compté sur votre affection, mon cher Etienne, aussi croyez que je suis très sensible à votre sentiment. Mais mon caractère est trop mûr, par rapport au vôtre tout en avant. Réalisez le songe vague de votre père, et le mien. Vous trouverez, plus tard, si vous le voulez, en ma fille, Ulette, une Aline plus jeune, plus jolie, en tout point convenable au travailleur sagace, à l'industriel que vous êtes. Moi, à cette époque, je serai devenue une vieille femme, car les années comptent double pour la plupart des femmes. Pensez à tout cela, mon cher, et vous comprendrez que, si j'accueillais votre offre séduisante, je vous ferais faire une sottise. Et puis, — ajouta-t-elle, en riant franchement, — on n'épouse pas sa belle-mère.

— On ....

Il n'osa pas dire le reste, qu'on pouvait deviner (*on couche avec elle*), et, se dressant :

— L'amour n'a pas de raisons, comme le cœur. Il domine tout, parce qu'il est l'amour. Si vous m'aimiez, aucune objection ne tiendrait debout. Je vous aime, moi, je n'écoute rien. Je vous aime! Et, pour vous posséder, je ferais l'impossible. Oui, si, entre vous et moi, se dressent encore des obstacles, je les briserai comme...

Bouleversée, épouvantée par cette explosion subite de colère, la véhémence croissante de cet excès frénétique :

— Soit, dit-elle. L'avenir n'est à personne. Espérons tous les deux. Mais, après ces émotions, je suis comme terrassée. Vous seriez gentil, Etienne, de me laisser seule, et penser.

Phèdre, la femme de Thésée, dans la tragédie antique et celle de Racine, aime Hippolyte, le fils du roi, son époux. A Paris, dans l'usine du quai de Javel, c'était le contraire. Où donc avait pu germer cette folie? Pendant les cinq années de guerre? Alors, presque partout, sur le globe, on tuait, on volait (le système D, se débrouiller), on violait, quand c'était nécessaire, mais ça ne l'était pas souvent. Quel levain ce farouche brandon de la civilisation, ce retour international au brigandage primitif avec les moyens les plus modernes, avions, bombardements à longue portée, gaz empoisonnés, en gardant l'abri dans les tranchées comme pendant la guerre des Gaules, sous Jules César, et comme dans la guerre des insectes, quel virus avait laissé toute cette ignominie dans les veines de ce jeune homme? Un romancier, expert en analyse, ne peut, malgré qu'il le veuille, explorer toutes les profondeurs de l'inconscient, y découvrir, dans le mystère humain, les impulsions furieuses et comprimées, les désirs érotiques, les songes malsains et cachés, tout le capharnaüm innommable, grouillant et enfoui dans les méandres et les souterrains de l'âme, désensevelir toutes les passions, les mettre à jour dans leurs chrysalides, découvrir, enfin, dans un cœur mis à nu, l'être qui cesse de mentir aux autres et à lui-même. De quels germes visqueux s'alimente l'amour fou? De quels miasmes microbiens, de quelles réalités, parfois malpropres et gluantes, s'envolent bien des rêves?

VII

UN POINT D'INTERROGATION

Revenue dans le salon, où la regardait, sur la cheminée, le visage de bronze de son mari, Mme Aubert songeait, après avoir reconduit doucement le jeune homme, avoir souri à ses yeux incandescents et s'être laissé baiser la main.

— Je m'en doutais bien, mais je ne croyais pas qu'il se prononcerait jamais. La veuve d'Antoine Aubert devenir la maîtresse ou la femme du fils! Il n'a pas tout à fait tort. Son père a réveillé en moi une sensualité que je croyais morte. Je souffre dans ma chair. Qu'importe! Il ressemble peu à son père. Il est violent, impulsif, un jaloux, un brutal. Après lui avoir refusé la mère, lui refuser, un jour, la fille?... Qu'a-t-il voulu dire? « Si, entre vous et moi se dressent encore des obstacles, je les briserai comme... » Oh! quelle horrible pensée!... Non, c'est un accident, *un accident*, rien de plus...

VIII

DES SOUPÇONS AUTOUR DU CRIME

C'était un lundi matin. Le travail reprenait avec entrain, à l'usine. Entrain toutefois un tantet mitigé par les petits extras du dimanche. Jadis, les lundis étaient d'autant moins actifs qu'une bonne partie des ouvriers s'attardaient chez les mastroquets du quartier, discutaient devant le comptoir en faisant rouler les dés du « zanzibar », ou attablés devant une manille. Souvent, la matinée, et parfois la journée, se perdait ainsi. Mais, depuis que chacun était intéressé à l'usine, les défections étaient rares, et ceux qui étaient tentés de bambocher résistaient pour ne pas être traités de « feignants » par les autres.

Lafon faisait la tournée de surveillance, donnant, çà et là, un conseil ou un coup de main. Tous l'aimaient et l'estimaient. Aussi était-il accueilli plutôt en ami qu'en directeur, à présent. Il arriva devant l'étau d'un limeur qui, à grand renfort d'huile de bras, aplanissait une pièce d'acier.

— Eh bien, Albaret, as-tu fait bonne pêche, hier?

— Pas mauvaise. Trois livres de gardons. Tu en mangeras, à midi. Ce matin, j'en ai fait porter une assiette à ta bourgeoise.

— Merci. Tu es trop gentil, vraiment.

— Bah! C'est bien le moins que je régale les amis. Mais, devine un peu qui j'ai rencontré à Vilennes, car c'est jusque là, maintenant, qu'il faut pousser, si l'on veut ramener quelque chose.

— Cela te fait des frais. Qui as-tu rencontré, là-bas?

— Un gars qui n'a pas moisi à l'usine, mais on

a des raisons de se le rappeler, car c'était la semaine
où le patron s'est fait écrabouiller. Tu te souviens
de ce type-là?

— Oui, que m'avait recommandé monsieur
Etienne. Je puis retrouver son nom dans les livres.

— Pas la peine. Ecoute... J'étais avec mon
beau-frère, un canneur de chaises qui connaît le
type; il paraît que c'est un ancien brochet de l'avenue Gambetta.

— Qu'est-ce que tu me contes là? T'as causé
avec lui?

— J'ai voulu. Mais, dès qu'il m'a vu, il s'est
tiré des flûtes. C'est même ce qui m'a intrigué.
Alors, sans avoir l'air, je l'ai suivi. Il se méfiait, il
regardait derrière lui. Mais il y avait pas mal de
monde, et j'avais pris, pour le dépister, le chapeau
d'Octave... Octave, c'est mon beau-frère... Enfin,
je l'ai vu pénétrer dans une propriété dont il avait la
clef... Pour un ancien mec, je trouvai ça drôle.
Bref, j'entre chez le plus proche bistro, je me fais
servir un verre, et je demande : « La propriété à
côté, dont la porte a des ferrures à gros clous,
est-ce pas celle de monsieur Pigeollet?... » (C'est
le nom de mon beau-frère, Octave Pigeollet).
« Non, c'est la villa de monsieur Armand
Baudard, un bon client. » Je file. J'en savais
assez pour satisfaire ma curiosité... C'est égal, ce
pierrot-là est un mufle. S'il est rentier aujourd'hui,
c'est pas une raison pour ne pas reconnaître un camarade d'atelier... Là-dessus, je retourne à ma

place d'affût et je retrouve Octave qui s'était installé à la place de l'autre, et je raconte à mon beau-frère ce que j'avais appris sur le type. « Ça, c'est épatant, qui m'dit. Si ce gas-là est rupin maintenant, c'est qu'il aura fait quelque mauvais coup. Enfin, le principal, c'est qu'il a amorcé pour nous. » De sorte, mon vieux Louis, c'est grâce à ce Baudard que tu mangeras, aujourd'hui, une bonne friture.

— Mais, c'est toi qui l'as pêchée et apportée. Je te remercie.

Lafon serra la main de l'ouvrier et retourna à son bureau. Malgré lui, une pensée lui martelait le crâne. « C'est monsieur Etienne qui a fait embaucher ce bonhomme-là, et il a quitté l'usine aussitôt après la mort de monsieur Aubert. Il est venu à la paye, le lendemain samedi, et on ne l'a plus revu. » Lafon revivait la matinée tragique, et l'énigme de la porte du grillage ouverte contre toute invraisemblance. « Voyons, quelqu'un a-t-il été au magasin de réserve, ce jour-là? » Fermant les yeux pour mieux concentrer sa pensée, Lafon faisait effort pour se rappeler. « Mais non, c'était un vendredi, presque la fin de la semaine. Tout le monde avait un boulot en train. Oh! je vais savoir... »

Il aveignit dans un casier une assez grosse chemise de papier fort, sur laquelle était écrit, en caractères gras : *Matricule des métaux, juin 1924.* C'étaient les feuilles de classement des établis, avec les noms des ouvriers qui occupaient les places, le rendement en travail et le rapport des heures à ce même travail. Il feuilleta le dossier jusqu'à ce qu'il trouvât le nom d'Armand Baudard, étau 47. Les feuilles lui apprirent que les établis 47 et 48 étaient occupés par des anciens de l'usine, depuis dix ans : Albaret, justement, celui qui avait reconnu l'ancien souteneur dans le rentier de Vilennes, et Jean Ouchy, un ajusteur de premier ordre.

Lafon, à l'heure du repas, attendit la sortie des deux ouvriers.

— Voulez-vous venir boire l'apéro?

Une fois devant le comptoir :

— Ce que tu m'as raconté, ce matin, Albaret, me trotte par la tête. Quand Baudard était entre vous deux, le jour de la mort du patron. Vous rappelez-vous s'il a laissé un travail en train, vers midi moins le quart?

— Pour sûr, dit Ouchy. C't'andouille est allé quérir, à la réserve, une barre dont il n'avait pas besoin, oubliant qu'il était allé en prendre une, la veille. Il a posé sa barre derrière l'établi; il s'est mis à rire, et nous a dit... tu te rappelles, Albaret?... « Ah çà! je d'viens marteau, j'viens d'chercher une barre pour faire une tige de piston, et j'en avais déjà une. »

— A quoi penses-tu, Lafon? demande Albaret.

— Je fais des rapprochements entre la récente fortune de cet individu, et la mort du Patron.

— C'est impossible! Pourquoi Baudard aurait fait ça? Et qui l'aurait payé pour le faire?

Lafon entraîna les deux hommes au dehors. La

rue était déserte en ce moment. Il saisit les mains de ses deux camarades :

— Votre témoignage, à tous deux, pourra expliquer bien des choses. Jusque-là, ne parlez de ce Baudard à personne.

— Tu crois, dit Albaret, qu'il est cause de l'accident du patron ?

— Je commence à croire que ce n'est pas un accident. Jusqu'à nouvel ordre, que tout ceci reste entre nous. Il serait trop bête de bavarder sans une certitude absolue. Silence complet.

Les trois hommes se séparèrent, et Lafon monta chez lui, pour manger la fameuse friture, point de départ de ses nouveaux soucis, et Mme Lafon ne fut pas longtemps à demander :

— Qu'y a-t-il de cassé ? Tu as je ne sais pas quoi qui te chiffonne ?

Lafon savait que sa femme était de bon conseil, et très fine à pénétrer bien des choses. Il n'hésita pas à tout lui raconter :

— Tu comprends, maintenant, ma chère Adrienne, les transes où me jettent ces soupçons. Qui a payé Baudard pour commettre ce crime ? Tu comprends bien que ce bandit ne pouvait tirer aucun parti de la mort d'Antoine, et la première pensée du commissaire, si je vais l'informer, sera de remonter à celui qui a profité de cet assassinat.

— A « monsieur » Etienne, à notre bienfaiteur.

— En tout cas, rien ne presse. Baudard ignore

qu'il est soupçonné. Il n'y a qu'à le surveiller, ne pas le perdre de vue. De mon côté, je tâcherai de savoir quelque chose par Mme Aubert. Sans positivement la mettre au courant, je tâcherai de savoir si elle n'a jamais soupçonné pire qu'un accident.

— Si tu veux, mais sois prudente.

IX

CONFIDENCES DE FEMMES

Depuis la mort d'Antoine Aubert, le dévouement avec lequel Mme Lafon avait soigné Mme Aubert et la petite Ulette les avaient liées d'amitié. Adrienne Lafon était d'origine bourgeoise et avait reçu une bonne instruction. Ses parents, ruinés par une mauvaise spéculation de Bourse et réduits à la misère noire, avaient été très heureux de rencontrer Louis Lafon pour marier leur fille et être soutenus eux-mêmes par l'ouvrier mécanicien. Ce fut un dur temps de labeur enragé pour le jeune homme, de subvenir à l'existence des deux vieillards. Adrienne aussi faisait son possible, donnant des leçons de français et d'anglais. Mais, à la mort des deux vénérables, la vie devint plus facile et la bonne épouse ne conserva que des traductions de l'anglais comme délassement intellectuel. Adrienne, qui avait alors plus de quarante ans, n'était donc nullement déplacée près de Mme Aubert, ainsi s'explique la sympathie entre les deux femmes.

Quand Mme Lafon arriva chez Mme Aubert, Aline l'embrassa.

— J'ai décidé de partir pour le midi un peu plus tôt que je ne pensais, et j'ai bien des choses à acheter. Voudriez-vous avoir l'amabilité de vous en charger?

— Volontiers. Avez-vous fait une liste de ce qui vous manque?

— La voici. Où achèterons-nous tout cela?

— Je me suis toujours fournie aux Galeries Mondiales.

— Eh bien, nous continuerons. Alors, vous avez reçu des nouvelles de Théoule?

— Oui, Mme Desambez et sa bru m'attendent avec impatience. C'est pourquoi je précipite notre départ.

— Et que dit Ulette?

— Elle est enchantée de retrouver sa petite amie, Simone Ossola, qu'elle n'a pas vue depuis dix-huit mois et ce diablotin de Robert. Mme Ossola a sa maison à Nice. Elle y retournera, pendant mes couches, avec Ulette et ses enfants. Ulette, de la sorte, ne verra sa grande poupée qu'après mes relevailles. Cela s'arrange très bien ainsi.

— M. Etienne approuve ces arrangements?

Un nuage passa sur le front de la jeune veuve.

— Au fait, vous êtes mon amie. Je sens que je puis avoir confiance et que vous me garderez le secret. Samedi passé, après un gentil dîner pour célébrer la convalescence d'Ulette, après que ma vieille Madeleine eût couché l'enfant, Etienne et moi sommes restés tous deux à causer près du feu. Après quelques banalités, il m'a déclaré son amour.

— A vous, la veuve de son père?

— Oui, et je vous avoue que sa proposition m'a épouvantée. Elle hâte mon voyage. Etienne s'est révélé à moi sous un jour tout nouveau. Il m'a dit qu'il m'adorait dès le premier jour, qu'il a souffert de mon union avec son père, qu'il en a été jaloux. Mais, qu'avez-vous, ma chère Annie? Vous devenez pâle, à faire peur. Voulez-vous un cordial?

— Continuez, dit Adrienne, c'est une crise nerveuse à laquelle je suis sujette. C'est passé. Vous disiez donc qu'Etienne Aubert s'est révélé comme passionnément amoureux de vous?

— Oui, et, à la fin, avec une telle violence qu'il m'a effrayée, disant que, s'il y avait entre nous de nouveaux obstacles, il saurait les briser...

— Il est fou! Que lui avez-vous répondu? Que ce mariage est impossible.

— Non. Il était trop excité. J'ai parlé d'attente, de réflexion nécessaire.

— Vous avez, peut-être, eu raison. Mais alors, qu'allez-vous faire?

— Partir, d'abord. Etienne est un volontaire, un violent. L'usine est pour lui sa vie même. Je le croyais même tout à fait absorbé par elle. Il en était le maître absolu par la mort de son père. Et voici, dans quelques mois, la naissance d'un enfant, frère ou sœur, avec qui il devra partager. Il va falloir nommer un conseil de tutelle auquel il devra rendre des comptes. Tout cela m'effraye, et, si ma marraine y consent, je resterai avec elle. Ma fortune personnelle me permet de vivre indépendante. Je me fixerai quelque part, dans les Alpes-Maritimes, et j'élèverai mes enfants en toute tranquillité. La fuite au soleil.

— Alors, dit tristement Adrienne, je ne vous verrai plus?

— Mais, pourquoi Lafon et vous ne viendriez-vous pas, l'an prochain? Votre mari, à présent, a droit, en qualité de directeur, à un mois de vacances. Vous les passerez auprès de moi, et, en attendant, nous nous écrirons très souvent.

— J'accepte, dit Adrienne, mais peut-être reviendrez-vous sans avoir rien à craindre de votre beau-fils.

— Il est certain que s'il changeait d'idée... s'il se mariait, par exemple.

— Il se mariera, dit farouchement Mme Lafon, qui pensa : « Avec la veuve rouge, la guillotine. » Maintenant que l'avenir est fixé pour vous, pensons au présent. J'ai la liste de tout ce qu'il vous faut. On s'en occupera demain.

Les deux femmes causèrent encore quelques minutes de babiole diverses, puis Adrienne se retira.

X

ANXIÉTÉ DE BRAVES GENS

Quand, le soir, la bonne épouse se retrouva avec son mari, Mme Lafon lui raconta sa visite à Mme Aubert.

— Il n'y a plus d'erreur possible, dit-il tristement. Etienne a fait assassiner son père pour devenir maître de l'usine, et, maintenant, il veut épouser la jeune et jolie veuve. C'est épouvantable! Et c'est à lui que je dois la direction des ateliers! Lui que je considérais comme le bienfaiteur de tous. Si je le dénonce, c'est la fin de l'usine et de la coopération ouvrière. En punissant un lâche et misérable assassin, je mets sur le pavé tous ces travailleurs.

— Avons-nous le droit de faire cela?

— Je ne veux pas prendre, moi seul, cette responsabilité. Albaret et Ouchy sont déjà quelque peu en éveil, je vais tout leur dire. Ils me donneront leur avis. Qu'en dis-tu, vieille?

— Tu as raison, et cela nous soulagera d'autant.

— Alors, je les amène demain soir. Ils mangeront la soupe avec nous, et l'on causera, à la fin du repas, ou après.

XI

L'USINE PROTÈGE LE PATRON

Le lendemain, les deux camarades, assez étonnés de l'invitation, prenaient place à la table du directeur. Le dîner fut presque silencieux. Albaret et Ouchy devinaient que leur ami avait quelque chose d'important à leur dire, à propos de Baudard. Après le dessert, Mme Lafon apporta une bouteille de vieux vin, et Lafon conta brièvement le résultat de son enquête, il évoqua les conséquences de l'arrestation de l'usinier.

— Je ne prends pas ça sous mon bonnet. Vous êtes, comme moi, des vieux de l'usine, vous avez connu Aubert, le père, et même son père, le fondateur, vous avez participé à la grandeur de la maison. Donnez-moi votre opinion.

Longtemps, ils réfléchirent. Enfin, Albaret :

— L'usine, *avant tout*. La tête coupée d'Etienne Aubert ne vaut pas la vie d'un millier de ménages. L'usine, avec sa coopération d'ouvriers, est un progrès dans la corporation. Devons-nous la sacrifier à la vengeance judiciaire? Quel avantage en retirerons-nous? Même, ce sera pour la « Sociale » une mauvaise note. Léon Daudet clamera que ceux qui mènent le mouvement démocratique sont des sectaires et des assassins. Je suis donc d'avis de nous taire.

— Ne crois-tu pas, objecte Lafon, en agissant ainsi, n'écouter que ton instinct?

— Possible. Mais c'est l'intérêt de tous. Si nous pouvions consulter les camarades, ils diraient tous comme moi.

— Peut-être. Chacun pense d'abord à lui. Et toi, Ouchy?

— Si je m'écoutais, je verrais guillotiner le patron avec joie, mais, au fond, je pense comme Albaret. Il faut soutenir l'usine, puisque l'usine, c'est nous. Et même, j'ai une idée. Si on profitait de notre secret, pour exiger du Singe de nouvelles concessions? Par exemple, si on lui interdisait de se marier et d'avoir des enfants, afin que, à sa mort, l'usine revienne en entier aux ouvriers. Vous ne direz pas que c'est une proposition d'égoïste, puisqu'Etienne Aubert est bien plus jeune que nous. Mais ce sont nos enfants qui profiteront de ça.

— D'un parricide? C'est affreux! dit Adrienne. Et puis, je vous l'apprends, madame Aubert est enceinte.

— Ah ! zut ! s'écria naïvement Ouchy. En quinze jours de mariage!

— Ça suffit, mon cher, fit Albaret, en rigolant.

Lafon reprit, grave :

— Il faut réfléchir longuement à tout ça. Je suis d'avis d'ajourner une décision à un an. Qui sait ce qu'il peut arriver d'ici là? Ce sera, peut-être, Etienne Aubert lui-même qui, par sa conduite, nous indiquera la voie à suivre.

— Tu as raison. Rien ne presse. En tout cas, bouche close sur notre secret. Nous sommes le 10 octobre 1923. L'an prochain, à la même date, nous nous retrouverons chez toi, Lafon, si tu veux; nous prendrons une décision.

— Dans un an, jour pour jour, fit le directeur. Autrefois, c'est la cathédrale qui aurait servi d'asile au coupable. Aujourd'hui, c'est l'usine.

Intermède

RADOTAGE SUR LA MONTAGNE

Etienne Aubert — héros de ce livre — semble ici mal en point, et, peut-être, d'aucuns s'insurgent, prétendant qu'un fils aussi criminel ne peut exister, surtout jeune et brave. Brave? Il n'a tué, lui-même, que pendant la guerre, et qu'on décorait pour ça; mais il a payé seulement pour occasionner à son père un accident mortel. Et cet excès d'égoïsme — qui va très rarement jusque là, je le reconnais — n'est-il pas la caractéristique des mœurs d'après la grande guerre, dont personne n'est fier? L'avez-vous remarqué? Nul ne raconte ses exploits; on cache tout ce qu'on commit d'horreurs pendant ces cinq ans de tranchées où les bêtes humaines avaient leurs instincts déchaînés, tandis que les soldats de l'an II, la Révolution, les survivants de l'épopée napoléonienne, racontaient encore leurs actes magnifiques, les guerres finies, et retirés dans leurs foyers, en buvant le café avec la rincette de cognac et la surincette, un gloria, sous les tonnelles qu'on appelle encore en Provence, à cause des récits de batailles qu'y rabâchèrent les grognards, à l'ombre des jasmins et des liserons : des gloriettes.

Jamais la querelle et la lutte entre hommes de moins de trente ou quarante ans, au plus, et ceux d'au-dessus, ne fut aussi vive. Cette génération, qui fut habillée de drap bleu horizon pour tuer et pour mourir, est pressée de vivre, de jouir, intensément, et sans attendre, de tout ce que détiennent leurs aînés. Ils les manœuvrent, les poussent, les culbutent, autant qu'ils peuvent, et, en attendant de les fiche en terre, par les ruses, les perfidies, les blagues, les saletés concertées, les calomnies, enfin tous les moyens débrouillards et sans danger de chaparder, comme pendant la guerre, système D. Les héros coudoient rudement les gens, dans les rues, les tramways, le métro, même des femmes, sans s'excuser ni demander pardon, — ce qu'un vieux fait instantanément, par réflexe.

Le sans-gêne règne, et le mufle est roi.

Direz-vous, jeunes gens, qu'Etienne Aubert n'existe pas? Qu'en savez-vous? Il existera, peut-être, plus longtemps que vous. En tout cas, il est représentatif de l'âme de milliers et de milliers à peu près comme lui, et, s'il est unique, l'art, dans le roman comme au théâtre, ne vit que d'exceptions. Il tue son père, ou le fait tuer; il aime, en plus, la femme de son père. Eh bien, je ne fais que renou-

veler de vieilles histoires, en transformant des tragédies antiques en roman vingtième siècle, je renouvelle, en les modernisant, Eschyle, Sophocle, Euri-
pide, et le fond du cœur des hommes n'a pas changé
beaucoup : la civilisation, avec le téléphone et le
télé sans fil, ne fait que mettre un vernis sur ses
appétits éternels : aux premières secousses des intérêts ou des passions, il craque plus ou moins; pendant cinq ans de massacre, de chapardage, de vol,
de prostitution hâtive, il a craqué de toutes parts.

Et les jeunes marchent, plus terriblement que jamais, sur les talons de leurs aînés. Certes, l'adolescent ne peut rester le bébé qui regardait son père
et sa mère, ces despotes bienveillants, comme des
dieux infaillibles et parfaits; on a le droit, de vingt
ans à trente, de contempler la terre à conquérir,
avec des ambitions démesurées. D'ailleurs, il ne faut
pas guérir de sa jeunesse, il faut entretenir, avec
soin, son prestige incomparable. Elle n'est pas un
mal, mais, au contraire, le meilleur des atouts, elle
est la conquérante, à retenir en soi, car il faut être
vert avec des cheveux blancs, être jeune le plus
longtemps possible, avoir vingt ans toute la vie.

Les jeunes, échappés de l'abattoir, n'ont plus de
courtoisie. Ils font comme les sauvages, qui forcent
un vieillard de monter à un cocotier. Si le pauvre
homme ne peut grimper au tronc, ou si, parvenu au
faîte, il ne peut se maintenir aux branches de l'arbre qui le secouent, s'il dégringole, ils le tuent,
et le mangent, s'ils sont anthropophages.

Moi, je les bombarde, gaîment, avec des noix de coco.

« Qu'attendre d'un homme de cinquante ans? écrit un jeune, M. François Mauriac. Nous nous y intéressons par politesse et nécessité. » M. Paul Raynal, dans sa tragédie, le Tombeau sous l'Arc de Triomphe, désigne le *Père* par cette injure, le Vieux, et le fait s'agenouiller pour lui demander pardon, devant son fils. Et M. Jean Sarment crie sur les tréteaux : Je suis trop grand pour moi! C'est-à-dire, moins noblement : « Je veux péter plus haut que mon derrière.» Ceux-là sont,au moins,des gars d'attaque et de talent. Mais que dire des goujats et des ratés, prétentieux innombrables qui pondent, gratuitement, pour l'honneur, dans les journaux et revues, leurs chiures de moucherons? Des littératés, qui font imprimer, plus ou moins à leurs frais, trois mille romans amorphes par an, sans originalité, sans style et sans imagination, concurrents et bénéficiaires d'une foule de prix Concourt, Balzac, Conrard, à ne plus s'y retrouver, fondés parfois, grâce à un jury complaisant et soudoyé, pour la réclame et le lancement d'un livre quelconque, et attribués à l'avorton donataire. O public, qu'acheter, sans être dupe, dans cette fourmilière, toujours montante, de bouquins à l'assaut, chaque jour, des bibliothèques des chemins de fer et des étalages des libraires?

Quant à moi, arrivé depuis assez longtemps sur le sommet de la montagne, et qui devrais être au versant, si j'avais à recommencer ma carrière, je

choisirais un autre métier. « Ça vous amuse toujours d'écrire des romans? » me disait, à Nice, ami-
calement, le propriétaire, Henri Letellier, du grand
quotidien, Le Journal, auquel il ajoute le pétrole,
les wagons-lits internationaux, les trains bleus. Et
une gente sténo-dactylo de seize ans, aux cheveux
d'or rouge, à qui je dictais quelques pages, en
cherchotant, hésitant un tantinet çà et là, pour
une phrase, se retourna pour me dire :

— Vous ne savez donc faire que des romans?

Hélas! Et je regrette de n'avoir pas choisi la
finance. Quand j'avais vingt ans, j'allai voir un
banquier, M. de Lamonta, directeur d'une compagnie de voitures, rue Taitbout, des fiacres alors, des
fiacres jaunes: l'Urbaine. Il était parti de Digne,
mon pays, sans fortune, et je savais qu'il avait erré,
dans sa jeunesse, à travers Paris avec des pantalons
tirebouchonnant et effilochés. Comme il n'était pas
sot, il me dit :

— Vous savez comment j'ai commencé. Eh bien,
faites comme moi. A présent, j'ai six millions. J'en
dois trois. Ça fait neuf.

Tout de suite, il me donnait une leçon d'affaires.
Si j'étais entré dans sa banque et m'y étais instruit,
peut-être, si la chance m'avait favorisé, je serais
aujourd'hui Quelqu'un comme l'extraordinaire for-
ban Zaharoff, grand'croix de la Légion d'honneur, qui, cramponné comme un poulpe fantastique
aux rochers de Monte-Carlo, en terre de France,
capte, avec le jeu, par ses tentacules fleuris, cent

cinquante millions de bénéfice, chaque année, ayant parmi ses gens le prince de Monaco, et, pour lui éviter de Paris tous ennuis de fisc, car il ne paie aucun impôt, un ancien président du conseil, M. Louis Barthou, et son frère, M. Léon Barthou, comme administrateur. Peut-être! je serais à la place de ce businessman magistral, suprabalzacien, et je fonderais, en hommage à Balzac, un prix littéraire de dix mille francs. Je regretterais de ne pas avoir écouté le conseil du banquier M. de Lamonta, si je ne pensais, même encore sur le tard, que le rêve et la femme sont le meilleur et le plus doux de la vie, et si je n'avais le souci et l'orgueil, malgré tout, du travail joyeux et d'un livre bien fait.

Pourtant, il y a le néant d'écrire.

Les jeunes gens veulent, tout de suite, être riches, être vite des chefs, sans attendre d'être tapés et réduits, comprimés par la vie. Et pourquoi pas? Il y avait, pendant la Révolution et sous Napoléon, les généraux imberbes. Avec leurs forces surabondantes, qui ne connaissent pas de limites, ils ne se résignent point, comme font les vieux, ils veulent tout, simplement, et tout de suite. Ils ont raison.

Et je leur dis cette parabole.

Un couple, en voyage — une jolie blondeur de vingt ans, actrice délicieuse de cinéma, et un type de cinquante, je n'ose dire plus, c'est encore, n'est-ce pas? anormal, dégoûtant, injuste, — passaient en auto (le vieux conduisait lui-même sa voiture, en chauffeur expert et adroit) sur la route de Gon-

faron, un village perché dans le Var, sur une hauteur pittoresque et d'où les ânes s'envolent. Ils rencontrèrent un vieillard qui gémissait. Ils s'arrêtent pour demander à ce pauvre homme ce qu'il avait. Il répond, en sanglotant comme un gosse :

— Je pleure parce que mon père m'a battu.

Ils continuent, et, plus loin, rencontrent un autre paysan, à barbe blanche, et lui signalent le vieillard en larmes.

— Ah! vous avez fait attention à ce galopin? J'ai giflé « mon petit » parce qu'il avait manqué de respect à son grand'père.

— Comment! son grand'père?

— Oui. Vous pouvez aller le lui demander. C'est lui qui, monté sur le figuier, cueille des figues.

Bientôt, les Parisiens, au village, chez le maire de Gonfaron qu'ils allaient visiter, rencontrent un curé vert — noir de soutane, bien entendu — mais vert et chenu comme Charlemagne. Ils lui racontent l'histoire, et la gentille Brabant dit au prêtre :

— Vous les connaissez, monsieur le curé? Le fils, cet homme de soixante ans, qui pleurait sur la route, et son père, et puis son grand'père?

— Comment, si je les connais, mademoiselle? C'est moi qui les ai baptisés, tous les trois.

Où irait-on si les macrobites avaient le droit de durer autant que Mathusalem? Le vieux Montaigne — il a trois siècles, et il faudrait l'empoisonner, s'il vivait toujours et continuait à écrire — le proclame : « Quant à moy, j'estime que nos âmes sont desnouées à vingt ans. De toutes les belles actions humaines qui sont venues à ma connaissance, de quelques sortes qu'elles soyent, je jurerais en avoir plus grande part à nombrer en celles qui ont été produites et aux siècles anciens et au nôtre, avant l'âge de trente ans que après. » Je pense qu'il faut, comme Michel Montaigne, aimer la jeunesse et qu'elle est le charme de l'univers. La vieillesse est le soleil couchant, l'ombre, la nuit, et la jeunesse l'aurore et la lumière, un soleil nouveau qui se lève. Au printemps, il fait plus clair — et la jeunesse (Gioventù! Gioventù! chantent, en Italie, les fascistes et Mussolini) la jeunesse, c'est le rire, le droit, la clarté d'un pays. Ah! que je vous aime! que je vous comprends! jeunes gens, beaux jeunes gens! — vieillards de demain.

XII

LE VENTRE ET L'ENFANT AU SOLEIL

Cet après-midi, dans les jardins, à Théoule, à la villa Bellarosa, Mme Aubert, assise sur un divan d'osier, à l'ombre d'un bosquet de mimosas, dont le soleil éclatant de mars — un mois qui est, au paradis de la Côte d'Azur, un fourier du printemps et l'avril de Paris, — chauffait les grappes d'or, les faisait comme étincelantes, et dont la brise emportait le parfum toujours délicieusement jolie, (mais comme paradoxale avec ses bandeaux noirs

botticellesques parmi la mode garçonnière des cheveux de femmes coupés sur la nuque, le cou dégagé et rasé), donnait le sein à un frais poupon,
éclos depuis trois semaines, et tout enguirlandé de
dentelles. A côté de la jeune maman, une voiturette, garnie d'un tantelet de soie rose, attendait le
nourrisson.

— Voyez ce goulu, dit Mme Desambez, assise,
elle, dans un fauteuil d'osier et tricotant une paire
de bas mignons pour le marmot. En prend-il, le
gaillard! ma chérie. Vous pouvez, sans vous vanter, dire que vous avez le plus bel enfant que j'aie
jamais vu.

— Il tiendra de son père, qui était grand et fort.

— Pauvre petiot. C'est, ici, la maison des orphelins, dit tristement Mme Desambez. Sur quatre
enfants que nous avons, pas un n'aura connu son
père.

— Si, Ulette se rappelle le sien, parce que j'ai
pieusement entretenu sa mémoire. Son vrai père,
c'était, pour elle, papa. Mais Antoine Aubert était
papapa. Un superlatif... Quand Marcelle doit-
elle arriver de Nice?

— Elle sera à Cannes, à trois heures. J'ai prié
Marius d'aller, avec la voiture, la chercher à la
gare, les express ne s'arrêtant pas à Théoule. Vous
êtes impatiente d'avoir Ulette. Elle est adorable,
votre fille.

— C'est la première fois que je me sépare d'elle.
Mais il le fallait.

— Je suis curieuse de voir comment elle accueillera son petit frère.

— Elle l'adorera. Pensez donc, ce sera une si belle poupée.

— Ce sera le petit frère à tous. Simone et Robert seront bien contents aussi.

— Mais, quelqu'un ne le sera pas. J'ai un peu peur d'Etienne Aubert.

— Je vous comprends, après ce que vous m'avez raconté. Aussi, je vous renouvelle ma proposition. Ne retournez pas à Paris. Votre fortune personnelle vous suffit, et vous serez en famille.

— J'accepte de tout cœur, comme je sens que vous me l'offrez. Mais je ne puis me désintéresser tout à fait de l'usine Aubert, je ne puis déshériter mon fils. Il a des droits que je dois sauvegarder, par respect même pour le père.

— Vous n'avez pas reçu de lettre de M. Etienne Aubert, depuis le laconique télégramme où il vous félicitait de la naissance de son frère Antoine, ainsi qu'on l'a baptisé.

— Le nom de frère, s'appliquant à Etienne, me fait frissonner malgré moi.

— Il ne faut pas non plus grossir la suggestion de mauvaises pensées. Ce garçon a pu s'amouracher de vous. En somme, vu son âge et le vôtre, rien d'extraordinaire, et l'absence amènera l'oubli, et, avec l'oubli, le calme de sa passion.

— Je le souhaite de tout mon cœur.

Mme Desambez posa sa broderie pour prendre un journal régional, *l'Eclaireur*, qu'elle se mit à parcourir. Mme Aubert, ayant placé bébé dans la voiturette, le berçait doucement, en chantonnant pour l'endormir.

— Oh! oh! fit Mme Desambez, charmante et toute rose avec sa couronne de cheveux blancs. Ce journal fait bien de la réclame à ces deux charlatans. Aujourd'hui, un article signé de Georges Maurevert, qui est, lui, un écrivain de mérite.

— Excusez-moi, je n'ai pas lu une ligne imprimée depuis mes relevailles. Ce petit monsieur a occupé tout mon temps. Quels sont ces deux charlatans?

— Un couple de liseurs de pensée. Lui, le « manager », il semble, s'appelle Thomas Keysar, et la femme Souriah. Elle est, paraît-il, étonnante, une autre madame de Thèbes. Il y a toujours de ces devins en faveur pour faire des dupes.

— Le merveilleux ne vous tente point?

— Si. Mais pas la superstition et la mystification. Ces deux nouveaux sorciers pratiquent le somnambulisme et la suggestion. Mais ceux-là ne prédisent pas l'avenir; ils bornent au présent et au passé leurs recherches. Ils ont, dit le journal, éclairé la justice dans le crime du Mas de la Pinède, au Trayas, et amené l'arrestation de l'assassin.

— Eh! voilà qui réhabilite vos charlatans.

— Ma foi, dit en riant la bonne dame. Je leur trouve des excuses.

— S'ils viennent à Cannes, dit Mme Aubert, j'irai les consulter.

— Vous? Et pourquoi donc?

— Au sujet de la mort de mon mari.

— Mais, puisqu'il a été victime d'un acci-dent...

— Je commence à en douter, ma chère amie.

XIII

ON N'AURA JAMAIS FINI

Depuis trois mois, Thomas et Berthe étaient, sur la Côte d'Azur, les hôtes de Sixte Coutan. Le nouveau « faiseur » d'affaires avait loué à Nice, au Mont-Boron, une belle villa où il recevait les hommes politiques, de passage sur la Riviera, les banquiers, tous les intrigants, tous ceux qui vivent dans le bluff et l'éclat, par le bluff. Josette y trônait dans toute sa gloire, éblouissant, éclaboussant de son mieux, par son luxe, les deux anciens bohèmes. En revanche, Toto, qui, vite, s'était insinué dans les différentes rédactions des importantes et des minuscules feuilles de Nice, obtenait des « échos » sur les fêtes et réceptions de la villa du Mont-Boron : *les Papillons.*

Thomas Keysar fréquentait, à Nice, place Mas-séna, dans un établissement de beuverie, sous les arcades, un milieu de vagues forbans de lettres, ratés et déracinés de Paris, de vieilles poules plus ou moins de théâtre, où l'homme propre égaré là, bien que, sur la Côte d'Azur, dans l'indulgence du plaisir et du soleil, voudrait être avare de sa poignée de main, un milieu de corsaires efflanqués, de rossards et de bandits parisiens échoués là, ridés, chauves ou teints, venimeux pire que de vieux crapauds, marchands de réclame; et, cependant, ce qu'ils croient leur esprit, dans les feuilles de chantage de la Riviera, est, quand même, pour certains, de la publicité. Keysar, le liseur de pensée, en avait besoin pour lui, pour Souriah, et pour le ménage, affairiste et bluffeur, de ses amis Coutan: il payait, de la sorte, l'hospitalité offerte au couple d'assassins dans la villa du Mont-Boron.

Ainsi, le couple de liseurs de pensées, en arrosant d'apéritifs cette bande, était devenu à la mode. Ils avaient donné des séances au Ruhl et au Negresco. Le succès de Paris n'était rien à côté de l'emballement des riverains de la Méditerranée, ou plutôt du monde interlope et cosmopolite qui vient là, chaque hiver, parader au soleil.

— Il nous fallait le soleil pour nous mettre en lumière, dit un jour Thomas.

— Vous n'y seriez pas sans moi, nota Josette.

— Tu l'as dit, ma belle, s'écria Berthe, qui, maintenant, tutoyait Josette qui faisait de même. Aussi, pour reconnaître ta gentillesse, que dirais-tu d'une fête à la villa des Papillons, au bénéfice des blessés de guerre de Nice, que tu patronneras, et ça tc posera sur la Riviera. Sans compter que ça peut être utile à ton ma i, pour réunir là tous les galetteux de ce paradis. Coutan nous donnera quelques tuyaux sur ses invités, et nous lirons leurs pensées.

— Oh! oui, merci de l'idée. J'arrangerai ça avec Sixte.

Un domestique entra, portant un plateau surchargé de lettres et de journaux, pour les maîtres de la maison et pour le mage.

— Tiens! s'écria Josette, une lettre d'Etienne Aubert. Je reconnais l'écriture. Elle vous était adressée à Paris, rue Huysmans. On l'a fait suivre.

Thomas et Berthe échangèrent un regard inquiet.

— Bah! fit Keysar, ce ne doit pas être intéressant. Je verrai ça plus tard.

Et il glissa la lettre dans sa poche.

— Si je vous gêne? fit Josette, vexée, en se levant.

— Tu veux rire? dit Berthe. Nous n'avons pas de cachotteries à faire avec toi. Lis donc ta lettre, Toto.

Thomas avait réfléchi. Il était impossible qu'Etienne ait eu l'imprudence d'écrire un mot compromettant dans une lettre livrée aux risques d'un malencontreux hasard. Il tira donc de sa poche l'enveloppe et la décacheta. Elle contenait seulement quelques lignes. Les ayant parcourues, il

tendit : « — Tenez, voyez » le papier à Josette,
qui prit le papier et lut tout haut :

« Mon cher Thomas, où êtes-vous? J'ai téléphoné en vain rue Huysmans; je vous serais obligé
de me fixer un rendez-vous. J'ai besoin de vous voir
et vous sais très occupé. Le plus tôt sera le mieux.
Cordialement. *Etienne Aubert.* »

— Eh bien, il a le temps d'attendre, continua
Josette, en éclatant de rire... Dites-donc, une
bonne blague à faire. Répondez-lui que vous l'attendez à Nice, chez moi...

— S'il venait?

— Je ne crains pas ça. Le cher ami me boude
depuis la mort de son père, depuis qu'il a toute
l'usine. Au revoir, les enfants, je vous laisse, et je
vais parler à Sixte de cette soirée.

Restés seuls, les deux complices se regardèrent.

— Il doit s'agir de la belle-mère de Berthe.
Elle doit être accouchée. Etienne, j'en suis sûre,
doit avoir un petit frère. Alors, naturellement, il
a besoin de nous.

Thomas, avec un frisson :

— Un gosse, un tout petit...

— Justement, c'est moins lourd sur la conscience. Réfléchis un peu. Ce que nous avons fait
ne sert plus à rien, si la veuve a réussi sa ponte. Il
lui faudra partager. Avoue que c'est rageant.
Aussi, je sais, d'avance, ce qu'il veut.

— Moi aussi, fit Thomas, d'un air sombre, et
cela ne me va plus.

— Ne fais donc pas l'enfant! (Elle éclata d
rire). Je ne l'ai pas fait exprès. Ce sera encore à
boulot pour Baudard et la frangine. Justement, ils
tapaient à la caisse. Ça ne peut pas mieux tomber.
Seulement, cette fois, il faut lui faire cracher le
million. Tu donneras deux cent mille aux fran-
gins. Après ça, ces mendigots nous foutront la
paix.

— Et nous filerons en Amérique, à New-York.
La France est chic, mais le Nouveau Monde est
meilleur. J'ai toujours la frousse, maintenant, que,
dans ton état somnambulique et double, tu ne dises
quelque sottise. Et peur aussi du docteur Vanel,
Homo-Deus.

— Encore cette blague-là! Voyons, que je
dorme ou que je veille, est-il possible que je ne
sois pas moi. Moi, Berthe Jafaux, *de Panam.*

— Non, mille fois non. Ce n'est plus toi
cela m'effraye. C'est, surtout, pour ça que je songe
à m'expatrier. Peut-être que, en voyageant, tu
finiras par le semer, L'AUTRE.

— Tu me rendras louftingue avec ça. Alors, ne
m'endors plus. On fera les poires comme avant,
voilà tout. Raison de plus, d'ailleurs, pour travailler pour Etienne. Avec la forte somme, nous filons
et envoyons le métier au diable... Alors, comment
arranger l'entrevue avec Aubert?

— Je vais lui télégraphier et lui donner rendez-
vous à Lyon. Comme ça, nous ferons chacun la
moitié du chemin. Va me chercher : *l'Indicateur*

des Chemins de fer de Paris-Lyon-Méditerranée,
et je descends, tout de suite, porter la dépêche à
Nice.

XV

UN CRIME EN APPELLE UN AUTRE

Le surlendemain dimanche, Etienne et Thomas
se rencontraient à Lyon, à l'Hôtel Terminus. Dès
qu'ils furent dans une chambre, seuls, la porte
close, et chacun, à la boutonnière, leur ruban
rouge :

— Tu te doutes, fit Etienne, sans préambules,
de ce dont il s'agit? Ma belle-mère est accouchée
d'un fils, et tu comprends ma situation, au point
où j'en suis. Si j'avais à corriger le passé, je ne
recommencerais pas ce que j'ai laissé faire. Vous
avez été, Berthe et toi, les deux tentateurs, vous
m'avez fait consentir et signer un horrible pacte.
Oh! je ne veux pas dramatiser mon forfait. Mais,
en faisant tuer mon père, j'ai commis une belle
gaffe. Oh! je ne pose pas à l'homme bourrelé de
remords. Ma haine de ce misérable gosse les effa-
cerait. Et puis, il y aussi celle que j'aime, malgré
tout, que je désire, que je veux. Et ce crapaud,
qu'on a baptisé encore Antoine, sera toujours entre
nous. Il faut que ce mioche disparaisse. Il le faut.

— Ce sera cher, dit froidement l'autre.

— Tu consens?

— Pour ton bonheur, je ferais l'impossible. Alors il nous faut encore un accident. Ce sera plus difficile.

— Ma belle-mère est allée, pour faire ses couches, chez sa marraine, Mme Desambez, à Théoule, entre Cannes et Saint-Raphaël.

— Diable! C'est embêtant, je ne connais personne par là. Il y a les lieux à étudier, mon opérateur à déplacer. Combien offres-tu?

— Le même prix.

— Impossible. Il y a trop de risques. Et puis, des gens qui ne reculent pas devant le trépas d'un homme, hésitent devant un enfant. Il faudra doubler.

— Un million! Tu es fou?

— Un million, qu'est-ce aujourd'hui? Et tu as hérité, sans compter la galette du vieux, d'une usine qui en vaut plusieurs. Adresse-toi ailleurs, je n'attends pas après ce gain. Si je veux bien courir encore ce risque, c'est uniquement pour te rendre service. Tu sais bien, au surplus, que je ne fais pas ça moi-même. Je suis un honnête homme. Je puis aider le destin, voilà tout. Les temps sont durs, et les coquins sont exigeants, même les autres.

— Soit. Comment feras-tu?

— Je n'en sais rien, et ça ne te regarde pas. Laisse-nous agir, Berthe et moi, *et Baudard*. Ce n'est pas ma faute, ni la sienne, si tu as été témoin de l'accident de ton père. Le hasard a tout fait.

— Cette fois, je ne serai pas là, je ne pourrais rien voir, heureusement.

— Raison de plus; c'est un avantage. Et pas de risques pour toi.

— C'est entendu, mon cher. Tu te charges de cette affaire-là?

— Il le faut bien, puisque j'ai travaillé dans l'autre. A propos, tu vas t'engager, comme la première fois. Tiens, voilà le papier timbré. Tu vois que je me doutais de ce qui t'amenait.

Etienne, sans répondre, écrit sous la dictée de son complice : « Je soussigné, Etienne Aubert, usinier à Paris, quai de Javel, déclare devoir à monsieur Thomas Keysar, homme de lettres et liseur de pensée, domicilié à Paris, rue Huysmans, la somme d'un million, payable en dix chèques mensuels de cent mille francs (100.000), à partir de l'acte de décès de mon frère, Antoine Aubert, au cours de cette année 1924. Lyon, le 14 mars 1924. *Etienne Aubert.* » Puis, tendant le papier fatal :

— Quand aurai-je de tes nouvelles?

— Le plus tôt possible.

— Et la mère réussirai-je à m'en faire aimer?

— Tu es malade, mon petit? T'as donc cette femme dans le sang? Quel microbe ses yeux t'ont-ils foutu pour que tu l'aies ainsi dans la peau? Maintenant, je te quitte, je suis pressé de retourner à Nice, où je suis, dans une villa épatante, au Mont-Boron, chez ton ancienne amie Josette Coutan, qui te garde un bon souvenir. Voilà une jolie femme qui ne t'occasionnerait pas tant de chichis que Mme Aubert. A propos, en rentrant à Nice, je m'arrêterai, à Théoule, pour me renseigner sur ce qu'il y a à faire. Mais, tu sais, un bébé c'est susceptible de tant de maladies. C'est si fragile, une jeune vie...

XV

LE PAYS DES FRUITS D'OR

De retour à la villa du Mont-Boron, les Pavillons, dès que Thomas fut seul avec Berthe, il lui fit lire l'engagement souscrit par Etienne Aubert, écrit tout entier, signé de la main de l'usinier.

— Ça y est, dit la voyante. Nous tenons le bon bout. Je crois que, maintenant, c'est bien fini, la mistoufle. Je vais écrire à Baudard qu'il vienne, tout seul, sans ma sœur. Il faut mener ça dare-dare. Tu m'as fiché la trouille avec ton docteur Marc Vanel, *Homo-Deus*. Qu'on encaisse, on part pour New-York, on plaque le pays des orangers pour celui des dollars. Quand tu iras à Nice, retiens une chambre, dans un petit hôtel assez écarté, pour mon beau-frère à la manque. Il n'y aura qu'à lui donner les renseignements précis sur la villa Bellarosa, que tu as ramenés de Théoule. Tu es un as, et ne perds pas de temps. Mais Baudard est sentimental, il va faire des magnes quand il saura qu'il s'agit d'un loupiot.

— Je lui donnerai cent mille francs, comme pour le père.

— Oui, c'est raisonnable. Alors, c'est réglé comme ça ?

Thomas Keysar, joyeux d'autant plus qu'un magnifique soleil emplissait leur chambre de ses rayons, rosissait les hauts palmiers aux troncs enlacés par des lierres qui, devant leurs deux fenêtres, se découpaient sur le ciel bleu, enlaça, joyeusement, sa maîtresse ; ils esquissèrent un pas de danse en chantant le dernier refrain du carnaval : *Nice en folie.*

XVI

LE PEINTRE DU SOLEIL

A Théoule, à la villa Bellarosa, c'était, cependant, la béatitude. L'arrivée de Marcelle Ossola et de ses deux enfants, Simone et Robert — et de l'espiègle Ulette Jousselin — dans la vie de l'excellente et digne Mme Desambez provoqua un redoublement de joies. Certes, les trois femmes n'avaient que trop de motifs de mélancolie, mais la vue de ces enfants tourbillonnant autour d'elles les empêchait de s'y absorber. Ulette, en sa qualité d'aînée, plus intelligente et délurée aussi, avait pris vite de l'ascendant sur Simone et Robert ; elle organisait toutes les parties, dont la fantaisie faisait rire souvent les trois femmes.

Mais le jouet par excellence était le baby Antoine. Ulette s'était déclarée sa petite mère; elle l'appelait « Mon fils! » avec ostentation; et, comme la poupée vivante ne pouvait suivre partout sa petite mère, Ulette avait changé le sexe de sa poupée articulée, et en avait fait le poupin Antony, que l'on trimballait dans tous les coins du parc et qui se soumettait, sans crier, à tous les caprices de ses trois tyrans.

En plus, un hôte était venu, Fabio Canti. Le peintre de Venise, de l'Egypte, de la Palestine, de la Syrie, — celui que ses toiles chaudes et vibrantes ont fait surnommer : *le Peintre du Soleil* — était aussi, comme le fut Ziem, qui avait une villa à Nice, un familier de la Côte d'Azur. Il était venu, de Saint-Raphaël, faire une visite à Mme Aubert, et la propriétaire de Bellarosa, Mme Desambez, s'était déclarée heureuse et fière d'offrir l'hospitalité, tant qu'il le voudrait, au grand maître.

Fabio, qui, depuis longtemps tenait la rampe et la vogue, menait la vie, à la fois dure et joyeuse, d'un véritable artiste parmi les charlatans et vendeurs d'art. De haute taille, et bel homme, il avait eu toujours, comme compensation à la lutte, la conquête non seulement assez facile des jolies filles fréquentant les ateliers, mais nombre de bourgeoises et mondaines que les allures et le sourire du fringant artiste subjuguait. Fabio n'était ni joueur ni buveur, son péché mignon était la

femme. Pas un amant sentimental, mais lascif; il
ne voyait dans l'amour que le plaisir et n'y cherchait nullement d'autres attraits que ceux qu'il
donne aux sages ne se torturant pas l'esprit pour y
trouver mille ennuis et mille souffrances. Pourtant,
à mesure que s'amassaient sur lui les années, il était
las, parfois, de nœuds aussi vite faits que dénoués.
Et, tout en se répétant que là existait le bonheur
prudent, — le butineur, à certains crépuscules,
ne pouvait s'empêcher de rapprocher sa vie d'aven-
turettes de celle de ses parents qui, à Venise, faisaient un couple heureux et s'adoraient mutuellement.

A présent, la fougue des premières jeunesses faisait place à la virilité parfois hésitante et velléi-
taire, et la hantise de l'amour conjugal s'imposait
à son esprit; il sentait la solitude. A quoi bon la
fortune et la gloire, si c'est uniquement pour soi?
La jeune veuve, le parfait modèle de la femme
d'intérieur, Mme Aubert, était comme la cristal-
lisation de ses rêves familiaux. Mais, sans trop se
soucier de tenter sa chance, il faisait, à Bellarosa,
une cure d'existence tranquille et reposante, et son
érotisme, en congé, se reposait. Il connaissait, dans
tous ses détails, l'accident épouvantable d'Antoine
Aubert. Le commissaire, Albert Reynaud, chargé
de l'enquête, était un de ses amis. Ils s'étaient liés,
jadis, dans les brasseries du Quartier Latin, et
comme le commissaire était un peu poète, chanson-
nier, parfois revuiste, ils étaient restés camarades.

Le commissaire ne croyait pas ferme à l'accident du quai de Javel et l'avait dit à Fabio. Mais le policier, qui avait de l'imagination, racontait au peintre, parfois, des histoires de son métier qu'il amenait à des conclusions fantastiques, dont d'ailleurs, il s'amusait lui-même. Raynaud, par exemple, aurait cru que Fabio Canti ne pouvait passer quinze jours ou trois semaines, à Bellarosa, dans ce nid de poules veuves, sans y coqueter, — eh bien non, c'était un coq en vacances, dont l'érotisme fait relâche.

Ils étaient sur la terrasse qui, devant la villa, dominait de magnifiques jardins, avec une vue splendide sur le littoral et la mer, un tableau comme on en voit, d'ailleurs, tout le long de ces rivages féeriques. Le ciel était d'une telle pureté, l'atmosphère si limpide que le regard embrassait, ici, avec une délicieuse netteté, les derniers contreforts de l'Estérel écroulé dans la mer et faisant, avec ses sapins verts et ses rochers rouges, une masse rutilante et tourmentée, — et, là-bas, la ville de Cannes voluptueusement étendue au fond de ce golfe enchanteur. La terrasse, pavée de larges dalles de marbre blanc et rose alterné, était ombragée par de vigoureuses glycines qui, soutenues par une pergola, peinte en vermillon, la couvraient complètement de leurs grappes violettes, et la pergola était incrustée d'étroits miroirs qui donnaient, parmi la dégringolade et la profusion des fleurs, aux poutrelles l'apparence d'être ajourées.

Fabio Canti, tandis que les trois dames admiraient le paysage, sans être fatiguées de son quotidien spectacle, contemplait, avec un cœur d'enfant, en vieux garçon, les deux fillettes et le petit Robert. Ces enfants des autres couraient, en jetant leur babil d'oiseaux, dans les allées et sentiers descendant en zigzag vers la plage.

— Quel démon que ce Robert! s'écria tout à coup Mme Ossolla· Robert! Robert! cria-t-elle. Veux-tu bien ne pas quitter les chemins!... Il va saccager tous les bosquets, le monstre!

— Laissez-le donc, chère madame. Les dégâts ne sont pas irréparables, et ça les amuse. Les chemins frayés, bien sablés, ce n'est que pour les grandes personnes.

Et l'on reprit la conversation. Fabio ne tarissait pas en anecdotes sur un tas de gens célèbres, en anecdotes, boutades et pointes fines, et cela rappelait à Mme Desambez, à Mme Aubert et à Mme Ossola, Paris, dont, pourtant, elles n'avaient plus le désir. Puis, Fabio parla de ces jeunes ambitieux qui s'établissent chefs d'école : cubistes, dadaïstes, conistes, alors qu'ils ne savent pas dessiner ni peindre; ils font comme ce débrouillard, dit-il, qui, pour gagner sa vie en faisant de la musique, et ne sachant jouer d'aucun instrument, s'était constitué chef d'orchestre.

— Les nouveaux venus me reprochent, dit-il, de copier la nature, servilement. Non, mais je la respecte, du moins, et je l'admire, en y ajoutant ma sensibilité.

— Vous la traduisez magistralement, prononça Mme Desambez, la grand'mère aux cheveux blancs, et j'aime en vous cette admiration de la Vie. Les jeunes vous font grief, dites-vous, d'imiter la Nature, mais vos toiles la rendent encore plus vivante et plus harmonieuse.

— Vos œuvres, mon cher maître, dit Mme Aubert, sont d'un Epicurien.

— Vous m'avez compris, chère madame. Je ne veux voir de la Vie que ce qu'elle a de beau, de pittoresque et d'agréable. Je suis un vivant, et je m'efforce d'être un vivant joyeux. C'est très difficile par le temps qui court.

— Hélas! firent ensemble les trois veuves.

— Il semble, mesdames, reprit-il, que la guerre a changé le cœur humain, et l'optimiste forcené que je suis commence à se transformer en pessimiste. Jamais, à mon sens, les mœurs ne furent plus âpres et plus brutales. La mentalité d'aujourd'hui est pour la jouissance immédiate. Demain, on s'en moque, car on n'en sait rien : la course à l'abîme. Jouissons de la rosée du matin, sans tarder, on ne sait pas ce que sera le soir. Pas de confiance dans le capital qu'on possède, et que les vieux ont imbécilement économisé, dans le billet de banque à la valeur diminuée sans cesse par l'augmentation de tout. Un manœuvre sans goût, sans instruction, sans capacité même ouvrière, gagne trente à quarante francs par jour. Revienne l'équilibre des changes. Pourra-t-on faire comprendre à ces gens-là que c'est la haute paye qui fait la vie chère, et que la réduction des salaires aurait sa répercussion économique? Nos dirigeants, pour conserver leur clientèle électorale, ont enrichi l'agriculteur; l'ouvrier, lui, ne s'enrichit pas, puisqu'il paye tout plus cher. Cela entretient un antagonisme qui ira, de plus en plus, en s'accentuant. Puis, l'agriculteur enrichi voudra aller à la ville où il trouvera les plaisirs et le confort; à son tour, il connaîtra la vie chère et arrivera à manquer. C'est la bascule sociale. sans doute : l'un monte, l'autre descend. A travers ces montagnes russes de la vie actuelle, la ruée des aventuriers de tous les pays, et les intellectuels dévoyés par les hommes et femmes d'affaires, par ceux qui gagnent des millions en remuant du vent et faisant de la poussière. On les voit, ici, sur la Riviera, les enrichis du jour et leurs parasites; ils contaminent notre belle Provence, ils y tiennent leur Bourse de combinaisons et d'affût, autour des grands tripots de Nice, Cannes et Monte-Carlo. Que reste-t-il à faire à un philosophe et un artiste? A lutter de son mieux et à rire, rire de tout pour ne pas pleurer, pour oublier que quinze millions d'hommes sont crevés dans la boue pour que ceux-là vivent et s'amusent.

— Alors, maître, fit Mme Desambez, avec votre air insouciant, vous souffrez?

— Mais non, puisque vous me voyez rire de

ces fantoches, les profiteurs qui gaspillent le bénéfice de la victoire et font que les vainqueurs sont, aujourd'hui, par l'égoïsme américain et anglais, en plus mauvais point que les vaincus.

Mme Desambez interrompit :

— Pour ça, mes deux fils sont morts, l'aîné, dans un entonnoir de fange, à Verdun, où, deux jours, il agonisa, sans que ses camarades puissent aller le secourir.

Et Fabio Canti reprit, sous la floraison éparpillée des glycines de la pergola dont le délicieux soleil de mars criblait les grappes mauves :

— Cette guerre a tué le sentiment de la dignité personnelle et de la solidarité humaine. Le bipède, avec un visage, (*os sublime cœli mque tueri*), qui regarde le ciel, dit le poète latin, n'a plus de croyances religieuses afin de refréner ses passions et gouverner ses appétits. La conscience? On sera toujours en paix avec elle. Les incultes et les brutes l'ignorent, d'ailleurs, et les intelligents, les arrivistes de tout grade et de tout poil, ont des arguments pour l'apaiser. On vit en marge de toute morale, on foule tous les anciens commandements du devoir, de se respecter soi-même et de respecter autrui. Nul ne croit qu'il a une dette sociale à payer, et chacun de nous est un peu Gryllos que Circé avait transformé en cochon, et qui n'avait pas honte d'être un pourceau. Les malins et les gens bien élevés s'arrangent seulement pour sauver la face... Et puis, zut! après tout, c'est la vie, et la

vie c'est la lutte. Tout, dans la nature, s'entre-dé-
vore, existe aux dépens des autres, et, pourtant, la
vie est belle. Il s'agit de la comprendre et de ne
pas chercher midi à vingt heures, quand il fait
nuit. J'ai, moi, mon art pour me défendre, et vous,
mesdames, vous avez ces amours.

Du geste, il montrait les trois insoucieux, Ulette,
Robert et Simone, qui remontaient la pente en
courant, criant et riant à pleine gorge. La grand'-
mère dit :

— Ils ne savent rien et n'ont que l'ivresse de
vivre. Ce sont des enfants.

XVII

LE PONT DU TOURNANT

Dans un coin des jardins de Bellarosa, il y avait
un bosquet taillé à même les charmilles formant
ainsi un kiosque de verdure, et là, trois conspira-
teurs, Ulette, Simone et Robert. Ulette dirigeait
la bande :

— Vous savez que le Peintre est parti, après
déjeuner, en auto, avec nos mamans, son chevalet
de campagne et sa boîte à couleurs, pour travailler
près du pont du Tournant. Nous, on nous laisse
ici, parce que, là-bas, c'est très escarpé et qu'on
a peur de nos imprudences.

— Comme si on ne savait pas grimper! s'écria Robert.

— C'est pas très loin, dit Ulette, à ce que j'ai entendu, et du pont du Tournant on voit tout le plus beau du torrent. Si on leur faisait une surprise?

— On nous grondera, puisqu'on nous a laissés.

— Alors, c'est dit, reprit Ulette. On va au Tournant?

— C'est dit, appuya Robert. Je suis un homme. Vous pouvez sortir avec moi.

— Et l'on emmène Bébé-Tony.

— Oh! non, alors. Il est trop embarrassant, ton gosse.

— Je demanderai à Madeleine de me prêter la voiture d'Antoine.

— Comme ça, fit Robert, je marche. Je n'ai pas envie de porter ta poupée, tout le temps que tu n'en voudras pas.

— Tu as toujours peur de te fatiguer. Tu as dû naître un dimanche.

— Tu sais, si tu te moques de moi, je plaque la balade.

— Te fâche pas. C'est pour rire. Alors, on s'équipe? Il faut mettre les grands chapeaux de paille.

— J'emporterai ma carabine, dit Robert. Si on rencontrait des brigands? Et l'on s'en va par la porte de l'Estérel. Ça raccourcira beaucoup.

Comme ce n'était pas la première fois qu'Ulette

demandait à la bonne Madelon la voiturette d'Antoine pour sa grande poupée, celle-ci ne fit pas d'objections, et recommanda seulement :

— Tu la ramèneras vers trois heures, tu sais que c'est l'heure de la promenade de ton petit frère.

— Je vais promener Bébé-Tony, dit la malicieuse fillette. Il a besoin, aussi, d'un peu de promenade.

Pour aller au pont du Tournant, il fallait suivre un sentier entre les bois et le mur de Bellarosa jusqu'à la route, puis la longer pendant une bonne demi-heure et prendre, à gauche, une traverse qui allait, en montant à travers la forêt de pins et sapins, jusqu'à la tranchée au fond de laquelle bouillonnait le torrent, et qu'un pont surplombait. Les petits voyageurs avaient marché, d'abord, gaiement, Ulette faisant pousser la voiturette par Robert. Mais, après un quart d'heure, sur la route poussiéreuse, ils commençaient à tirer la jambe.

— Mince de chaleur! dit Robert. Vous appelez ça une partie de plaisir?

— Va donc, poule mouillée. Puisqu'on est parti, il faut aller jusqu'au bout. Regarde cet homme qui vient là-bas. Il marche d'un bon pas, celui-là.

— Tiens, il n'est pas du pays. Je ne l'ai jamais vu.

— Alors, arme ton fusil. C'est, peut-être, un brigand.

— J'aurais bien fait de le laisser. Il est lourd, à la longue, surtout en poussant ta voiture.

L'homme arrivait près d'eux :

— Est-ce que je suis encore loin de la villa Bellarosa?

— Nous sommes les petits-enfants de Mme Desambez, la propriétaire de la villa, dit Robert, en bombant le torse. Et voici la fille de Mme Aubert, et son bébé, dans la voiture.

L'individu sursauta :

— Alors, ce poupon?...

— C'est Antoine, monsieur. Bellarosa, c'est la belle villa que vous voyez d'ici.

— Nom de Dieu! jura Baudard, car c'était lui. C'est taillé sur mesure.

Mais, du côté de Théoule, une charrette de paysan s'amenait lentement. « — Il arrive bien, celui-là. J'crois qu'j'allais faire une bêtise. Ça ne fait rien. Je vais suivre les momignards. P't'être, il se présentera une occase. » Il remercia les enfants, les laissa prendre de l'avance, puis, de loin, les suivit.

Cependant, le quatuor était arrivé à la route conduisant au pont du Tournant. Ils s'y engagèrent sans hésiter. Ulette déclarant que c'était le chemin. Le Luron, après avoir cascadé sinueusement dans les contreforts maritimes des Alpes, venait, par là, se heurter à un amas de granit lui livrant un passage si rétréci que l'eau massée contre ce barrage naturel, s'y brisait pour retomber, de l'autre côté,

sur les roches, en cascatelles écumantes. En haut
du sentier suivi par les gosses, un vieux pont dominait la dégringolade rugissante.

Mais, ce n'était pas le point de vue le plus
merveilleux, celui-ci choisi par Fabio Canti, au bas
des chutes, à une centaine de mètres de la rive.
D'en bas, il avait l'ensemble des cascades dont il
désirait faire une étude, en une harmonie d'argent,
de gris, de vert et de bleu. Les trois petits excur-
sionnistes, arrivés au pont, eurent une déception,
car, d'où ils étaient, ils ne pouvaient voir l'auto, le
peintre et les trois mamans, et le bruit du torrent
les aurait empêchés de se faire entendre si l'envie
leur était venue d'appeler.

— Zut! dit Robert. Ils ne doivent pas être bien
loin. Je vais grimper dans les pins, au-dessus du
Tournant. De là, je verrai le Peintre et nos mamans. Attendez-moi, les filles.

— Nous allons avec toi, crie Ulette. D'abord,
dans le bois, on trouvera des fraises.

— Et j'ai bigrement soif, dit Simone.

— Mais la voiture? fit Ulette. Et Bébé-Tony?

— Oh! il ne s'envolera pas, ce moutard. D'a-
bord, est-ce que t'avais besoin de nous embarrasser
de ça?

— Tu sais bien qu'il avait besoin d'un peu
d'exercice. Tu n'es guère aimable pour Bébé-
Tony.

— Tiens! Pour te faire plaisir, je vais l'embrasser ce sale gosse.

Robert joignit le geste à la parole. Après lui, Simone en fit autant, puis, Ulette, longuement, en recommandant, à haute voix, à Bébé-Tony d'être bien sage. Puis, tous trois, ils s'élancèrent dans le bois, vers le sommet du col, et, bientôt, disparurent sous le couvert.

Caché derrière un tronc d'arbre, Armand Baudard n'avait rien perdu de cette scène. « — Tonnerre! Il faut que je sois cocu!... Une veine pareille, en arrivant! Voilà cent mille balles qui auront été vivement gagnées... Voyons, les mômes se sont défilés... Faut jeter le petit salé dans la limonade... (Il se mit à rire.) Tiens, ça le dessalera... Puis, ce sera un accident qu'on collera sur le dos des mômes... Allons-y, en quatre temps et deux mouvements. »

Il courut, empoigna la voiture, ayant regardé son contenu, vaguement, pour ne pas s'impressionner, et lança le tout par-dessus le parapet du pont.

— Y a, au moins, trente mètres de culbute. S'il en réchappe, il aura de la veine.

Et le monstre, aussitôt, s'enfuit à toutes jambes.

Au bas des cascades, Fabio Canti avait fini son ébauche, et, tout en causant avec les dames de Bellarosa, il rangeait sa boîte à couleurs et pliait bagage.

— Oh! fait Mme Aubert. Que nous arrive-t-il là?

— On dirait, s'exclame le peintre, les débris d'une voiture d'enfant.

Emportée par le torrent, elle dévalait, brisée en morceaux, à travers les roches. Accroché par ses langes, un bébé privé de ses jambes, la tête fracassée, pendillait et suivait lamentalement. Le groupe s'interrogeait, se demandant ce que ce pouvait être, lorsque apparurent, débouchant sur la pente, entre les sapins, et précédés par un déboulis de cailloux, Robert, Ulette et Simone.

— Comment se fait-il? s'écria sévèrement Mme Desambez.

Robert sauta au cou de sa grand'mère. Il savait bien, le petit drôle, qu'elle ne résisterait pas longtemps à ses caresses. Ulette et Simone, l'imitant, se jetèrent, chacun, au cou de leur maman :

— C'est moi, dit-il bravement, qui les ai entraînées. On vous avait entendu dire votre but de promenade, et j'étais vexé d'être traité en petite fille. Et puis, Bébé-Tony le voulait aussi.

— La poupée d'Ulette, interroge le peintre, anxieux, ou son frère Antoine?

— La poupée. Nous l'avons laissée là-haut, près du pont.

De la main, Fabio Canti indique aux enfants les débris retenus entre deux rochers.

— Bébé-Tony ! s'écrie Ulette. Mon enfant ! Au secours! Il faut le sauver.

— Dans l'état où le torrent l'a mis, ce n'est guère la peine. Je t'en achèterai un autre, ma petite Ulette.

— Je vous le défends, intervint Mme Aubert.

Cette désobéissante mérite d'être punie. Que dirait ton frère, Etienne, s'il savait le cas que tu fais de ses cadeaux?

Ulette pleurait à chaudes larmes.

— Ne pleure plus, mignonne, dit le peintre en la prenant dans ses bras.

Et, tout bas :

— Demain, maman ne grondera plus, elle me laissera faire, et je t'achèterai une poupée bien plus belle.

— Ce ne sera pas Bébé-Tony.

— Mais, disait Robert, je ne m'explique pas comment la voiture a pu tomber dans le torrent. Nous l'avons laissée assez loin du pont, pour qu'elle ne puisse pas y rouler.

— D'ailleurs, observa Mme Ossola, le pont a un parapet treillagé. Il faut que quelqu'un de mal-intentionné l'ait jeté par-dessus.

Mme Aubert pâlit. En son esprit, un rapprochement se faisait entre le grillage du pont et le volant de l'usine.

— Si je l'avais vu, celui-là? dit Robert en brandissant son fusil.

— Cela m'étonne, dit Mme Desambez! Il n'y a pas de méchantes gens par ici.

— Avez-vous rencontré des étrangers? demanda Mme Aubert aux enfants.

— Oui, répond Robert. Un individu qui n'est pas du pays. Même, il m'a demandé s'il était encore loin de Riellarosa, il a prononcé un gros juron quand je lui ai dit que nous étions les petits enfants de Mme Desambez, la propriétaire de la villa, et Ulette et Antoine, ceux de Mme Aubert.

Les trois femmes échangèrent un regard plein d'inquiétude; et, tout en consolant Ulette, le peintre n'avait pas perdu un mot. Il remit son matériel dans l'auto.

— Montez tous, ces dames et les enfants. Madame Ossola, qui conduit très bien, je le sais, aura la gentillesse de tenir le volant. Et rentrez à la maison. Moi, je vais grimper, par le bois, et voir comment la voiturette a pu rouler dans le torrent. Peut-être, car je lis sur le front de Mme Aubert une crainte, j'aurai une explication.

Il aida tout le monde à s'installer.

— En se serrant un peu, tout le monde aura de la place. A tout à l'heure, mesdames. Ça me fera du bien de rentrer à pied, et je réfléchirai.

Sur ces mots, l'auto démarra, et le peintre, en sens inverse, escalada le raidillon de montagne pris par les enfants.

Quelques minutes plus tard, il était près du pont. La route était couverte d'une fine poussière blanche, la poussière du Midi. Très nettement, à côté de l'endroit où la marmaille avait laissé la voiturette, il vit des traces de trous et des petits pieds qui avaient marqué tout autour, lorsque Robert, Simone et Ulette avaient embrassé Bébé Tony. Sur ces empreintes légères, Fabio vit distinctement les marques de chaussures solides se dirigeant, avec la voiturette, vers le pont. Il n'était pas douteux que le propriétaire de ces forts souliers avait enlevé la voiture et l'avait précipitée dans le Laron.

Son coup fait, l'homme avait pris la course quelque temps : c'était écrit sur la poussière de la route. Mais pourquoi avait-il fait ça? Quelque maniaque, épris de destruction. Puis, le Peintre descendit la sente qui menait à la grande route. En certains endroits, la poussière était tellement épaisse que la trace des pas du malfaiteur était aussi précise que si on l'avait imprimée dans la terre glaise. Pourquoi un étranger à la localité aurait eu la sotte idée de faire une farce à des enfants? Fabio Canti reprit sa marche. L'individu s'était arrêté là, derrière ce buisson. Evidemment, il suivait les enfants. Pourquoi? C'était le type rencontré par Robert, Ulette et Simone, et Baby-Tony, dans la voiture, et qui leur avait demandé le chemin de Bellarosa. « Oh! oh! fit-il, ce drôle a pris la poupée pour le petit Antoine. Ce serait grave. Après le père, le nouveau-né. Ces deux crimes, au profit de qui? d'Etienne Aubert. Non! C'est trop horrible! Mais, plus j'y pense, plus j'acquiers la certitude qu'on a cru jeter dans le torrent le jeune fils de Mme Aubert. Quand il saura son erreur, il cherchera un autre moyen... Mais, je suis prévenu. Je veillerai. Quant à Etienne, je vais écrire à mon ami Raynaud, pour qu'il surveille de près le patron de l'usine du quai de Javel... »

N'ayant plus rien à étudier, il reprit, d'un pas rapide, le chemin de Bellarosa, où il arriva un heure après l'auto, chargée de trois femmes et de trois enfants.

— Eh bien? demandèrent la grand'mère et les mamans.

— Un accident, tout simplement. Ces étourdis ont abandonné la voiturette sur la pente; elle a roulé jusqu'au seul endroit où il était possible qu'elle tombât dans le Luron, une trouée faite récemment au bord de la balustrade. Il faudra que je signale le fait à l'agent voyer. Donc, il n'y a nul sujet de vous inquiéter.

— Je vous le disais bien, ma chère Aline, dit Mme Desambez, vous vous forgez, trop vite, des idées romanesques. Tout de même, nous ne sommes plus à une époque où de pareils crimes puissent se commettre.

— C'est vrai. Mais, depuis la mort de mon mari, et surtout depuis quelque temps, je ne songe qu'à toutes sortes de machinations contre moi et mon fils, mon petit Antoine.

Fabio Canti :

— Cela passera avec le temps, chère madame. Vos nerfs sont malades, mais le soleil de ces rives bénies dissipera, bientôt, vos sombres imaginations.

XVIII

TRIOMPHE ET DÉFAITE DE BAUDARD

Tandis que Fabio Canti s'efforçait de ramener le calme dans l'esprit de Mme Aubert, Armand Baudard avait repris le train pour Nice. Lorsqu'ils surent le résultat, le soir même, après minuit, car leur complice leur avait téléphoné à la villa du Mont-Boron, pour les aviser de son prompt, *et heureux*, retour, pendant la fête que donnait Josette Coutan, Thomas Keysar et Berthe Lafaux se regardèrent.

— Eh bien, dit Thomas, c'est tellement beau qu'on n'ose y croire. Voilà du travail bien fait.

— Attendons, fit Berthe, les journaux demain matin : *le Petit Var*, *l'Eclaireur*, *le Petit Niçois*. Il suffira de les envoyer au patron, en soulignant l'information au crayon rouge. Etienne n'aura plus qu'à s'exécuter.

Malgré leur inertie de conscience, les deux associés eurent une nuit assez agitée. Dans l'attente forcée des nouvelles, la nuit fut interminable. Comme on leur servait le chocolat, dans leur chambre, ils firent acheter par le valet de chambre les journaux de Nice. Rien sur l'accident du pont du Tournant et la villa Bellarosa. « C'est énervant d'attendre. Si on louait une auto et si on allait déjeuner à Théoule? » Ainsi fut fait.

— Quel splendide panorama! dit Thomas à la jolie fille (elle s'appelait Rose) qui leur servit à déjeuner sur la terrasse de l'hôtel, et avec l'intention de la faire causer. C'est un paradis.

— Oh! nous autres, on y est habitué, on n'y fait pas attention. Moi, j'aimerais mieux l'enfer de Paris. On s'ennuie au paradis. Il ne s'y passe jamais rien. Si, hier, comme M. Fabio Canti, un grand peintre, à ce qu'on dit, et qui est l'hôte de la villa Bellarosa, dont vous apercevez le toit et les arbres, faisait une étude des cascades du Luron, le torrent du pays, un mauvais sujet a jeté, du haut du pont du Tournant, une voiturette d'enfant où il n'y avait heureusement qu'une poupée, la grande poupée d'une petite fille. (Elle se mit à rire, avec ses fraîches dents.) Sûr, c'est pas quelqu'un de Théoule qui a fait cette farce, un chemineau, sans doute.

Thomas frappa la table du poing, Berthe mordit rageusement son mouchoir et Rose, la servante, interloquée, les regarda d'un air effaré. Puis ils payèrent, avec un bon pourboire, sans prendre le café, et repartirent pour Nice.

Dès que l'auto roula, Berthe, à mi-voix, doucement, pour que le wattman ne pût entendre :

— Cette pochetée d'Armand ? Prendre une poupée pour un gosse! Ça, c'est un peu trop fort. Je vais l'attraper, l'andouille! Et dire que ma sœur s'appuie une tourte pareille! Non, j'avale pas ça.

— Calme-toi.

— Tout de même, il aurait dû mieux regarder ce qu'il foutait à l'eau.

— Dame! il était pressé. Tu en aurais fait autant, peut-être, à sa place.

— Jamais de la vie. 'l n'a même pas eu l'idée de lui appuyer sur le ven_re, pour lui faire dire : *Papa, maman.*

— J'irai voir Baudard, ce soir, à son hôtel, pour reprendre l'affaire et lui donner la marche à suivre : s'introduire dans la villa et servir une mort pour le bébé.

— L'acide prussique?

— Non. C'est vieux jeu et son effet laisse des traces. J'ai un copain, à l'hôpital de Nice, qui pourra me refiler un tube de culture de microbes de la fièvre typhoïde. Seulement, il faudra que Baudard change de tête, et soit malin, maintenant qu'il y a Fabio Canti, un type épatant, à la villa Brlarosa. C'est égal, c'est dur.

— Un million, on y met le prix. Tais-toi. Nous traversons Cannes... Si on allait prendre le café, au Casino, chez Cornuchet?... Nous y trouverons des amis et des poires chic.

LIVRE TROISIEME

EN ZIGZAGS VERS LE CHATIMENT

———

I

REPRISE DU TRAVAIL

Fabio Canti, sur la terrasse et sous la pergola des glycines de la villa Bellarosa, rêvait, contemplant le ciel bleu, si pur, où il venait de voir passer un vol d'hirondelles. A quoi? A rien. Tous les ressorts de son esprit détendus sous le soleil chaud de ce matin magnifique, il regardait le printemps mobile et prestigieux, le dieu éternel en train de redonner aux arbres une verve nouvelle et taquiner les bourgeons, le soleil qui monte et les ombres violettes errantes; sans réflexions et sans pensées, il percevait, en animal artiste, les images de cette fin de mois de mars qui avait déjà le visage d'avril, les parfums, les cris des oiseaux, les couleurs, les mou-

vements légers des feuilles et des branches à la
brise de la mer si bleue; le peintre du soleil se bai-
gnait, pour ainsi dire, dans le soleil, insouciants
tous deux, dans les ondes de son océan de lumière,
lorsqu'il s'entendit appeler par Mme Aubert :

— Fabio! Fabio! Venez, venez vite.

En quelques bonds, il rejoignit la jeune femme
qui accourait du fond du jardin :

— Qu'y a-t-il?... Les enfants?

— Non. C'est dehors. Un malheureux cycliste
vient de s'abattre là-bas. Il ne bouge pas! Il a dû
se tuer!

— Il n'est sans doute qu'évanoui. Voulez-vous
faire préparer les secours, un cordial, de l'eau, du
linge?

Et, pendant que Mme Aubert se précipitait à
l'intérieur, Fabio Canti se hâte vers le saut de loup,
enjambe la balustrade, saute dans le fossé. Le cycliste, toujours sans mouvement, gisait sur la route.
La tête avait porté sur une pointe de roc enfoui,
caché par l'herbe, et du front fendu le sang coulait
en abondance. Il redressa l'homme, l'adossant à
son genou et lui tamponna la plaie de son mouchoir.
Quelques minutes après, arrivaient Mme Aubert,
Mme Desambez et la vieille servante, Madelon,
avec tout ce qu'il fallait. Bientôt, le blessé, pansé
et ranimé, rouvrait les yeux et balbutiait quelques
mots incohérents.

— Il faut, dit Mme Desambez, toujours excellente et charitable, transporter ce pauvre homme à

la maison. Madelon, dites vite au jardinier ce qui vient d'arriver. Qu'il vienne vous aider à rentrer le blessé.

Madelon partit aussitôt. L'homme avait refermé les yeux, et, visiblement, faisait effort pour reprendre possession de lui-même.

— Eh bien? demanda le peintre. Vous sentez-vous mieux à présent?

— J'ai bien mal, et je suis encore tout étourdi. C'est un maudit chien. Pour l'éviter, j'ai voulu arrêter, et ma roue a patiné dans une ornière. J'ai raté ma descente et suis venu tomber dans l'herbe.

— Où vous avez failli vous ouvrir le crâne sur cette pierre. Vous auriez pu vous tuer.

Baudard frissonna, Baudard transformé : ses cheveux coupés de frais et ses moustaches rousses disparues, il avait l'air d'un valet de chambre de bonne maison. Il n'a pas prévu ce caillou aigu : cette chute, qui ne devait être qu'un accident simulé, avait manqué lui coûter la vie.

— Ne vous effrayez pas, fit Mme Desambez. Les blessures à la tête se guérissent vite. Nous allons téléphoner à Cannes au docteur Gayraud. Dans une heure, s'il est chez lui, il sera ici où vous resterez jusqu'à votre guérison. Avez-vous quelqu'un à faire prévenir?

— Non, merci. Je suis électricien et j'allais à Saint-Raphaël, où l'on m'a dit qu'il y a de l'embauche.

— Eh bien, vous êtes tout embauché, reprit

Mme Desambez. Quand vous serez rétabli, j'aurai du travail pour vous. J'ai des réparations à faire et des transformations d'électricité.

— Ce sera pour moi un moyen de reconnaître vos bienfaits.

— Je ne l'entends pas ainsi, mon ami. Mais, voilà le jardinier avec Madelon. Ils apportent une échelle comme moyen de transport. C'est un peu primitif, mais il n'y a pas mieux.

On coucha le blessé sur les barreaux, et le jardinier et Fabio Canti l'enlevèrent. Tous suivirent. Madelon tirait la bécane, dont la roue de devant, toute de travers, était atrocement voilée.

II

UN RENSEIGNEMENT DU DOCTEUR GAYRAUD

Le plan improvisé par Thomas Keysar et Berthe Jafaux avait donc, grâce au hasard, mieux réussi que les trois coquins n'eussent osé l'espérer. Baudard comptait simuler une entorse et non se casser la figure. Maintenant que c'était fait, il s'en félicitait. Le docteur n'arriva que l'après-midi. Il était en tournée lors de l'appel téléphonique, et, quel que fût son empressement à contenter ses clients, il avait dû déjeuner, — avant de venir dans son auto qu'il conduisait lui-même.

Petit, très brun, la peau d'un rouge chaud, mous-

tache et barbe en fer à cheval sur le menton volontaire, le docteur Gayraud, conseiller général des
Alpes-Maritimes, bon vivant alerte et réjoui, mettait en confiance par sa perpétuelle chanson de
cigale, l'invalide le plus obstiné. « Le mal, disait-il,
n'existe que parce qu'on se laisse suggestionner par
une indisposition quelconque. Mettez-vous bien
dans le crâne que vous n'avez rien, et vous êtes
guéri. » Partant de ce principe, il usait moins des
produits pharmaceutiques que des cordiaux à base
de vins généreux. Mais quand il avait à soigner un
blessé, son habileté était incontestable : on ne pouvait plus calculer le nombre de fractures réparées
par lui, d'entorses réduites instantanément. Aussi
était-il connu et estimé dans toute la région.

— Alors, dit-il en entrant, qu'est-ce qu'il y a,
maladroit?

Baudard ne répondit que par un gémissement
Le docteur défit le pansement improvisé pour exa-
miner la blessure :

— Bigre! mon gaillard! Heureusement que tu
as abondamment saigné, ce qui a empêché une hé-
morragie interne. Dans cinq ou six jours, tu pourras
te lever, et, dans quinze, il n'y paraîtra plus. (Il se
retourna vers Mme Desambez et Mme Aubert.)
La diète absolue, pour aujourd'hui. Demain, nourriture légère et un verre de vin Mariani. Après, ce
qu'il voudra. Je vais lui faire un pansement qui
n'aura pas besoin d'être renouvelé, à moins de com-
plications improbables, auquel cas vous m'appelle-

riez... Alors, ici, tout le monde se porte bien? Fi-
chue clientèle!... Et les enfants?

Ils redescendirent au salon, où Mme Ossola
avait conduit les trois héros de l'escapade du pont
du Tournant. Madeleine tenait dans ses bras le
petit Antoine. Le docteur Gayraud examina attentivement tout ce petit monde :

— Allons, ce n'est pas encore cette fois que je
vous enverrai coucher sans souper... Mais, voyons
un peu le bébé. J'ai entendu dire, Madame Aubert, que vous avez l'intention de rester chez nous.
En ce cas, vous devenez, vous et vos enfants, de
futurs clients.

— En effet, docteur, si ma marraine veut bien
me garder.

— Ne dites donc pas de bêtises, Aline... Alors,
Gayraud, comment trouvez-vous ce petit?

— Je connais votre malheur, Madame Aubert,
je craignais que l'enfant ne se ressente de vos émotions, mais il n'en est rien. C'est solide... A propos,
où avez-vous ramassé cet écorniflé?

— Il est tombé devant le saut de loup. C'est
un ouvrier électricien qui allait à Saint-Raphaël
chercher du travail.

— Ah! c'est drôle...

— Pourquoi? dit Fabio Canti.

— Rien. Une idée...

Le peintre accompagnait le médecin, qui avait
pris congé des dames. Lorsqu'ils furent bien seuls
sous la pergola des glycines, le docteur, en piquant

d'accents provençaux sa confidence comme d'une pointe d'ail :

— Votre blessé n'a, sûrement, pas fait sa blessure exprès. Avant-hier, à Cannes, j'étais chez Césaire, le coiffeur, en train de me faire raser, le menton, barbouillé de savon, quand l'individu que vous hospitalisez, et que j'ai bien reconnu, si, lui, n'a pas fait attention à moi, mais pas avec la tête qu'il a maintenant... non, avec une tignasse bouclée et des moustaches rousses... Il est entré, disant : « Coupez-moi les cheveux et supprimez les moustaches. Je vais être valet de chambre. Faites-moi une tête de larbin de grande maison... » C'est pourquoi, détournant vers lui mon visage à demi caché par la mousse blanche, j'ai remarqué ce type qui n'avait guère le physique de l'emploi... Comme il s'est donné, ici, comme ouvrier électricien, je vous engage, *illustrissimo signor Fabio Canti...*

— Oui, cela me semble bizarre, d'autant plus que... Confidence pour confidence...

Le grand peintre fit au médecin le récit de la mort de la poupée, Bébé-Tony, précipitée, avec la voiturette, dans le Luron, du haut du pont du Tournant, et conclut :

— Peut-être n'y a-t-il pas corrélation. Mais, je vous remercie de votre renseignement, qui me semble d'une grande importance. Je soupçonne cet homme d'avoir cru, en jetant la voiturette dans le torrent, y noyer le petit Antoine Aubert. Et ce serait le même criminel qui aurait occasionné l'accident qui a broyé son père, ça ne m'étonnerait pas.

— Vous êtes artiste, à l'imagination rapide. *Qué*, tout de même vous allez vite, il me semble, en association d'idées. Au profit de qui tous ces meurtres dignes des Atrides?

— Du fils né du premier mariage, Etienne Aubert, aujourd'hui le maître de l'usine. Je vais écrire à un ami de Paris, commissaire de police à Grenelle. C'est lui qui a fait, sans conviction, avec des soupçons sans preuves immédiates, le rapport concluant à un accident.

— Quoi? Le fils de la victime? Ce serait monstrueux! Il aurait fait assassiner son père par ce cycliste à la manque?

— Cette guerre a tellement détraqué les consciences. Pas un mot de tout ça, docteur, jusqu'à nouvelles informations, à personne.

III

FABIO CANTI EST SUR LA BONNE PISTE

Depuis trois jours, Baudard, soigné et dorloté par son hôtesse, ruminait son plan. Il était dans la place, à présent, et ne pouvait plus douter du succès. Le tube de culture de microbes de la fièvre typhoïde était dans la pochette de la bicyclette. Il eut un frisson. « Si ces trop obligeantes poires l'avaient donnée à réparer? » Quand Madeleine, qui s'occupait de lui et le servait, rentra dans sa chambre :

— Et ma bécane, où est-elle ? demanda-t-il.

— Elle est toujours au garage. On vous la fera rafistoler.

— Non, dites qu'on ne s'en occupe pas. Je saurai l'arranger moi-même.

— Vous êtes un homme à tout faire, vous, monsieur Brémond.

Mais, comme elle sortait de la chambre de l'électricien, voisine de celle de Fabio Canti, Madeleine rencontra, dans le couloir, le Peintre :

— Eh bien, comment va votre malade ?

— Très bien, monsieur Fabio. Même, il pense à s'en aller.

— Comment, déjà ? Mais il a du travail ici.

— Oh! je dis ça, parce qu'il vient de me parler de sa bicyclette. Il vous prie de ne pas vous en occuper. Il la remettra lui-même en état.

« Tiens! se dit l'artiste. Je n'ai plus pensé à la bécane. » Il se dirigea vers la remise où était déposée la machine, et l'examina attentivement. Elle portait l'adresse d'un loueur de vélos, à Cannes, avec un numéro : 271. « ...Bicyclette en location... Voyons dans la pochette... L'outillage habituel... Mais, qu'est-ce que ce tube, fermé avec soin ?... J'en aurai le cœur net. » Il glissa l'objet dans sa poche et prit l'adresse du loueur. « D'abord, allons voir le docteur Gayraud. » Il remonta s'habiller et prévint Mme Desambez :

« — Je manque de blanc d'argent. Je vais à Cannes avec l'auto et serai de retour pour le déjeuner. » Par prudence, il avait téléphoné au docteur. Gayraud était chez lui, et il l'avait prié de l'attendre. Question urgente.

Une vingtaine de minutes après, le Peintre était introduit près du docteur.

— Quoi de nouveau ? demanda Gayraud. Votre blessé ?

— C'est de lui qu'il s'agit.

Fabio Canti mit le médecin au courant et lui donna le tube inquiétant.

— Nous allons voir ce que c'est.

Il l'ouvrit, prit avec soin un peu du contenu avec une spatule et l'étala sur une plaque de verre qu'il posa sous un microscope et l'examina, puis il dit :

— C'est le microbe de la fièvre typhoïde.

— Oh ! s'exclama Fabio Canti.

Le Docteur ouvrit un livre de médecine, montra une gravure où était représenté le microbe, en grandissement.

— Maintenant, voulez-vous regarder dans le microscope et comparer vous-même ?

Le Peintre, un peu terrifié, mais convaincu :

— J'ai, dans mon portefeuille, la lettre à mon ami Raynaud, le commissaire de police, à Paris, dont je vous ai parlé. Vous permettez que je la complète, avant de la mettre à la poste ?

— Pendant ce temps, je vais remplacer le tube par un autre tout semblable, mais rempli de quelque chose d'inoffensif. Et je vais garder le premier, si vous permettez, comme preuve à l'appui de nos témoignages.

En sortant de chez le docteur, Fabio Canti, ravi de ses débuts dans le métier de détective, se rendit à l'adresse du loueur de vélos.

— Je viens, dit-il, vous apporter nouvelle d'un accident arrivé à un de vos clients qui vous a loué une bicyclette, dont voici le numéro : 271.

Et il expliqua la chute malheureuse du cycliste.

— N° 271. Loué à M. Adolphe Brémond, de Toulouse, la machine 271, pour la durée d'un mois, 125 francs, facultative, avec une garantie d'une somme de 1.200 francs versée par M. Paul Granger, de Bordeaux.

— Qui est-ce M. Granger? demanda le Peintre.

Le marchand hésita un moment. Puis :

— Je vous connais de vue, comme tout le monde, à Cannes, connaît l'artiste célèbre, Fabio Canti, et, à vous, je répondrai franchement. Granger ou non, pour moi, ça n'a aucune importance, du moment qu'il a cautionné ma bécane pour sa valeur. Mais, ma femme, qui était présente, l'a reconnu pour ce liseur de pensée, Thomas Keysar, qui a donné, la semaine dernière, une représentation à Cannes.

Fabio, lui aussi, connaissait vaguement Keysar qui, autrefois, dans ses critiques d'art, avait parlé de ses tableaux, en les éreintant à fond, d'ailleurs, en mauvais style, leur déniant ce qui était leur gloire, toute couleur et toute poésie; et son ami, le peintre Guilleret, membre de l'Institut, et de nombre de jolies femmes, le lui avait montré, un soir, à Paris, au café de la Rotonde :

— Votre femme en est sûre?

— *Pécaïré!* Demandez-lui ça vous-même.

Et le brave homme appela sa femme, qui confirma son dire :

— Je jure que c'est lui. Un sorcier, un homme qui devine ce que vous pensez, a une physionomie qui vous frappe. Je ne l'ai vu qu'une fois, dans une des trois séances qu'il a données au Casino, avec la pythonisse Souriah. Il est assez grand, il a une figure pâle avec des cheveux noirs et des yeux jaunes, comme ceux d'un chat, magnifiques.

— Je vous remercie, monsieur et madame. Je vous prie de ne rien dire à qui que ce soit de ma visite, et, quoi qu'il arrive, vous savez que votre bicyclette est à Théoule, à la villa Bellarosa, chez Mme Desambez dont je suis l'hôte.

— Qu'elle y reste, si l'on veut. Elle est payée.

Fabio Canti salua les deux loueurs et se retira. L'affaire se compliquait. Evidemment, le rôle du blessé était celui d'un comparse, de l'exécutant. Mais, alors, quel était celui de Thomas Keysar? Il se souvint, tout à coup, d'avoir vu encore l'imposteur, à Monte-Carlo, dans les salons de jeu du Sporting Club, en compagnie de deux femmes, dont une était Josette Coutan, une sveltesse troublante et perverse, — et c'est pour ça qu'il l'avait remarquée et qu'il avait demandé son nom — la femme experte et preneuse d'un bluffeur, Sixte Coutan. Au fait, c'était le nom de l'ancien associé d'Antoine Aubert. Mais, à présent, tout s'enchaînait. C'était lui, ce Keysar, l'instigateur des accidents, au compte d'Etienne Aubert, le maître de l'usine.

Il entra dans un café, demanda un Martini coktail, du papier, rédigea une seconde annexe à sa lettre au commissaire, relatant la conversation avec le loueur de vélos et ses soupçons sur le critique et charlatan, Thomas Keysar, liseur de pensées, et sa maîtresse Souriah. « De la sorte, Raynaud pourra s'informer mieux, et agir en conséquence. Quant à mon ouvrier électricien, qui s'est fait un masque de larbin, je ne le perds pas de vue. » Et maintenant, en route pour Théoule. Il remonta dans l'automobile et, les mains gantées, prit le volant.

Le premier soin de Fabio Canti fut de replacer le tube inoffensif au lieu de celui des bacilles de la fièvre typhoïde — dans la sacoche de la bicyclette. Et, pas mécontent de ses débuts dans la police, il rejoignit, un peu en retard, pour le déjeuner, toute cette société exquise de femmes et d'enfants ne se doutant pas du danger qu'abritait la villa des roses.

IV

LE COMMISSAIRE EST HUMORISTE

Louis Lafon était à travailler dans son bureau de chef du personnel et du matériel, à l'usine Aubert, quai de Javel, quand il vit entrer, après qu'il eût frappé, un personnage de haute taille, sympathique et souriant. La main tendue :

— Me reconnaissez-vous, monsieur Lafon ?

— Certes, vous êtes le commissaire de Grenelle, et c'est vous qui avez fait les premières constatations lors de l'accident de M. Antoine Aubert.

— Précisément. Et c'est à ce propos que je viens vous voir.

— Prenez ce siège, je vous prie, monsieur le commissaire.

— Un de mes amis, le beau peintre Fabio Canti, m'envoie de singulières nouvelles de Théoule. On a tenté d'assassiner le petit garçon, fils du second mariage de votre ancien patron.

— Vous avez bien fait de venir, monsieur Raynaud. J'ai, de mon côté, pas mal de choses à vous confier (Lafon raconta ce qu'il avait appris d'Albaret, les déductions qu'il en avait tirées, sans oser aller plus loin.)

— Reconnaîtriez-vous cet individu ?

— Parfaitement. Il s'appelle Armand Baudard. Un garçon bien découplé, mais d'allures

louches, celles d'un marlou, cheveux châtains bou-
clés, légères guiches, longues et fortes moustaches
rousses.

— Nous brûlons. C'est l'individu qu'on me signale sur la côte d'Azur.

— Hum! le filet se resserre.

— Oui, reprit le commissaire. Mais il faudrait
la preuve des rapports d'Armand Baudard avec
Etienne Aubert. On me signale un intermédiaire.
un ancien critiquaillon de lettres et d'art, aujour-
d'hui liseur de pensées, graphologue, accompagné
d'une chiromancienne et voyante, un nommé Thomas Keysar. Voyez-vous ça dans les relations du
patron?

— Non, je ne connais pas d'amis intimes à
Etienne Aubert depuis qu'il ne fréquente plus
Sixte Coutan, l'ancien associé de son père, ou plu-
tôt, sa femme.

— On dit qu'elle est de cuisses légères?

— Elle a été la maîtresse d'Antoine Aubert et
celle d'Etienne.

— Du père et du fils! Hé! Que fait ce Coutan,
depuis qu'il a lâché l'usine?

— Je n'en sais rien. Des affaires. Il était très
débrouillard.

— Merci. Je crois tenir le fil. Ce Thomas Keysar et la voyante sont des amis de Josette Coutan.
On les voit ensemble sur la Riviera. Pas de doute.
Le liseur de pensées connaît Etienne Aubert. J'ai
trouvé la trame.

Le commissaire, Albert Raynaud, réfléchit un instant. C'était un humoriste, en dehors de ses fonctions; il aimait la fantaisie, la charge, la farce et l'exerçait, sous divers pseudonymes, dans les journaux à côté les plus avenants, *le Sourire*, aussi, *le Merle Blanc;* il y transposait sur d'autres plans les choses dites sérieuses et les hommes du jour, réputés importants, bousculait les proportions comme fait une glace déformante, bombée ou convexe.

— Monsieur Lafon, avez-vous lu : *Macbeth?*

— De Shakespeare? Bien sûr. Ma femme fait des traductions de l'anglais.

— Vous savez que les deux coupables, obsédés par leurs remords et leur imagination, voient des spectres partout.

— Aujourd'hui, ça se voit moins. Etienne Aubert ne peut être embêté que par la police.

— Il le sera. Mais, auparavant, il faut troubler un brin son esprit paresseux.

— Expliquez-vous.

— Qui a la clef du volant où a péri M. Aubert?

— Moi.

— Alors, c'est parfait. Voulez-vous faire faire, en cachette, une double clef?

— Je puis la faire moi-même. J'ai été mécanicien-outilleur, comme Baudard; et je pense que lui-même a dû fabriquer une clef de la grille.

— Au fait, puisque c'est vous qui gardez cette

clef, il suffit d'ouvrir la grille quand vous suppo-
serez qu'Etienne Aubert doit passer par là.

— Il n'y passera plus longtemps. L'annexe qu'il
fait construire lui permettra d'aller chez lui sans
traverser la machinereie.

— Raison de plus pour aller vite. Donc, vous
ouvrez la grille, et, si possible, vous semez quelques
gouttes d'encre rouge, de ci, de là, pour frapper
l'imagination du patron, créer chez lui un état
de malaise, de suggestion qui le pousse à quelque
sottise et le jette sur la voie fatale. Dès ce jour, je
le mets en surveillance. Vous comprenez, Lafon?

— Oui. Que le patron est foutu.

Le commissaire, gravement :

— Tout ce que je viens d'apprendre corrobore
mes présomptions. Que voulez-vous? Etienne Aubert est encore une victime de cette infâme guerre :
c'est une mentalité peu solide que la vie du front
a détraquée. Ces hommes vivant sous la menace
continuelle de la mort, voyant tomber autour d'eux
amis et camarades, sont arrivés à juger la vie comme
un champ de bataille où chacun doit, hardiment,
se trancher sa part, sans scrupules surannés. Dévouement. honnêteté, fraternité, mots de parade.
La force ou l'adresse, et le succès justifie tout.
Pourtant, cet homme n'est pas un fêtard : on se
perd à suivre tous les méandres et toutes les mani-
festations de la mentalité humaine.

— Etienne voulait l'usine.

— Il l'a eue. Mais, le nouveau mariage de son

père et la naissance d'un frère ont rogné sa part.
Peut-être, encore autre chose. Qui sait?... Et,
morbleu, je le saurai, fit le commissaire en se levant.
C'est mon métier et ma passion.

Mais Lafon se demandait, en écoutant, ce qu'allait devenir l'Usine, dans tout ça.

V

LE SPECTRE D'ANTOINE AUBERT

A l'heure même où la fortune se détournait de
lui, Etienne Aubert dépouillait le courrier. Rien
ne lui plaisait plus que cette partie de son travail
journalier. Rien, en effet, n'affirme plus à l'industriel sa force et sa suprématie dans l'usine. C'est
du courrier, les offres et les demandes, les commissions, les commandes, que dépend la vie courante
des ateliers. Là il se sentait vraiment le maître des
douze cents ouvriers attendant ses ordres. Au fur
et à mesure, il classait la correspondance.

Dans les lettres personnelles, deux venaient des
Alpes-Maritimes. Etienne Aubert avait reconnu
sur l'une l'écriture de Keysar, sur l'autre celle de
Josette. Mais, quel que fut son désir de les lire, il
jugeait comme un devoir de faire passer les affaires
de l'usine avant les siennes propres, ou sales. Ayant
terminé le business, il allait les ouvrir, quand des
éclats de voix retentirent dans le bureau voisin :

« — ...du temps de M. Antoine... » Le reste se perdait dans le mélange d'autres voix; mais, à trois reprises, les mêmes mots perçants revinrent : [« ...du temps de M. Antoine... »

Le nom de son père, prononcé au moment où Etienne ouvrait une « épistole » de Thomas Keysar, comme ce fripon aimait à dire, le fit tressaillir. Haussant les épaules, il lut. C'était quelconque. Thomas parlait de ses succès à Nice et à Cannes et terminait par ces mots soulignés : « *Tout va bien.* » Il jeta la lettre au panier, ouvrit celle de Josette, sur papier mimosa :

« Mon cher Etienne, Sixte se joint à moi pour vous envoyer un bonjour de Nice. Que n'êtes-vous avec nous? C'est la bonne vie, mon cher. Sixte travaille. Il a une grande affaire avec la Roumanie. Des millions à gagner. Quelle sottise, Etienne, de rester enfoui dans votre ferraille! Venez donc, avec votre galette. Sixte vous fera décupler ça en un an. Songez que nous vivons sur le pied de sept à huit cent mille. C'est ça, la vie épatante. Accourez. Je m'ennuie de vous. Venez, ami, venez, — viens donc!... »

La lettre, chiffonnée en boule, alla rejoindre l'autre dans le panier : « ...Tout ça pour crâner, m'attirer dans le piège... Son mari gagne des millions. Pas étonnant, un pareil cocu!... »

Lafon rentra.

— Qu'aviez-vous, tout à l'heure? demanda Etienne. Vous en faisiez un boucan!

— C'est Ouchy et deux autres qui venaient, tout effarés, me dire qu'en allant au magasin, ils avaient vu la porte du grillage du volant ouverte... « comme du temps de M. Antoine »... Je leur ai dit qu'ils avaient rêvé, puisque la clef est dans mon bureau.

— Alors?

— Je n'y comprends rien. J'ai été avec eux. C'était vrai.

— Dites donc, Lafon. Je n'aime pas qu'on se fiche de moi.

— La porte a un jeu un peu libre. Il se peut qu'on ne l'ait fermée qu'à un tour de clef, et les vibrations de la machine, en la faisant tressauter, l'auront ouverte.

— En tout cas, apportez cette clef. On viendra la chercher dans mon bureau lorsqu'il sera nécessaire.

— Comme il vous plaira.

Lafon alla chercher la clef.

— Voilà, fit-il, la tendant à Etienne.

Aubert la prit, mais la jeta, aussitôt, avec horreur.

— Qu'avez-vous donc? fit Lafon, en ramassant la clef et la posant sur le bureau.

— Il y a du sang, après cette clef! dit le jeune homme décoré, d'une voix étranglée Il y a du sang!

Lafon se mit à rire :

— Du sang! En voilà, une idée, patron! C'est tout bonnement de l'encre rouge que j'ai renversée, tout à l'heure, dans un mouvement de colère, quand nous discutions, et Ouchy a jeté la clef dessus.

Etienne, avec un soupir rauque :

— C'est idiot, ces histoires-là. N'est-ce pas assez d'avoir perdu mon père, de cette horrible manière, sans susciter d'aussi macabres rappels?

— Moi-même, fit hypocritement Lafon, je suis péniblement impressionné de ces coïncidences étranges. Mais l'on s'émeut, souvent à tort; vous voyez, tout s'explique.

— Il est certain, dit Etienne, reprenant sa maîtrise, que le fantastique n'existe pas. Ce n'est que notre esprit frappé qui le crée... (Lafon pensait : « Tu es fort. Mais, ça t'a touché tout de même. On rebiffera. »)... Rien d'autre de particulier à me signaler, mon vieux?

VI

OMBRES ET RAYONS

— L'usine Arnal est en grève. Nombre d'ouvriers sont venus pour s'embaucher. Si vous partagez mon avis, vous pourriez en prendre une cinquantaine. Nous avons la place et le travail pour eux. Je les connais presque tous, patron; il y aurait un bon choix à faire.

— Les actions d'Arnal sont en hausse, cependant. Je ne comprends pas que le Conseil d'administration s'obstine à ne pas consentir la même paye que chez moi.

— Les actionnaires imposent leurs volontés au Conseil. Arnal, lui, se désintéresse de la question.

— Arnal est trop riche. C'est fâcheux à dire, mais il est peu d'industriels qui aiment vraiment leur usine pour elle-même, pour la joie de la voir prospérer et s'agrandir.

— Comme vous, par exemple, monsieur Etienne, comme moi aussi, d'ailleurs.

— Oui, je l'aime fanatiquement. C'est l'œuvre des Aubert. Si, plus tard, j'ai un fils, je veux que, comme mes aïeux, comme moi-même, il aime l'usine plus que tout. Tout homme qui ne se crée pas un but dans la vie est un homme stérile. Il faut une émulation. Moi, je fais un rêve colossal : augmenter sans cesse la production de l'usine jusqu'à ce qu'elle englobe toutes les spécialités du métal; créer, à Paris, un faubourg des industries du fer, l'étendre, toujours, toujours, jusqu'à en faire un second Creusot. Peut-être, mon cher Lafon, je suis trop grand pour moi. J'ai été, avant d'être le maître de l'usine, l'adversaire, l'ennemi presque, de l'ouvrier. J'ai reconnu mon erreur. J'en ferai, j'en fais mon allié. Si, par hasard, puisque, tout à l'heure, l'histoire bizarre de cette clef rouge m'a rappelé ce qui est arrivé à mon père, un malheur m'arrivait, ouvrez ce tiroir. Vous trouverez mon testament, où j'ai pris mes mesures pour que l'œuvre commencée puisse se continuer.

— Vous êtes beaucoup plus jeune que moi, monsieur Aubert. J'espère bien n'avoir jamais cette mission à remplir.

— Sait-on? Aujourd'hui, la porte du volant était ouverte comme...

— Oh! fit vivement Lafon. Un accident pareil n'arrive pas deux fois.

— Oui, c'est possible. (Et je n'ai pas encore de fils, pensait-il.)

— Excusez-moi, monsieur Aubert. J'ai quelques instructions à donner.

— Allez, allez, mon ami. Moi, j'ai un rendez-vous important au ministère. Et, si je réussis cette adjudication, c'est cent ouvriers que vous pourrez embaucher.

— Bonne réussite, alors.

Le directeur du personnel et du matériel sortit pour se rendre dans les ateliers. Quand il fut à l'étau d'Albaret :

— Mon vieux, dit-il à voix basse à l'ouvrier, nous avons eu tort, hier, avec Ouchy, de dire au commissaire ce que tu sais. Je t'expliquerai. L'Usine, *d'abord*.

— Non, dit Albaret. On ne pouvait pas garder ça sur la conscience. Arrive qui plante. Je n'aurais pu y tenir. Ouchy est comme moi.

VII

UN COUP DE MAITRE

Baudard avait réfléchi, dans son lit, sur les moyens d'arriver à ses fins. Le lendemain, il devait commencer son travail d'électricien. Bien qu'il ne fût pas, positivement, de la partie, un mécanicien-outilleur n'est pas sans notions sur bien des métiers à côté du sien. Il avait déjà, bien des fois installé pour des copains une lampe ou une sonnerie, et, depuis qu'il vivait aux dépens de Sans-Liquette, il avait, dans des buts de cambriolage, étudié spécialement les installations électriques. De ce côté donc tout allait bien. Approcher le petit Antoine était plus difficile : on le laissait rarement seul. Mais, quand le gosse dormait, sa mère ou la vieille Madelon pouvait s'absenter un quart d'heure : il suffirait de ne pas perdre ces quelques minutes. Le coup fait, s'enfuir sur sa bécane rafistolée; mais, là était l'inconvénient, si, soupçonnant un crime, on ouvrait une enquête.

Depuis cinq jours, sa barbe avait repoussé un peu et son ancienne figure pouvait le rappeler au souvenir des enfants. Il irait à Cannes, sur sa bicyclette réparée, pour les fournitures électriques à acheter, et revenir le menton rasé. Restait toujours la question du départ, c'était ce qui l'embarrassait le plus. Pourtant, il ne pouvait pas attendre l'éclosion et la suite d'une fièvre typhoïde virulente. Après tout, la somme à gagner valait bien quelques risques. Dès lors, son parti fut pris, et il résolut de le mettre à exécution le plus tôt possible.

Le surlendemain, il n'avait pas encore pu se trouver, seul, une minute, avec le petit Antoine. Une sorte de rage froide commençait à le travailler. L'après-midi, il installait, dans le couloir du premier étage, des conduites pour amener l'éclairage dans la chambre de Mme Aubert, et le couloir desservait les différentes pièces. C'était le poste rêvé. Aussi, menait-il lentement l'ouvrage, en guettant l'occasion.

Mme Aubert était allé donner le sein à l'enfant. Soudain, la porte s'ouvrit et la mère sortit avec la vieille Madelon tenant une brassée de linge sale.

— Profitons de ce qu'Antoine dort, dit Mme Aubert, pour préparer cette lessive. Pendant que vous portez ce paquet à la buanderie, je vais chez Mme Ossola pour dire qu'on n'attend plus que son linge et celui de Simone et Robert.

Les deux femmes disparurent. « — Nom de Dieu! c'est le moment! » Et Baudard descendit vite de son échelle. En trois bonds de chat, il fut dans la chambre. Il débouchait le tube qu'il croyait plein de microbes pouvant amener une mort naturelle, ensuite, sans qu'il fût l'assassin, puisque ce serait la fièvre typhoïde. Une main s'était posée sur son épaule. Il se retourna, livide. Le Peintre était devant lui, un browning au poing :

— Marche devant, les mains hautes. Allons dans ma chambre pour causer. N'oublie pas qu'au moindre geste suspect je te tue.

Médusé, Baudard obéit. Une fois chez lui, Fabio Canti, la porte fermée, toujours browning au poing, et l'électricien les mains en l'air :

— Thomas Keysar et sa complice sont sous les verrous, à l'heure qu'il est. Songe à sauver ta tête en prenant les devants. Tu sais que celui qui avoue, le premier, profite des circonstances atténuantes.

Le danger s'était précipité sur lui en coup de foudre. Baudard, ahuri, balbutiait :

— C'est pas moi le plus coupable. Je ne fais qu'obéir à des instructions.

— Je le sais. Mais ton chef, un malin, va te mettre les deux crimes sur le dos. Réponds vite, et bien. Que te donne-t-on pour inoculer la fièvre typhoïde à un bébé?

— Comment? Vous savez ça?... Cent mille francs.

— Diable, on n'a pas regardé à la somme... Et pour le père?...

L'assassin, stupéfait, effaré, roulait autour de lui, en boules de loto, des yeux éperdus :

— Allons, salaud, t'es dans le sac. Charge tes copains.

— Thomas Keysar et la voyante ont tout manigancé.

— Pour le compte d'Etienne Aubert, c'est clair

comme du cristal. Assieds-toi là devant, écris sous ma dictée.

— Et si je refuse? dit Baudard, reprenant un peu sa caboche.

— Si tu refuses, je te brûle, et je dirai que je t'ai tué, en légitime défense. Si tu acceptes, moi, Fabio Canti, l'artiste célèbre, le Peintre du Soleil, je témoignerai de ton repentir, en cour d'assises, pour t'obtenir le maximum d'indulgence.

Sans réplique, l'assassin écrivit, à mesure que le Peintre dictait :

« Je soussigné, Armand Baudard, reconnais avoir reçu de Thomas Keysar la somme de cent mille francs pour avoir assassiné, dans un accident prémédité, M. Antoine Aubert, usinier à Paris, quai de Javel, agissant pour le compte d'Etienne Aubert, fils de la victime, — et promesse du même Keysar pour une autre somme de cent mille francs, en faisant téter au jeune Antoine Aubert un tube de bacilles de la fièvre typhoïde que m'avaient remis, dans ce but, Thomas Keysar et sa complice, la voyante Souriah, Berthe Jafaux. » (Baudard, croyant aussi que le Péintre le savait, écrivit ce dernier nom, qu'ignorait Fabio Canti, sans y prendre garde.)

— C'est parfait, dit le Peintre. A présent, la date : 27 mars 1924. Et signe!...

Maintenant, Fabio mit, de la main gauche, le

papier dans la poche droite intérieure de son veston et en tira une paire de menottes, qu'il avait achetées à Cannes.

— Avance les poignets.

L'ouvrier électricien, comme frappé de stupeur, dit, toujours sous la menace du revolver :

— Eh ben, si vous êtes peintre comme vous êtes policier, vous devez être un sacré artiste.

— En tout cas, je puis t'avouer qu'aucun de tes complices n'est arrêté, et que je n'étais sûr de rien de tout ce que tu as avoué par écrit.

— Pas possible! Nom de Dieu! Chameau!

— Passe devant moi, mon petit. Je vais t'enfermer dans le cellier, et je téléphone, à Cannes, à la gendarmerie.

VIII

COMPLICES EN DÉROUTE ET EN DÉMENCE

Cependant Thomas Keysar, anxieux de ne pas avoir de nouvelles d'Armand Baudard, avait endormi Souriah, la Voyante, et lui avait enjoint de voir tout ce qui se passait à Théoule, à la villa Bellarose. Et, quand il l'avait éveillé du sommeil magnétique, il avait raconté les événements. En hâte, ils avaient sauté dans le premier rapide pour Paris où ils arrivaient, le lendemain, vers dix heures, rue Huysmans. Et, laissant Berthe Jafaux, Souriah, il gagnait le boulevard Raspail, afin de prendre le métro et aller prévenir Etienne Aubert.

Une automobile, conduite par un chauffeur hindou, entrait en trombe dans la rue Huysmans, et il n'eut que le temps de se garer. L'esprit absorbé, sans reconnaître, dans la puissante voiture, le docteur Marc Vanel, *Homo-Deus*, il se dirigea vers la station Notre-Dame-des-Champs. Un taxi passait à vide. Il se ravisa, fit signe, et donna l'adresse du quai de Javel.

Onze heures du matin quand le mage se présenta chez Etienne Aubert. Dès qu'ils furent seuls :

— Qu'y a-t-il? demanda l'usinier. Tu as l'air bouleversé.

— Il y a de quoi. Nous sommes perdus!

— Hein!... Comment ça?...

Dans un récit bref. Keysar conta les événements et quels dangers les menaçaient. Etienne écoutait, livide, le visage contracté, les poings convulsivement serrés :

— Alors? cria-t-il, je suis foutu, et par ta faute?

— Comment, par ma faute? Est-ce que mon intérêt n'était pas de réussir?

— Pourquoi donc as-tu employé un imbécile?

— Mais il avait bien réussi la... première affaire. Enfin, pas l'heure de nous attraper. Il faut prendre la situation comme elle se présente. Que vas-tu faire? Essayer de fuir avec nous? Berthe, endormie, avec sa double vue, nous aidera à dépister les poursuites... Ou bien, te laisser arrêter comme assassin de ton père et de ton frère?... Songe que les minutes sont comptées... On nous croit à Nice où nous serions déjà coffrés... Ça te va? mon plan de retraite? Gagner, le plus vite, la frontière là-bas et fuir en Russie, où il n'y a pas d'extradition.

— C'est à voir, dit Etienne Aubert, à qui la Russie, en plus, faisait faire la grimace. J'ai une quinze chevaux épatante, et je sais très bien conduire... Mais j'ai un compte à régler. Foutu pour foutu, je veux me venger!...

— De qui?... De quoi, de notre déveine?... Tu nous perdras.

— Je ne te retiens pas, si tu as le trac. Va où tu voudras. Tout de même, c'est un bon mouvement de ta part de m'avoir prévenu.

— As-tu des fonds disponibles? demanda Thomas. Moi, j'ai peu de chose, trois mille, tout au plus.

— Et le pognon que je t'ai donné, les cinq cent mille billets.

— D'abord, j'ai payé Baudard. Le reste, je l'ai mis dans les affaires de Coutan, persuadé par lui et par Josette. Mais, agissons vite. Chaque minute compte.

— Je peux réunir, tout de suite, ce que j'ai en compte courant, dans différentes banques, environ huit cent mille. Mais encore me faut-il le temps de les retirer.

— Si je peux t'aider?... En me faisant des chèques.

Etienne le regarda d'un œil méfiant :

— Non, fit-il sèchement. Je les toucherai moi-même.

— Comme tu voudras. Mais, je te le répète, songe que, d'un instant à l'autre, un mandat d'amener peut être lancé contre nous... Alors, vers l'Est et la Russie?

— Non, vers Théoule. *Après*, on verra.

— Après quoi?

— Après ce que je veux faire. Crois-tu que je vais fuir comme ça, en laissant derrière moi la femme que j'aime, que je désire, que j'aurai... C'est assez d'abandonner l'usine, que je ne puis emporter. Mais, la femme, il me la faut.

— Tu es dingo?... Alors, tu es fou?... Tu penses à l'amour, en ce moment, à un amour impossible?... C'est à vous fiche le cul par terre... Oui, tu es maboul, décidément, tu es fou!...

— Eh bien, j'ai le droit d'être un peu dingo, j'ai le droit à mon crime passionnel, moi! Je suis un héros, un libérateur de la patrie, ruban rouge, cinq citations à l'ordre du jour, croix de guerre. J'ai assez souvent risqué ma peau pour les autres; je puis risquer ma tête pour mon propre compte, et pour une femme.

— Ta belle-mère!

— Eh bien, *je l'adore!*

— Ah! c'est raide!

— Et puis, fripouille, je ne te retiens pas. File, et bon voyage!

Thomas Keysar, pendant cette sortie, réfléchissait, car l'envie ne lui manquait pas de fuir au plus vite. Mais, vraiment, il avait trop peu d'argent. Etienne, pour le moment, était le maître de la situation. Alors, il fallait temporiser. Cependant, Etienne arpentait le salon, où le buste en bronze de son père, sur la cheminée, les regardait.

— J'aurai cette femme, de gré ou de force. En moi grondent les désirs brutaux des humains primitifs, des fauves de la préhistoire, de l'homme encore à demi gorille. Soit. N'avons-nous pas connu, pendant cinq ans presque, les mœurs ancestrales, blottis au fond des cavernes, sous la pluie de fer et de feu, comme eux, pire qu'eux, vivant sous la menace des ouragans et des bêtes sauvages! Il ne faut pas jouer avec la bête humaine. On a voulu faire de nous des assassins, on a réusssi... La conscience, qu'est-ce que c'est que ça? la sagesse, la morale? Est-ce qu'on pensait à ces foutaises, là-bas? Est-ce qu'on se rappelait même, si ça avait existé?... La bête est lâchée, à présent, elle hurle et veut sa proie. Je la veux!... Je la veux!... Je la veux!...

— Allons, calme-toi, tu l'auras, et je t'aiderai de mon mieux. Mais, je t'en prie, ne perdons pas une seconde. Tu as à faire et moi aussi.

— Tu as raison, fit Etienne en passant la main sur son front. Ce n'est pas le moment de gueuler, il faut agir. Il est onze heures et demi, déjà. Je dois, avant trois heures, retirer huit cent mille francs.

Il consulta un registre, et commença à remplir des chèques à son nom à lui, Etienne Aubert. Derrière lui, Thomas comptait à mesure.

— Voilà qui est fait, dit Etienne. Combien?

— Sept cent soixante-cinq mille, dit Thomas.

— Bien. Retourne chez toi. A quatre heures et demie, au plus tard, peut-être avant, je vais vous chercher tous les deux et nous filons en auto.

— Aie confiance. Avec Berthe, on déjouera les recherches.

— Tu crois à ça, toi? C'est bon pour les autres.

— Tu en auras les preuves.

Les complices se séparèrent. Etienne pour courir les banques avant la fermeture du déjeuner, et Thomas pour retrouver, rue Huysmans, la Voyante.

IX

HOMO-DEUS ENLÈVE LA VOYANTE

En arrivant à Paris, Thomas Keysar n'était pas sans inquiétude. Berthe, consultée, n'avait, il est vrai, reconnu aucun danger. La rue Huysmans n'était pas surveillée par la police; évidemment on cherchait dans le beau vilain monde, effroyable, si on savait tout, des hivernants de Nice et Monaco, et l'on n'avait pas encore songé à établir une souricière à Paris. Puis, la capture de Baudard, à

Théoule, était seulement de la veille, et la Justice est moins foudroyante, bien plus lente et plus boiteuse qu'on ne croit.

— Ah! vous voilà de retour, s'était écrié la concierge. Des clients et des clients vous attendent avec impatience. Ils ont lu, dans les gazettes, vos succès sur la Côte d'Azur, et ça vous sert bien toute cette réclame.

—Nous ne faisons que passer à Paris. Nous repartirons, ce soir même.

Dès qu'ils furent montés chez eux, la concierge prit le téléphone.

— Allô, mademoiselle. Auteuil, 14-108... Ah! c'e t vous, monsieur Vanel?... Moi, madame Piver, rue Huysmans... Oui, docteur, ils viennent d'arriver... Ils repartiront, ce soir... Bien, monsieur... C'est compris...

Elle raccrocha l'appareil. Et c'est Marc Vanel, *Homo-Deus*, dont Thomas Keysar avait croisé l'automobile, à l'entrée de la rue Huysmans, à l'angle du boulevard Raspail. En passant devant la loge, il apprit que le mage était sorti, glissa un billet de cent francs dans la main de la concierge, souriante, et prit l'ascenseur. Arrivé au quatrième, le magnétiseur se plaça devant le seuil, et, semblant concentrer toute sa volonté, il étendit le bras :

— Dormez, dit-il. *Je le veux.*

Une minute à peine s'était écoulée que des pas, à l'intérieur, s'approchèrent, et la porte s'ouvrit. Repoussant doucement la jeune femme, Homo-

Deus entra, la fit asseoir dans le studio qui servait, d'ordinaire, aux consultations occultes, et posa sur elle, en considérant, sur ce merveilleux sujet, toute son attention.

— Eh bien, avez-vous toujours votre double individualité? Répondez-moi, esprit d'au-delà de la Terre. Avez-vous fait la paix avec l'autre?

— Avec cette infâme, jamais. Oh! si je trouvais un moyen de quitter cette misérable! Je le sens; vous seul êtes capable de me délivrer.

— Alors, voulez-vous me suivre avec confiance, Esprit?

— Et avec joie.

— Alors, venez, sans indiquer par rien, dans votre attitude, dans vos paroles, dans vos gestes, que vous êtes sous l'influence magnétique. Soyez, quelques minutes, Berthe Jafaux, et lisez dans ma pensée.

— Bien, je comprends et j'approuve. Maître, je suis toute à vous.

— En ce cas, prenez votre manteau, vos cigarettes, chapeautez-vous, et partons.

Quand ils passèrent devant le vestibule, Mme Piver salua profondément Marc Vanel, celui dont elle avait vu le portrait dans tous les grands journaux, sous ce nom : *Homo Deus*. Et la Voyante, en souriant, sous l'influence d'un magnétisme bien plus puissant que le sien :

— Je pars avec le docteur Vanel. Dites à mon mari qu'il ne me reverra jamais.

X

LA FUITE EN AUTOMOBILE

De retour de chez Aubert, Thomas Keysar monta directement chez lui, dont il avait une clef. Il parcourut l'appartement, étonné de n'y pas rencontrer Berthe. L'aurait-on arrêtée? Une pensée vint rassurer cet optimiste. « Non, elle est allée déjeuner. On n'a rien pris, depuis le wagon-restaurant. C'est dit, je vais faire comme elle. » Cette fois, il entra dans la loge.

— Ma femme vous a-t-elle dit où je pourrais aller la retrouver? Je suppose qu'elle déjeune dans le voisinage.

— Pas probable, monsieur Keysar, elle est partie avec le docteur Vanel, et elle avait l'air joliment contente.

— Ah! le docteur Vanel ignorait notre retour à Paris.

— Il faut croire que non. C'est un sorcier, à ce qu'on dit.

— Et il a enlevé mon élève, ma maîtresse, ma Voyante?

— Enlevée, non. Elle avait l'air très heureuse et très fière.

Thomas Keysar, le César au prénom de pot de chambre, s'éloigna tout désemparé. L'optimiste ne pensait plus à déjeuner : sa marmite était renversée. Homo-Deus, comme il l'avait laissé com-

prendre lors de sa visite, convoitait le merveilleux
instrument physiologique et psychologique qu'était
la jeune femme, et n'avait pas perdu une heure
pour s'emparer de la Voyante. Or, il n'était pas
de force à lutter avec Marc Vanel, et Berthe pouvait parler et le perdre, avouer les crimes. Mais
Keysar jugea, vite, qu'il n'y avait rien à craindre
de ce côté. Vanel ne s'occupait pas de fournir du
gibier à la Cour d'assises, qui, d'ailleurs, pourrait
lui reprendre Berthe, au point de vue judiciaire.

Tranquillisé de ce côté, il revint, par la pensée, à
Etienne Aubert, qui allait ramasser, aujourd'hui,
dans son portefeuille, près de huit cent mille francs,
à Etienne qui, dans un accès de stupre idiot, de
vengeance incompréhensible, pour la satisfaction
d'une sorte d'inceste, une passion de brute, risquait
de compromettre le salut commun par un nouveau
crime. Une idée, qui vagissait dans son cerveau,
commençait à se formuler en lui. S'il tuait Aubert,
en cours de fuite et s'emparait des huit cents billets
de mille? — Inquiet, il prit un taxi pour retourner
quai de Javel, faire avec lui le tour des banques
pour y toucher les chèques.

C'était moins cinq. Le maître de l'usine allait
monter dans son automobile, quand son complice
arriva, lâcha sa voiture pour s'installer à côté
d'Etienne qui lui dit :

— Et ta femme?

— Je te conterai ça, plus tard, quand nous au-
rons quitté Paris.

Tous les chèques touchés, ce qui faisait un joli matelas de billets bleus, Etienne, installé au volant, ils se coiffèrent chacun d'une casquette qu'ils avaient dans une poche de leurs gros manteaux de voyage et partirent avec toute la vitesse autorisée. Ils dîneraient hors Paris, le plus loin possible, et repartiraient aussitôt, roulant toujours en pleine allure, sans s'arrêter, en franchissant les villes. A travers champs, sur la belle route, droite et blanche de rayons de lune, c'était la fuite folle. Ils avaient empli la voiture d'une provision de bidons d'essence.

Ils n'avaient pas parlé jusque-là, chacun ruminant ses pensées. Rien que des mots quelconques, de loin en loin, pour la route, à des croisements de chemins. Ils se dirigeaient vers le Midi, par Montceau-les-Mines, Lyon, Grenoble et Digne, à travers les ténèbres adoucies de cette extraordinaire nuit de pleine lune et de tiède printemps. Aubert dit, tout d'un coup, à son compagnon absorbé dans la trame d'un projet :

— Alors, Berthe, ta voyante?

Keysar raconta ce qui s'était passé, rappela les crises de catalepsie de Souriah, la visite du docteur Vanel, « un savant dont tu as dû entendre parler, très à la mode dans les salons où il étonne les snobinettes par de curieuses expériences et qu'on surnomme : *Homo-Deus...* »

— Bref, un charlatan comme toi.

— Non, chargé de science, et d'une intelligence

supérieure, avec un mystère en plus qui l'auréole.

— Alors ?... interrompt Etienne, agacé. Achève ton histoire.

— Eh bien, il a enlevé Berthe, ce matin, pendant que j'allais te prévenir qu'il fallait fuir dare-dare, parce que Baudard s'était fait pincer.

— Tu m'énerves, et je le suis déjà suffisamment avec tes manigances de sorcier. De la sorte, si je te comprends bien, nous sommes entre les mains de ce docteur Vanel. *Homo-Deus*, comme tu l'appelles, est, pour nous, une crainte perpétuelle. Grâce à ta Voyante, il peut nous suivre comme si nous laissions derrière nous une trace ininterrompue?

— Oui. Mais, tu peux te rassurer. Il m'a pris ma femme non contre nous, pour nous embêter, mais pour avoir, à son service, un sujet merveilleux, qu'il ne tient pas à perdre en jetant Berthe en prison et aux juges avec nous, qui ne l'intéressons pas.

— Toutes tes sorcelleries ne t'empêchent pas d'être un fameux couillon, comme on dit en Provence, où nous allons. Thomas Keysar, le César de merde, au prénom de pot de chambre. Ah ! Quelle journée ! hier ! gronda Etienne.

— Qu'as-tu fait, quand je t'ai quitté, vers midi, jusqu'à deux heures?

— J'ai déjeuné tout de même, en te maudissant, mais pour prendre des forces. Puis, j'ai écrit une longue lettre à Louis Lafon, un brave homme, un ancien ouvrier devenu, chez moi, directeur du personnel et du matériel. Je suis foutu, grâce à toi, mais je ne veux pas que l'Usine meure de ma sale aventure. Louis Lafon a, maintenant, mes pleins pouvoirs. Il orientera l'Usine vers une coopération industrielle.

— Eh quoi, tu as pensé, dans notre désarroi, à faire de la philanthropie?

— J'y pensais déjà, avant. Cette usine, que j'ai tant aimée, était un vivant rappel de mon crime. Tu te souviens que, l'an dernier, pour m'exciter au meurtre de mon père... car c'est vous, misérables, qui m'y avez poussé... vous me clamiez, à toute heure : « Macbeth, tu seras roi. »... Eh bien, comme Macbeth, j'avais, depuis quelques jours, des hallucinations. Qui se jouait ainsi de moi? Je l'ignore. Ton Homo-Deus, peut-être. Mais, trois fois, en passant devant le grand volant, j'ai vu le grillage ouvert. Une autre fois, j'ai vu du sang sur le palier de fer. Une autre fois, j'ai entendu comme un craquement de chair happée, broyée, brisée, mon père!... Il était temps que ça finisse. Je serais devenu fou, je me serais dénoncé moi-même, sans cette idée fixe de la femme, aux cheveux en bandeaux noirs qui m'excitent, et que... Je suis détraqué, loufoque. Eh bien, je suis presque content d'être obligé de prendre la fuite... Mais c'est vers Elle...

Pour changer la conversation, car Thomas sentait de l'aliénation mentale sur ce point, où il ne fallait pas le contrarier :

— Alors, tu donnes l'usine à tes ouvriers?

— Que voulais-tu que j'en fasse. Au moins, comme ça, l'usine des Aubert ne périra pas. Oui, je leur laisse l'usine, et quatre cent mille francs de réserve. Car, je n'ai pris, pendant que tu poireautais à la porte des banques dans mon automobile, que la moitié de mon compte courant. Ainsi, d'ailleurs, je n'ai pas éveillé de soupçons en retirant tout, et nous avons filé plus tôt de Paris.

Thomas, qui comptait s'emparer des huit cents billets de mille, il ne savait encore comment, pesta intérieurement, mais il s'écria :

— Tu as bien fait... Vois, là-bas, où la lune d'argent disparaît, l'aube qui pointe. Le jour, bientôt, va se lever... C'est la chance, à nouveau, le salut.

— Tu m'emmerdes.

Etienne Aubert se replongea dans de funèbres ou lubriques pensées, tout en surveillant la route et le volant, et le silence recommença, dans les fluides emportés — d'une haine farouche entre les deux complices.

XI

UN JEUNE HOMME DE 1924

Ce matin où, à toute allure, Etienne et Thomas roulaient vers la côte azurée,

à Paris, à l'usine du quai de Javel, nul, en venant à la besogne journalière, ne se doutait de

la fuite du patron. Toutes les machines fonction-
naient comme si rien d'anormal ne s'était passé.

Quand, à huit heures, Louis Lafon, avant son
habituelle tournée à travers les ateliers pour surveiller les travaux en cours, entra dans son bureau,
il vit une lettre déposée devant sa place, il lut la
suscription, et reconnut tout de suite, l'écriture du
patron :

A Monsieur Louis Lafon. (Personnelle.)

Il l'ouvrit, et, dès les premiers mots, il lui sem-
bla être pris de vertige. Puis, un peu remis, il se
laissa aller sur sa chaise et reprit sa lecture :

*Mon cher Lafon, lorsque vous lirez cette lettre,
je serai en fuite, en fuite pour m'éviter, si cela m'est
possible, le châtiment d'un crime horrible. Ce
crime, je ne l'ai pas commis personnellement (je
n'aurais pas pu), mais je l'ai fait commettre, ce qui
est encore pire, puisqu'il s'augmente de lâcheté. Je
ne suis pas plus courageux aujourd'hui : je fuis la
responsabilité de forfaits que j'ai voulus. Sans excuses pour les pallier, j'ose dire que, sans cette guerre
exécrable, déformatrice des consciences de beaucoup de jeunes gens, il est probable que je n'aurais
pas commis mes crimes.*

*D'anciens combattants, peut-être plutôt, j'y
songe à présent, des gens de lettres embusqués alors,
à l'abri, aux états-majors du front, quand ce n'était*

pas dans les bureaux et les formations de l'arrière, nous ont trop claironné, dans les journaux, que l'homme d'aujourd'hui, qui n'a pas trente ans, est le plus grand du monde. J'ai appris par cœur ce couplet d'un article : « Je ne pense pas que jamais, pas même à cette fraîche, à cette abondante époque de la Renaissance, le type homme soit apparu sur la terre armé d'autant de ressources, paré d'autant de grâces qu'aujourd'hui. C'est vraiment un être fondamentalement complet, en équilibre sur ses doubles bases. Il y a quelque chose de formidable et de grisant aujourd'hui à se savoir un homme ! La guerre a simplifié l'homme, l'a « barbarisé » dans la fraîche acception du terme, l'a rendu à ses pures origines. Elle a gratté l'épaisse couche de conventions et de préjugés, a mis l'être à nu. Et nu, l'homme s'est senti formidablement fort. » Moi, Etienne Aubert, pour m'être cru plus fort que je ne suis, encore ivre de victoire et de démobilisation, d'onanisme dans les tranchées, de meurtres décorés, je n'ai pu reprendre, grisé, déséquilibré, le chemin, et faire, hypocritement, le mien, en marchant dans les plates parois de l'habitude et de la loi, sans faire craquer les principes ou les préjugés dans leurs écorces séculaires.

Mais je n'ai pas le temps des méditations inutiles, mon cher Lafon. C'est le moment, pour vous, d'ouvrir le tiroir que je vous ai indiqué, d'y prendre les papiers qu'il contient. Vous êtes, en quelque sorte, mon exécuteur testamentaire. Outre mes ins-

*tructions, je vous laisse pleins pouvoirs pour faire
de l'Usine une coopérative industrielle dont tous
pourront profiter. J'ai trop aimé cette usine, Lafon :
c'est pour la posséder que je me suis rendu criminel.
Il faut que, au moins, l'œuvre que je suis forcé
d'abandonner ne périsse pas. Quel mystère que le
cœur humain! Et comme on cède à ses passions!
Pourquoi me suis-je laissé entraîner à tuer mon
père? Est-ce parce que j'ai vu, sur un théâtre offi-
ciel, un poilu obliger son père, le vieux, à se mettre
à genoux devant son fils et lui demander pardon?
Bref, qu'allez-vous penser et dire de moi, Lafon,
vous, l'honnête et l'intègre, aurez-vous de l'indulgence pour le triste coupable qui trace ces mots?*

*En tout cas, de ce que vous allez faire, dépend
mon salut. Donnez-moi vingt-quatre heures d'a-
vance sur la police, si possible : ce sera pour moi
le moyen d'échapper au scandale, pour l'usine, de
la Cour d'Assises. Mais, ce que je vous demande,
avez-vous le droit de le faire? A vous de décider.
Adieu, Lafon, je suis déjà pour vous un homme
mort. Avec ce testament, je vous laisse mon âme :
l'usine. Faites-la immortelle. Adieu, mon cher Lafon. Vous êtes le seul dont je regrette l'estime.*
Etienne Aubert.

Le directeur du personnel ne put retenir ses larmes. Son cœur crevait. Il resta longtemps assis,
absorbé dans d'amères réflexions. Enfin, sa nature
énergique reprit le dessus. Il se leva et alla ouvrir

le bureau d'Etienne. Le jeune patron, prévoyant une catastrophe, avait consulté un habile avocat, M° Albert Crémieux, puis avait accompli toutes les formalités nécessaires, afin que Lafon n'eût qu'à remplir d'autres formalités légales pour la transformation de l'usine en coopérative industrielle des métaux ouvrés. Lafon était également chargé de constituer un comité de direction et d'administration. La procuration d'Etienne Aubert était transmise à Lafon pour les fonds en recouvrement, et le fonds de réserve dans les banques, d'environ quatre cent mille francs. L'ancien ouvrier se sentit vivement flatté de cette confiance dans sa probité.

XII

LE COMMISSAIRE EST BON ENFANT

Restait la question de la révélation à la justice. Devait-il la faire, *immédiatement?* Ou bien accorder le délai demandé par l'assassin? S'il ne s'était agi que d'Aubert, Lafon n'aurait pas hésité. Pourquoi faire payer de sa tête à Etienne une maladie morale, un mal du temps, une morbidité d'après guerre des moins de trente ans qui, — *mentalement*, au moins, — assassinent les vieux? Mais il y avait ses complices, ceux qui lui avaient suggéré le crime?

Cela méritait réflexion. « Je puis toujours attendre jusqu'à midi, se dit-il. Je demanderai conseil à la ménagère. Et je puis toujours laisser aller ici les choses jusqu'à après-demain, samedi. On fait la semaine anglaise, et je vais rédiger une affiche pour annoncer une réunion générale pour l'après-midi. Les copains vont être épatés de se voir devenir tous maîtres de l'usine.

En déjeunant, Lafon fit part à sa femme de la fuite et de la décision d'Etienne.

— Le malheureux! gémit Adrienne. Hélas! nos soupçons sont bien justifiés maintenant. Remarque Louis, comme les mauvaises actions en engendrent parfois de bonnes : sans le crime d'Etienne Aubert, l'usine restait la propriété d'Antoine. De la mort d'un seul homme résultera le bien-être de centaines d'autres.

— Oui, c'est assez bizarre, et les flux et reflux de la vie ne s'occupent pas de morale. Alors, tu es d'avis que j'accorde les vingt-quatre heures réclamées par l'assassin pour le laisser fuir?

A ce moment, on sonna à la porte. Adrienne alla ouvrir :

— Je suis le commissaire de police.

— Entrez donc, monsieur Raynaud! cria Lafon, en se levant et allant au-devant de lui. Nous finissions de déjeuner.

— Asseyez-vous, mon ami, et permettez-moi d'en faire autant. Je suis venu ici pour m'entendre avec vous, éviter un scandale dans l'usine. Nous avons, aujourd'hui, la preuve de la culpabilité d'Etienne Aubert, et j'ai mandat pour l'arrêter. Vous le savez, je ne suis pas un flic comme les autres, et, lorsqu'un coupable se fait justice lui-même, son suicide arrange tout, évite un long procès, la morale ayant tout de même satisfait sa soif de sang.

— Vous arrivez trop tard, Etienne Aubert est en fuite. Voici la lettre que j'ai trouvée, ce matin, sur mon bureau et que Langlois, le concierge de l'usine, venait d'y déposer seulement, comme, la veille (je l'ai appris tout à l'heure, en quittant l'usine), le patron lui en avait donné l'ordre.

M. Raynaud lut la lettre :

— Un drôle de garçon. Un mélange de bien et de mal. C'est l'égoïsme forcené de sa génération qui l'a perdu. Accordons à ce loufoque, décoré de la guerre, à cause de son rubanet rouge, le délai qu'il demande.

XIII

MALGRÉ TOUT, DES MESURES A PRENDRE

Après un silence approbatif :

— Oui, reprit le commissaire. Mais, j'oubliais qu'Etienne Aubert, qui m'apparaît un peu comme un aliéné, par conséquent irresponsable, pourrait commettre de nouveaux crimes : violer sa jeune belle-mère... ce ne serait qu'un agrément pour eux... et tuer le petit Antoine.

— Il est timbré! s'écrièrent ensemble les époux.

— Voulez-vous venir avec moi, monsieur Lafon, au commissariat? Il faut que je télégraphie et téléphone de divers côtés. Je vous raconterai, en route, tout ce qui s'est passé.

Au plus prochain bureau des postes et télégraphes, Raynaud envoya une dépêche qu'il montra à son compagnon : « Fabio Canti, Théoule, Alpes-Maritimes, villa Bellarosa. Etienne échappé. Mandat d'amener. Veillez sur Mme Aubert. Raynaud. »

— Comment? Vous craignez qu'Etienne tente encore quelque chose contre Mme Aubert ou le bébé?

— Lui, ou les bandits, ses complices.

Comme ils arrivaient au commissariat, M. Raynaud finissait le récit des événements qui s'étaient déroulés, chez Mme Desambez, et qu'il tenait de source certaine, du sauveteur, le célèbre peintre du soleil, Fabio Canti.

— Sans doute. Mais, je ne m'explique pas qui a pu avertir, si vite, Etienne Aubert. Je sais, pourtant, que le patron a été appelé chez lui, par quelques mots, au crayon, sous enveloppe, qu'il est revenu à son bureau pour prendre des papiers, puis qu'il est sorti à deux heures moins quelques minutes, (avec le même individu qui venait le rejoindre), en remettant à Langlois, le concierge, le pli cacheté que vous savez, pour moi. Ils sont partis dans l'auto du patron.

— Tout s'explique. Le visiteur est Thomas Keysar. Savez-vous le numéro de la voiture?

— 28.247. Une superbe Hélios. Quatre places et coffre arrière, couverture facultative, couleur grenat foncé, état de neuf.

— Bien, je vais communiquer ces renseignements à la Préfecture. Ils courent depuis hier. Ça leur fait une avance de dix-huit à vingt heures. Il sera difficile de les rattraper, s'ils franchissent la frontière. Laquelle? Dans quelle direction? L'Italie, je présume. Essayons toujours.

Et Raynaud, poète humoriste, excellent commissaire, téléphona tout de suite à ses chefs. Quand il eut fini:

— Je vais aller avec vous à l'usine, pour les constatations auxquelles je suis obligé. D'après ce que vous m'avez déclaré, vous êtes maintenant chez vous. Je n'aurai pas, d'ailleurs, à m'occuper de ce qui concerne l'usine. Mais, peut-être, trouverai-je des papiers intéressants chez Etienne Aubert.

XIV

LA LUTTE ENTRE COMPLICES

Au point du jour, Aubert et Thomas Keysar étaient à Chagny, en Saône-et-Loire, à l'embranchement de Montceau-les-Mines et du Creusot, dont Etienne avait fait plusieurs fois la route. Comme toute la ville était encore endormie, ils se rendirent à la gare. Au buffet, ils déjeunèrent avec tous les reliefs qu'on put leur trouver, avalèrent chacun deux cafés, pour repartir tout de suite. A Lyon, Thomas rentra dans un magasin de comestibles et acheta de nombreuses provisions et quatre bouteilles de bon vin, du pain chez un boulanger, pour repartir à nouveau. Mais, au bout d'une centaine de kilomètres, sur la route de Grenoble, ils durent s'arrêter. Aubert, le conducteur, Keysar, aussi, d'ailleurs, tombaient littéralement de sommeil.

Etienne résolut de s'arrêter quelques heures. Il avança la voiture vers une clairière, dans un bois que traversait la route, et tous deux s'allongèrent sur l'herbe. La matinée était superbe, la brise caressait les bouleaux; des lapins, oreilles rabattues, détalaient gentiment vers le couvert des feuillages, et, tout près des deux assassins endormis profondément, des petits oiseaux, dans un nid, criaient, appelant la becquée.

Enfin, après quatre heures d'un repos de plomb, Etienne se réveilla le premier et secoua son compagnon. Chacun une copieuse lampée de cognac, sans manger quoi que ce soit, Aubert, ayant consulté la carte, remit la voiture en marche. Il prit le chemin de Grenoble, pour gagner l'Estérel par le Champsaur, le col Bayard, Gap, Sisteron, Castellane et Grasse. Tout alla bien jusqu'à Grasse. Mais vingt kilomètres plus loin, quatre hommes armés semblaient vouloir leur barrer le passage.

— Des gendarmes! souffla Thomas à l'oreille d'Etienne qui les avait vus.

Le groupe s'était divisé. Deux hommes seuls barraient la route, faisant signe de stopper.

— Tant pis pour eux! gronde Aubert. Il faut passer coûte que coûte.

Et, mettant la quatrième vitesse, il lança l'automobile sur les gendarmes. Comprenant que la voiture leur passerait sur le corps, les deux gendarmes bondirent de côté juste à temps pour ne pas être renversés.

— Feu! cria le brigadier.

Quatre mousquetons claquèrent. Deux balles s'enfoncèrent dons la carrosserie, une troisième fit voler le pare-brise en éclats. Une deuxième salve, une troisième; mais les fugitifs étaient saufs, et sans blessures sérieuses, à part quelques éclats de verre qui leur avaient cinglé le visage, faisant de légères entailles.

— Nous sommes frits maintenant, dit Etienne. Le télégraphe nous a signalés.

— Renonce à Théoule. Obliquons vers la frontière, et nous trouverons bien moyen de la franchir à pied, par des sentiers de montagne.

— A quoi bon? N'importe où, nous serons pincés. Autant suivre ma première idée. Si j'atteins Théoule par les bois de l'Estérel et l'auberge des Adrets, je me fous du reste.

— Tu te fous de tout. Eh bien, et moi?

— Tu te débrouilleras, salaud. Salaud!

Keysar ne répondit pas. Il eut l'idée de se faire laisser sur la route. Où irait-il? Se faire choper, tout de suite. La pensée qui hantait son cerveau se précisa. S'il pouvait se débarrasser d'Etienne, s'emparer des quatre cents billets de mille qui bourraient ses poches, et gagner quelque hameau perdu dans les contreforts maritimes des Alpes, au besoin se terrer comme une bête fauve dans les forêts, y attendre une occasion favorable. Un mois seulement, sa barbe aurait repoussé; il réussirait bien, ensuite, à se tirer d'affaire. — Mais Etienne était plus fort que lui, et il avait un browning dans sa poche, avec les billets bleus.

Cependant, l'auto, toujours en vitesse, brûlait la route. A un tournant, Etienne s'aperçut que la voiture fléchissait à droite. Ils étaient, pour le moment, hors de danger, et la nuit était proche. Il freina, et sautant à terre, il inspecta les pneus. Une balle avait largement éraflé un pneu d'arrière, et la course effrénée avait élargi la déchirure. Le pneu avait besoin d'être changé. C'était du temps perdu, mais pas moyen de faire autrement. Il ôta son pardessus, son veston, et se mit à la besogne.

Thomas Keysar sentit une sueur glacée lui couler dans le dos. Le veston d'Etienne, jeté sur la banquette, contenait le portefeuille et le browning. Quelle tentation! — Aubert, tout à son travail, avait démonté la roue abîmée, et remontait la nouvelle. Une balle lui frôla les cheveux, une autre lui déchirant une oreille. Thomas, penché au bord de la voiture, le visait à nouveau. Instinctivement, Etienne para avec l'énorme clef anglaise qu'il tenait à la main, frappa durement, deux fois, sur la main et le poignet de l'assassin, qui laissa choir le browning.

Aubert le ramassa. Eperdus, les deux complices se fixaient avec des yeux horrifiés. Thomas se rejette en arrière, puis, sautant de la voiture, du côté opposé, il se jette dans les broussailles qui bordaient la route et disparaît, tandis qu'Etienne étanchait le sang qui l'aveuglait. En somme, blessures point graves; mais le sang coulait en abondance de son oreille à moitié arrachée. Tenant toujours le browning, il monta sur le marchepied pour prendre le mouchoir dans sa veste. Elle n'était plus près du volant, où il l'avait posée. Un soupçon. Il escalade la voiture. Sa veste gisait aux pieds de la place de Thomas, et les billets de banque avaient disparu. Il s'écroula sur son siège.

Tout tournait autour de lui.

S'il se laissait aller, il était perdu. Prenant son mouchoir, il en fit un bandage et, pour maintenir son oreille, le noua derrière son front. Pendant ce temps, la nuit était venue sur la campagne déserte. Il sentait bien que le misérable ne devait pas être loin, blotti dans un fourré. Ce n'étaient donc pas assez de soucis, pas assez d'alarmes? Enfin, il chercha et trouva une grosse branche de bois mort, la posa en travers de la route, puis, remontant dans la voiture, actionna le moteur. Il partit, en moyenne vitesse, sans allumer les phares, et bientôt le bruit de l'automobile se perdit dans l'éloignement.

Alors seulement, Thomas Keysar sortit de sa cachette. Il s'agissait, maintenant, de se mettre en sûreté, lui et l'argent. S'il eût fait clair, il aurait essayé de décamper à travers bois; mais, la nuit, il risquait de tournoyer dans le même espace. Il se décida à revenir en arrière, d'abord parce que, en avant, il y avait Etienne qui pouvait, de nouveau, être arrêté par un accident quelconque. Il se mit donc en marche, en clopinant, car le saut qu'il avait fait pour échapper à la vengeance d'Etienne, lui avait foulé le pied. De plus, les coups de clef anglaise reçus sur le dos de la main et le poignet lui rendaient l'emploi de sa droite excessivement douloureux.

Il chemina ainsi pendant une heure environ, puis, n'en pouvant plus, il s'allongea sur l'herbe du fossé, — et s'endormit·

XV

LA FOURMILIÈRE

Il fut réveillé par une secousse aussi désagréable que douloureuse. Ouvrant les yeux, il poussa un cri de terreur. Etienne, ensanglanté, mais riant d'un rire sarcastique, Aubert, profitant de son sommeil, lui avait pris les deux pieds dans le nœud coulant d'une longue et fine corde, et, le traînait ainsi vers le sous-bois. Moitié souffrance, moitié terreur, il poussa un cri d'agonie et s'évanouit.

Etienne, après avoir fait rouler quelque temps sa voiture, l'avait arrêtée; puis, il avait remonté la route à pied, jusqu'à ce qu'il butât dans la grosse branche qu'il avait placée en travers comme point de repère. Il était sûr, maintenant, d'être revenu là où il avait failli être assassiné. Thomas était-il toujours blotti sous les bois, ou parti à l'aventure? A l'aide d'une lampe électrique de poche, il explora le terrain. Aux deux côtés de la route, un étroit fossé. Sans peine, il retrouva l'endroit où Thomas s'était frayé un couloir dans les buissons; il trouva vite, aussi, celui par lequel il était remonté sur la route, car il s'était cramponné, de sa main valide, à des touffes d'herbes qui avaient, en partie, cédé sous son effort, et Thomas avait rétrogradé, sinon, il l'eût rencontré en reve ant. — Dures recherches par un ciel sans lune, mais une ombre claire de printemps méridional suffisante pour distinguer quelqu'un assez loin sur la route blanche. Au bout d'une heure, Etienne aperçut une silhouette titubante. Thomas Keysar, et il le suivit, prudemment, d'assez loin, en marchant sur les bas-côtés. Enfin, il l'avait surpris, ronflant, abattu par la fatigue et les émotions, et il avait lié les pieds du drôle.

En bon automobiliste, il avait dans sa poche

cette longue cordelette qu'on appelle du fouet, pour les minimes réparations. Il allait s'en servir pour étrangler le mauvais conseiller et le traître. Comme, après avoir repris tous les petits coussins de billets de mille francs, il se baissait pour lui passer la ficelle autour du cou, il aperçut, à peu de distance, une butte haute de près d'un mètre qu'il reconnut, d'un coup d'œil, pour une fourmilière. Alors, rapidement, il enroule la solide cordelette autour des jambes et des bras de l'aventurier de lettres qu'il assujettit dans l'apparence d'un gigantesque saucisson. Ceci fait, pour le ranimer, Etienne Aubert arrache quelques touffes d'herbe trempée de rosée et en frictionne vigoureusement le visage de l'ancien critiquaillon mué en charlatan, liseur de pensée.

Sous cette énergique friction, Thomas Keysar revint à lui :

— Grâce! gémit-il... Pardonne!... Pardonne!

— Non, mon petit. Regarde comme tu m'as arrangé, bandit!

Etienne Aubert projeta sur son propre visage la lumière de la lampe. A l'aspect de cette figure ensanglantée, de cette oreille mal fixée par un mouchoir blanc devenu presque tout rouge, il comprit, à l'expression froidement déterminée, qu'il était perdu.

— Pourtant, reprit Etienne, je ne te tuerai pas. J'ai fait tuer mon père, moi; mais je ne tue pas. Je vais, tout simplement, te laisser, ici, dans ce bois.

Le matin déjà pâlit le firmament, et tu n'es qu'à cent pas de la route... Hein, tes yeux, déjà, brillent d'espoir, imbécile?...

Il quitta Keysar, pour se diriger vers la fourmilière, et, rompant une branche verte, il s'en servit, comme d'un pieu, pour éventrer largement le monticule. Les fourmis, réveillées, se précipitaient, de toutes parts, pour vérifier la cause du désastre. Alors, il revint prendre sa victime et la jeta sur la partie mise à jour. Puis il se recula de quelques pas, afin d'éviter d'être attaqué lui-même, et il attendit.

La clarté se faisant plus vive, les grands arbres, d'abord, sortirent de l'ombre. Puis la lumière pénétra tous les branchages, descendit, encore vague, sur le sol, où gémissait Thomas. Il comprenait, à présent, le but horrible de son ancien ami, à l'odeur caractéristique et au grouillement furieux de millions de fourmis; il se tordait dans ses liens et se roulait sur lui-même pour s'éloigner du danger; mais il sentait des bandes d'insectes lui courir par tout le corps. L'ennemi reconnaissait la proie, avant de la dévorer. Etienne, lui, ricanait, paraissait s'amuser beaucoup, ricanait, ricanait.

Enfin, comme Thomas, tout fagotté qu'il fût, se déplaçait trop, — Etienne sortit son couteau; il se mit à couper des branches aux buissons, il en tailla une dizaine, avec soin, en pointe, puis, revenant au drôle, qui avait fini par se rouler assez loin de la fourmilière, il l'y ramena à coups de souliers et à coups de branches aiguës dans les côtes. Puis, employant toute sa force, il enfonça autour du misérable les piquets, l'encerclant ainsi pour ce supplice, être dévoré lentement par les fourmis enragées de ce remue-ménage dans leurs pénates.

Thomas Keysar, le César au prénom de pot de chambre, comprenant qu'il n'y avait de secours à attendre que des environs, se mit à hurler.

— Au secours!... A l'assassin!... A moi! A moi!... A l'assassin!... Au secours!...

« Cet animal serait capable d'attirer du monde, s'il y en a par ici. Faut lui fermer ça... » Il retroussa sa manche, ramassa une poignée de terre, d'herbe et de bestioles, qu'il fourra dans la bouche du supplicié. Le patient suffoqua; pour ne pas étouffer, il dut cracher, avaler même le répugnant mélange, mais une seconde poignée suivit la première. Alors, comme il la rejetait toujours et que les fourmis grimpaient au bras du bourreau et à ses jambes, Etienne Aubert, avec son couteau, coupa la langue du misérable, ficelé en saucisson entre les pieux. Les fourmis, rendues audacieuses par les vains efforts de la victime, pénétrèrent enfin par la bouche, le nez, les yeux et les oreilles.

Alors, Etienne, certain qu'il était impossible à l'agonisant d'échapper à la mort, et pour échapper lui-même aux fourmis qui commençaient à l'envahir, battit en retraite. Ayant déjà repris son portefeuille, il pensa alors à sa voiture et revint sur la route. Mais, au moment où il allait gravir le remblai, le ronflement d'une automobile passant à toute vitesse le fit se rejeter derrière un buisson; mais il avait eu le temps d'entrevoir des uniformes bleu horizon, des képis à galons blancs et des canons de fusil.

— Encore des gendarmes ! Allons, c'est la poursuite. On traque la bête fauve. Ma voiture va être prise... Je n'ai plus que mes jambes pour me sauver... Mieux vaudrait en finir...

Il sortit son revolver de la poche et l'éleva vers son front, mais son bras retomba :

— Je ne peux pas... Je ne pourrai jamais...

Il resta un moment comme stupide, et l'instinct de la défense reprit le dessus. Les routes devenaient intenables. Sans suivre aucun sentier, il grimpa dans le maquis de la montagne.

XVI

LE REFUGE DES PINS PERDUS

Il marcha toute la journée à travers la forêt, car ce n'étaient plus de petits bois, mais une grande forêt, mouvementée par la brise, émeraudée par le printemps, chênes, pins et sapins surtout, aux branches traversées de lumière, dans la féerie du renouveau et du soleil. Où était-il ? Dans l'Estérel ? Il l'ignorait. Le soir, la faim le torturant, il trouva dans un bosquet de châtaigniers des châtaignes tombées, restées de la saison passée, pour satisfaire un peu son estomac, et il avait sur lui quatre cent mille francs. Il n'en pouvait plus. Il s'allongea sur la mousse au pied d'un arbre et s'endormit d'un sommeil pesant, pourtant troublé par des cauchemars.

Vers le matin, dans un rêve épouvantable, il revit la fourmilière. Il n'y avait plus qu'un squelette dont le crâne et les mains brillaient d'une lueur phosphorique. Il était, lui, Etienne, assis sur le tronc d'un chêne, en face du cadavre, et dans l'impossibilité absolue de faire un mouvement; il sentait son cœur et ses tempes battre impétueusement, et ses membres étaient comme pétrifiés. Soudain, le squelette s'agita avec de lents efforts; il se glissait, se dégageait de ses vêtements et de ses cordes. Enfin libre, il s'assit en face d'Etienne et se mit à rire. Le rire muet qui soulevait convulsivement la poitrine vide du squelette avait quelque chose d'effroyable. Etienne sentait la sueur lui couler sur le visage; il faisait des efforts surhumains pour fuir, mais sans pouvoir seulement lever un doigt. Cela dura longtemps, une éternité pour le dormeur. Enfin, le squelette se leva, vint s'accroupir derrière Aubert et lui posa les mains sur les épaules, ses mains décharnées dont chaque phalange luisait dans les ténèbres, car il faisait nuit maintenant, et le squelette seul était visible dans l'obscurité. Et ses mains lui semblèrent être de plomb. Il ne pouvait en supporter le poids et ne pouvait non plus lui échapper. Alors, un long chuchotement à son oreille déchirée et sanglante :

— Je ricane à mon tour. On ne tue jamais un homme tout entier. Je pourrais, moi aussi, te livrer en pâture aux fourmis, mais j'aime mieux te sentir râler sous mes mains. Je vais t'étrangler de ces jolies mains d'ivoire, et je les sentirai rentrer dans ta chair lentement, très lentement, et la chaleur de ton sang passera en moi, et nous vivrons éternellement de la belle vie des morts, tous les deux liés dans le trépas comme dans le crime.

Les doigts d'ivoire et de glace se nouaient autour du cou d'Etienne. Il eut un cri d'épouvante en se réveillant. Ce n'était plus un rêve. Une couleuvre, attirée par la tiédeur humaine, s'était glissée sur lui et le cravatait. Il se leva d'un bond, lançant loin de lui le reptile qui disparut en sifflant. Il secoua sa frousse, et, s'étant désaltéré dans l'eau d'une source, s'y lava le visage et les mains. Puis, il reprit son chemin, du côté où se levait le soleil.

Il marcha ainsi deux heures, car il avait un bracelet-montre, longeant une crête rocheuse, lorsqu'il tressaillit. Une fumée montait entre les feuillages. Avec d'infinies précautions, il s'approcha. Elle s'évadait d'un tuyau de tôle sortant du toit d'une misérable bicoque faite de pierres sèches assemblées avec un torchis de paille et de terre. Autour, un maigre enclos, où poussaient des légumes. Attachée à une longue corde, une chèvre broutait, à son gré, le gazon ou des buissons d'aubépine en fleurs.

Qui pouvait habiter là-dedans? Etienne, armé, ne risquait pas grand' chose à affronter les habitants. Une main tenant le browning dans la poche, il alla droit à la porte de la masure et l'ouvrit. Une femme, d'une cinquantaine d'années, était occupée à fricasser un rogaton quelconque sur un petit poêle de fonte. Au bruit, elle se retourna, plus étonnée qu'effrayée. Elle était grande et forte. L'aspect d'Etienne Aubert n'avait rien de rassurant. Elle empoigne un lourd tisonnier, et dit sans s'émouvoir :

— Eh! l'homme! Il n'y a rien à prendre, ici, que des coups. Si vous approchez, je vous fends la tête avec ça.

— Ne craignez rien. Je ne suis pas un malfaiteur.

Et il tendit à la virago un billet de cent francs. Elle laissa tomber sa barre pour empocher le billet.

— Alors, c'est différent. Qu'y a-t-il pour votre service?

— Je me suis égaré dans les bois. Je meurs de faim et de fatigue.

— Vous tombez bien. J'avais fait du rata pour deux jours. Nous partagerons.

La brave femme mit deux assiettes sur la table, les couverts, deux verres, posa le poêlon au milieu, et tendit la cuillère, pour qu'il se servit, à l'étrange visiteur. C'était un ragoût de pommes de terre au lard. Le pain était noir. Pour arroser le tout, une

cruche vernissée, pleine d'une eau fraîche, délicieuse. Pour clore ce repas spartiate, un fromage
de chèvre tout barbu d'herbes odorantes, et une
assiette de noix.

Sa fringale apaisée, Etienne interrogea son hôtesse. Elle expliqua comment elle habitait ce haut
de montagne et de forêt. Elle était la femme d'un
rémouleur ambulant, Jean Chrysostome, qui devait
son nom au Saint du jour où il avait été trouvé sur
la route. Elevé aux frais de l'Assistance Publique,
il fut, lorsqu'il eut l'âge, placé dans une ferme
modèle. Mais Jean n'avait pas de goût pour la
grande culture, surtout pour le compte des autres;
il préférait la pêche et le braconnage. Il fit, forcément, le service militaire, et, plus tard, quoique
âgé de quarante-cinq ans, prit part à la Grande
Guerre. Libéré, il vagabonda un peu de côté et
d'autre, et, finalement, amoureux de l'Estérel et
de la Côte d'Azur, entreprit le métier de rémouleur nomade. Au cours d'une tournée, il fit connaissance de Sauvageonne, tour à tour fille de
ferme, servante de cabaret, gardeuse de vaches,
bonne à tout faire, et comme lui éprise de solitude.
A deux, ils avaient construit leur baraque, sur un
terrain à personne, dont nul ne se soucie en tout
cas, et loin de toutes communications. Les deux
anachorètes agrandissaient, peu à peu, leur do-
maine en défrichant autour de la cabane. Jean
Chrysostome partait, dans la belle saison, avec sa
vieille brouette et rapportait le peu d'argent néces-

saire à l'entretien du ménage. En ce moment, il était en tournée, et sa femme ne l'attendait pas avant une quinzaine.

Etienne établissait son plan.

— Alors, dit-il, quand elle eut achevé son récit, vous ne voyez pas souvent du monde?

— Depuis trois ans que nous y sommes, vous êtes le premier être humain qui vient par ici.

— Mais, pour vous ravitailler?

— Je monte sur notre bourricot, et je vais à Cambescure, un village à huit lieues de Puget-Théniers. J'y trouve ce qui m'est nécessaire : du pain, du sel, de l'huile, du vinaigre et du lard. Il y a une source d'eau bien pure, un peu plus bas. Notre jardin fournit le reste. Avec l'argent que vous m'avez donné, je vais acheter des poules et un petit goret, si j'en trouve un.

— Ecoutez-moi bien, ma bonne femme, ma rencontre peut être, pour vous, une bonne fortune. Pour certaines raisons, j'ai besoin de m'isoler du monde. Cette bicoque et votre genre de vie me plaisent. Si vous voulez me prendre en pension pour deux ou trois mois, je vous donnerai cinq cents francs par mois.

La vieille, éblouie, accepta d'emblée.

— Ainsi, reprit Etienne. Jamais, ici, de gardes forestiers, de gendarmes?

— Qu'est-ce qu'ils viendraient y faire, puisqu'il n'y a que nous? Voyez-vous, la crête rocheuse où nous sommes perchés domine un val pierreux, couvert seulement de ronces et de buissons et qu'on appelle : *le Val Perdu*. La collinette de pins verdoyants où nous sommes, comme séparée du reste de la forêt par ce val caillouteux, a nom : *les Pins Perdus*. Pour venir chez nous, les gardes forestiers et les gendarmes, s'ils venaient jamais, traverseraient ce val un peu dénudé, et nous les verrions assez à temps pour que vous puissiez vous terrer dans une grotte, cachée par la broussaille, et que je vous indiquerai. Mais, je vous le répète, jamais on n'est venu nous déranger. Nous sommes connus dans la région; on nous désigne ainsi : *les Sauvages des Pins Perdus*. Moi, je suis la Sauvageonne.

— Alors, c'est dit, Sauvageonne? Et je paye d'avance.

— Mais, monsieur, désormais vous êtes chez vous. Usez-en à votre fantaisie.

— Etes-vous bonne marcheuse?

— Pour sûr, le bourricot est capable d'aller à Puget, dans une journée, aller-retour.

— Eh bien, voici ce que vous allez faire. Vous partirez, demain matin, pour Puget-Théniers, et vous me rapporterez des provisions, quelques bouteilles de vin, un litre de bon cognac, avec les journaux du jour et de la veille. Vous comprenez que si vous achetiez tout ça à Cambescure, ça semblerait louche et pourrait éveiller des curiosités. D'ailleurs, même à Puget, vous vous procurerez, discrètement, ce que je désire. Quant aux poules et au cochon, vous ferez bien, dans la même crainte de soupçons, d'attendre mon départ.

— Vous pouvez être tranquille. Je serai circonspecte et je cacherai vite toutes ces marchandises dans les deux couffins de notre âne, — de César.

Etienne Aubert sourit à l'évocation de Keysar :

— Bien entendu, les dépenses que vous allez faire sont à ma charge. Ma pension est en dehors de tous frais.

Du coup, la Sauvageonne, enthousiasmée, leva les bras :

— *Boudiou! Qué sias un brave homé! Boudiou!* (Deux ou trois « hi-han! hihan! hihan! » derrière une cloison, firent chorus.)

Elle se serait fait hacher en petits morceaux pour son hôte. Là-dessus, la Sauvageonne improvisa un lit, au détriment du sien, dans un réduit, avec une vieille tenture japonaise mordorée, effilochée, qu'on avait donné, à Cannes, à Jean Chrysostome. Etienne alla s'y reposer, cette fois, sans faire de mauvais rêves, — sous la couverture de soie usagée où dégringolait une floraison, blanche et mauve, de glycines.

XVII

LE FLAIR DE JEAN CHRYSOSTOME

Le lendemain matin, Sauvageonne, montée sur César, le bourriquet, partit pour Puget-Théniers. Etienne, seul, s'occupa à explorer les environs et se félicita de sa chance. La collinette des Pins Perdus, adossée en promontoire à une montagne, plus haute et boisée de pins, de sapins, dominait le val de pierrailles et de buissons, et, par l'autre, un torrent où se ravitaillaient les deux ermites. Il coulait à une centaine de mètres de leur cabanon, et Jean Chrysostome avait commencé la construction d'une citerne. Etienne admira l'initiative des deux pauvres bougres, mâle et femelle, les envia de n'avoir d'autres désirs qu'une vie modeste et végétative, à l'abri des grandes passions morales ou immorales, qui n'amènent souvent que déboire et misère. A la réflexion, pourtant, Etienne Aubert conclut que cette vie ne valait pas d'être vécue. Etre, à la fois, spectateur et acteur, dans la comédie humaine, flatte la vanité, — dont ce jeune surhomme n'était pas encore dégoûté.

Moitié explorant, moitié philosophant, l'assassin passa la journée. Un peu avant la nuit, Sauvageonne était de retour, avec l'âne chargé de vivres. Etienne, avec avidité, parcourut les journaux, et son attente fut un peu déçue. Il ne trouva qu'un articlet le concernant, mêlé à des accidents locaux : « Les gendarmes et les agents lancés aux trousses du parricide Etienne Aubert et son complice ont complètement perdu la trace des criminels. On les suppose passés en Italie, après avoir abandonné leur automobile, sur la route, aux environs de Grasse, pour dépister les recherches ». Et c'était tout. Etienne se sentit humilié de ne pas avoir plus d'importance. Que faut-il faire alors? De Thomas Keysar, il n'était pas question. Sans doute, son cadavre, à moitié dévoré par les fourmis, n'avait pas encore été découvert.

Ce fut une suite de jours monotones. Pour tromper l'ennui de regarder, du matin au soir, l'avril donner des robes neuves à la montagne et à la forêt, il sut tirer parti du terrain pour amener l'eau du torrent dans la citerne, établir un déversoir pour le trop-plein. En même temps, il constatait que ce labeur physique, en plein air salubre, amenait un changement de sa personne. Mais sa barbe et ses cheveux poussaient, grisonnaient prématurément, poivre et sel. Son visage se bronzait au soleil. Enfin, ses mains et ses bras prenaient dans le travail pénible une coloration et des callosités. L'élégant citadin avait disparu.

Aussi lorsque Jean Chrysostome, quinze jours plus tard, revint de sa tournée, trouva-t-il un hôte qui ne dépareillait pas trop le ménage. Sauvageonne expliqua à son homme la bonne fortune qu'était, pour eux, la présence du réfugié : Jean sympathisa, tout de suite, avec celui qui, sans nul doute, était une victime des conventions sociales, tout en rêvant à ce que la situation pourrait avoir d'avantageux pour le couple. Il avait suffi des quelques cents francs donnés par Etienne pour éveiller l'ambition du rémouleur; tout en pactisant avec son hôte, il jugea que, plus tard, on aurait recours à lui. Ce serait le moment d'obtenir une somme rondelette.

Il ne se trompait pas. Au bout de cinq mois de printemps et d'été, dans cette solitude, Etienne se jugea suffisamment méconnaissable. Ses instincts violents et poilus s'étaient réveillés. Qu'était devenue Aline? Elle devait embellir, avec sa joliesse brune, l'originalité de ses cheveux en bandeaux, la villa de Bellarosa, son jardin au bord de la mer, et les paysages de Théoule. Et, dans cette chasteté forcée de cinq mois, dure à maintenir pour un jeune homme ardent, il n'arrivait plus à résister au désir d'étreindre celle qui, pour lui, dans cette retraite où l'été conspirait avec l'amour,
représentait toutes les femmes.

Jean Chrysostome, à son aise grâce aux libéralités de l'hôte, avait augmenté la confortabilité de l'ermitage; il l'avait agrandi de façon à établir une chambre pour Etienne. En calcinant une sorte de calcaire friable, il avait obtenu une espèce de plâtre, qui, mêlé à l'argile, avait assez de liant pour maintenir la pierre dure. La couverture de chaume avait été refaite, et la citerne, terminée, s'était emplie. Enfin, dans un enclos, une vingtaine de poules et six lapins amenaient de la variété dans l'ordinaire; et deux petits cochons grognaient dans un réduit construit pour eux.

En plus de prendre part à tout ce progrès, Etienne Aubert devenait observateur, pour se dis-

traire, comme les pâtres, qui, tout en gardant leurs
troupeaux, regardent autour d'eux, s'intéressent
aux moindres bestioles, qu'ils étudient et leur de-
viennent familières, ne se méfiant pas d'une obser-
vation immobile et silencieuse. Il apprenait un tas
de choses curieuses sur la vie des insectes, des
abeilles, des guêpes, des lézards, des araignées; il
s'intéressait aux herbes, aux arbres. Un soir que le
ciel rougeoyait des flammes d'un de ces incendies
si fréquents qui s'allument, tout d'un coup, on ne
sait comment, dans les forêts de l'Estérel, de Saint-
Raphaël au Trayas, et jusqu'à Théoule, Etienne
Aubert dit à Jean Chrysostome :

— Au lieu de tant de pins et de sapins qui s'en-
flamment, comme des allumettes, dans la bruyère
sèche, pourquoi n'importe-t-on point, par ici, un
arbre de la Nouvelle-Calédonie, le niaouli, qui doit
à son écorce d'être, pour ainsi dire, incombustible.
Cette écorce, composée d'une superposition de
feuillets extrêmement minces, se présentant, à la
coupe, comme un livre de trois à quatre cents pages
séparées l'une de l'autre par une couche d'air in-
fime, constitue un isolant merveilleux. Le sol et le
climat de la Côte d'Azur conviennent au niaouli.
Pourquoi ne pas l'acclimater, comme on fait pour
l'eucalyptus, qui vient d'Australie? Cet arbre, au
port gracieux, ajouterait son pittoresque au paysage
méditerranéen.

Jean Chrysostome hochait la tête, songeant
qu'un homme aussi instruit devait avoir d'extraor-

dinaires motifs pour être réduit à se retirer dans ce
désert verdoyant. Sans répondre à son idée d'im-
portation du niaouli, le rémouleur, qui suivait son
idée à lui, Jean Chrysostome :

— Patron (c'est ainsi qu'il appelait Etienne),
je voudrais que vous ne me preniez pas pour un
imbécile. Ne protestez pas... Parfaitement... Vous
m'avez dit, l'autre jour, où l'on ne parlait pas du
niaouli, que vous vous ennuyiez, et vous m'avez
proposé de partir tous les deux pour une tournée
sur les bords de la Grande Bleue. A l'époque où
vous êtes arrivé ici, la gendarmerie recherchait un
criminel venant de Paris, et j'ai de bonnes raisons
pour supposer que vous êtes celui qu'on poursui-
vait. Je ne vous ai pas dénoncé. Ce n'était pas mon
intérêt, d'abord. En outre, j'ai un faible pour tous
ceux qui sont en lutte ou en difficultés avec l'ordre
social. Vous auriez pu rester indéfiniment ici, sans
avoir rien à craindre de moi. Mais, j'ai réfléchi à ce
que vous m'avez demandé, l'autre soir, de partir
ensemble. Ça veut dire que vous voulez rentrer
dans la vie commune et que vous avez besoin de
moi. Je deviens votre complice, et, par conséquent,
je cours des risques, dont il est juste que je sois
rémunéré en proportion.

— Combien veux-tu? demanda Etienne. Fixe
nettement la somme.

— Eh bien, je pense que... cinq mille francs...

— Tu en auras dix, mon vieux. Mais il faudra
que je puisse compter sur ton aide.

— Accepté... sauf, toutefois, patron, pour un nouveau crime...

— Il ne s'agit pas de tuer. Ne te fais pas de bile. D'avoir une femme, à Théoule, m'arranger pour entrer dans sa chambre, l'avoir coûte que coûte, même de force, et de m'évader, ensuite, en Italie... L'image de cette femme me torture, toutes les nuits... Je l'aime furieusement... Je la veux, et ne puis plus vivre sans l'avoir possédée...

— Eh ben, c'est entendu. Puisque ça vous tourmente tant, nous partirons. Quand, patron?

— Demain. Et vois que je ne pense qu'à Elle. Je tenais, préparés, sur moi, dix billets de mille francs, pour que tu consentes à ma folie.

Jean Christophe, joyeux, en ayant l'air de s'accompagner avec une guitare, se mit à chanter :

O Magali, ma tant amado,
Escouto un paù aquesto aubado
Dé tambourin è dé viouloun...

XVIII

LE RÉMOULEUR

Pendant ces cinq mois, rien ne s'était passé d'important, à Bellarosa. Fabio Canti, après avoir sauvé le petit Antoine par sa perspicacité, sentait que la sympathie affectueuse de Mme Aubert pour lui s'augmentait d'une profonde reconnaissance. Deviendrait-elle de l'amour? Il était attiré vers elle, lui, l'artiste choyé, las d'aventures féminines, par cette jeune et jolie veuve qui était une femme d'intérieur émérite et maniait un répertoire de quarante entremets. Une épouse conquiert son mari par le cœur, elle le garde par l'estomac, et ce grand artiste, aux goûts longtemps dissolus, souhaitait pour compagne une bourgeoise. Quoi qu'il en soit, il n'avait pas découvert ce projet intime à Mme Aubert; il s'était promis seulement de lui en parler à la fin de son deuil, — et, parfois, le célibataire endurci tremblait devant cette échéance sentimentale, songeait à la reculer.

Fabio Canti était rentré à Paris, à la fin du mois de mars. Mais la petite colonie féminine avait décidé, sur les sollicitations aimables de Mme Desambez, de rester à Théoule, Mme Ossola, avec Simone et Robert, Mme Robert avec Ulette et le poupon Antoine. Et cette décision avait fait la joie des enfants, qui s'entendaient admirablement et mettaient, eux, du matin au soir, la villa dans un enchantement de rires, de turbulence ivre de vie et de gaîté. L'été, ainsi, se passa. Les jardins de Bellarosa justifiaient le nom de la villa : c'était, sous le ciel bleu, devant la mer bleue, — miroitante au soleil, la mer d'où soufflait sans cesse une brise rafraîchissante, — une féerie de roses.

Et, du 15 août au 15 septembre, Louis Lafon, le nouveau quasi-patron de l'usine du quai de Javel et de la rue des Entrepreneurs, à Grenelle, avait accepté, avec sa femme, l'invitation faite à Paris par Mme Aubert et renouvelée par Mme Desambez. Or, le 9 septembre, quelques jours avant la fin de ces vacances, Lafon, vers trois heures de l'après-midi, assis dans un fauteuil d'osier sur la terrasse ombreuse, se laissait aller béatement à un bien-être nouveau pour lui. Mme Desambez et ses hôtes, parmi eux Fabio Canti, revenu pour voir les vendanges en Provence, étaient allés en automobile, à Valbonne, à un fin goûter, chez le maire et notaire, M° Bermond, tout en regardant les gars et les jeunes filles cueillir les grappes de raisins dans les vignes et remplir activement les corbeilles. Lafon, un peu fatigué d'une excursion faite la veille, avait demandé la permission de se reposer.

Il avait entendu le bruit d'une sonnette un peu fêlée retentir sur la route, puis le cri répété d'une voix, *bien connue*, qui le fit tressaillir :

— A r'passer couteaux, ciseaux ! V'l'rémouleur ! Couteaux ! Ciseaux !

Peu après, à la porte d'entrée, le concierge répondait à un homme grisonnant et barbu :

— Nous avons l'habitude de donner nos repassages à Jean Chrysostome.

— C'est avec lui que je travaille. Il a installé sa meule, là-bas, près du ruisseau. Voulez-vous que j'aille demander à la cuisine ? (Et Louis Lafon se disait qu'il connaissait cette voix.)

— Je vais téléphoner à l'office. Entrez toujours dans le jardin.

De sa place, Louis Lafon voyait parfaitement la porte d'entrée et ne pouvait être vu, masqué par un panneau géant de roses rouges de la même nuance. Le concierge était rentré dans son pavillon, et le rémouleur avançait, jetant autour de lui des regards investigateurs, dardant surtout les yeux sur l'habitation, dans l'allée de roses qui menait à la ville. Louis Lafon l'observait.

— Allez, dit le concierge. On vous attend.

Louis Lafon eut le pressentiment qu'il devait se cacher et rentra dans le salon, et le rémouleur arrivait à la cuisine, où la cuisinière faisait un bout de causette avec Madeleine :

— Vous avez quelque chose à repasser?

— Tiens! Ce n'est pas Jean Chrysostome.

— Si, mademoiselle, je suis son associé.

— C'est donc que les affaires marchent?

— Mais, on ne se plaint point. Ça va.

— Voilà : j'ai un couperet, et tous mes couteaux de cuisine à affûter. Savez-vous, Madelon, si ces dames ont des ciseaux à faire aiguiser?

Le rémouleur, à ce nom, s'était retourné pour regarder la vieille bonne qui, elle, le fixait avec attention. Elle pensait : « Je connais ces yeux-là ». Mais elle répondit :

— Emportez toujours ça. Quand vous le rapporterez, on verra s'il y autre chose.

Le rémouleur prit le couperet, les couteaux, et s'éloigna. Dès qu'il fut parti, Louis Lafon, qui écoutait derrière une porte, rentra dans la cuisine :

— L'avez-vous reconnu, Madeleine? Pour moi, c'est Etienne Aubert.

— Oui, ce sont ses yeux et sa voix. Mais cette barbe et ces cheveux gris?

— Il a de bonnes raisons pour ça. Si Etienne rapplique ici, ce ne peut être qu'avec de mauvaises intentions... Ecoutez, Mariette, dit-il, en se tournant vers la cuisinière, tandis que Madeleine était toute tremblante, l'homme que vous venez de voir est le beau-fils de Mme Aubert. Quand il va rapporter les repassages, il est probable qu'il va vous faire bavarder. Il faut le recevoir gentiment. Voyez-vous, ma belle, il nous faut profiter de ce que ce misérable se livre lui-même, pour en finir. Vous lui direz qu'il n'y a que des dames et des enfants à Bellarosa, et pas d'autre mâle que le concierge. Est-ce bien compris? Surtout, l'air confiant et sans malice.

— Et, *pécaïre!* Que mon futur mari soit cornu si je ne roule pas ce brigand-là. Quelqu'un qui a tué son père! Qu'est-ce qu'il veut encore?

Quand Etienne rapporta les repassages, il demanda :

— Eh bien, ces dames ont-elles donné leurs ciseaux?

— En voilà trois paires, et dites à Jean Chrysostome de les soigner, hein! C'est pour ma patronne et pour sa filleule, Mme Aubert.

— Ce n'est pas la jolie dame que j'ai aperçue à une fenêtre du second étage?

·— Non. Mme Aubert occupe, au premier, un appartement complet, chambre à coucher, à l'angle de la villa, à droite, un petit salon, une salle de bains. Les enfants couchent au deuxième, avec la vieille Madelon.

— Vous êtes, sans doute, une nombreuse domesticité?

— Non. Madeleine et moi. Ces dames font leur ménage elles-mêmes. Ainsi, croyez-vous, il n'y a qu'un homme dans toute la propriété : le concierge. Si le pays n'était pas honnête, on aurait le droit d'avoir le trac·

— Oh! vous m'avez l'air d'une gaillarde, vous.

— Certainement, un homme ne me fait pas peur.

Et, le poussant du coude, en riant, elle le mit à la porte et répéta :

— Soignez bien les ciseaux! mon brave.

Un quart d'heure après, le repasseur rapporta les objets bien aiguisés, reçut son dû pour le tout, et s'éloigna en jetant un dernier coup d'œil à la façade et à la fenêtre du coin, au premier étage.

XIX

QUE VA-T-IL SE PASSER?

Après avoir dîné dans la gargotte de la mère Maréchal d'une bonne soupe, d'une omelette au lard et d'un morceau de fromage, payé leur nourriture et leur logis d'avance, car ils avaient dit qu'ils partiraient dès l'aube, Jean Chrysostome et son démarcheur s'installèrent dans la grange de la débitante, — qui les avait laissés maîtres chez eux.

— Nous voici, dit l'un, moi, du moins, arrivé où j'ai affaire. Tu viendras avec moi, cette nuit, pour m'aider à franchir le mur de Bellarosa. Tu seras libre, après.

— Ce sera comme vous le désirez. Je ne sais ce que vous voulez accomplir. Toutefois, il se peut que vous le ratiez et, dans ce cas, je pourrai vous être encore utile. Je continuerai ma tournée, en prenant la route qui suit le Luron, un torrent dans le genre de celui que nous avons traversé, plusieurs fois, ces jours-ci, le Loup, qui dévale de Grasse jusqu'à Cagnes. Le Luron, plus modeste que le Loup, grossit, tout de même, terriblement, quand l'orage donne et je crois que nous allons en avoir un soigné... Regardez, patron, ces nuages noirs... qui accourent du Sud, s'amoncellent... envahissent tout le ciel.

— C'est un temps pour ce que je veux, dit Etienne en donnant un coup de main à Jean Chrysostome pour sortir sa meule.

XX

NUIT D'ORAGE, NUIT DE JUSTICE

Malgré le ciel qui se couvrait sans cesse, les deux hommes suivaient, dans la nuit encore assez claire, le sentier qui, bordant un petit bois, longeait le mur d'enceinte. Le bruit des roues de la meule troublait seul le silence. Onze heures et demie. Dans la villa, tout le monde devait dormir. Aucune lumière ne brillait aux fenêtres.

— Arrête ici, dit Etienne, à voix basse. L'ombre de ce grand arbre me semble propice.

Jean Chrysostome rangea sa roulotte au plus près de la muraille. A ce moment, et sans qu'ils aient eu le temps de se reconnaître, en une brusque attaque, le rémouleur était saisi, d'une main, à la gorge, en même temps qu'un canon de revolver se posait sur son front.

— Ne bouge pas, ou tu es mort! fit une voix.

Il se le tint pour dit, et ne broncha pas, attendant les événements. Etienne, qui avait déjà le pied sur la meule, pour se hausser jusqu'au faîte de la muraille, était empoigné, renversé violemment sur le sol, retourné par une sorte de colosse, les bras ramenés durement en arrière et attachés au-dessus du coude.

Fabio Canti, qui, lui, tenait le rémouleur, desserra son étreinte :

— Que fait-on de celui-ci? demanda-t-il.

— Qu'il s'en aille! Je me suis renseigné cet après-midi. C'est un vague brave homme. Il doit ignorer qu'il s'est fait le complice d'un parricide. Oui, va-t'en! Et ne souffle pas un mot, tu te compromettrais d'ailleurs, si tu l'apprends un jour, de tout ce qui va arriver.

Jean Chrysostome, empoignant les brancards

de sa carriole, disparut dans la nuit. Et celui qui avait maîtrisé Etienne, pantois d'événements si précipités, s'approcha, brusque, furieux, d'une colère concentrée, projetant sur son propre visage une lampe de poche électrique :

— Me reconnaissez-vous, maintenant, monsieur Etienne?

— Lafon! Que faites-vous ici?

— Mon devoir, en vous empêchant de commettre un nouveau crime, en voulant vous éviter la honte de la cour d'assises. Votre complice, Baudard, qui vous a dénoncé, vient d'être condamné à vingt ans de travaux forcés. Mais vous n'aurez pas les circonstances atténuantes. Vous, parricide! inceste! et fratricide! Evitez l'échafaud!

— L'échafaud! balbutie l'assassin, changé en dix mois, hirsute et grisonnant.

— Je ne suis pas seul. Il y a la veuve de votre père, que je dois protéger et votre jeune frère. Il y a aussi, dit-il, d'une voix sourde, l'honneur de l'Usine. Il vaut mieux vous faire justice vous-même.

— Soit, dit Etienne. Déliez-moi les bras. J'ai un browning dans ma poche. Je me brûlerai la cervelle.

— Non pas, intervint Fabio Canti, nous ne voulons pas de votre cadavre, *si près*. Nous allons vous accompagner jusqu'au pont du Tournant qui surplombe le Laron, où votre complice Baudard, condamné au bagne, a cru jeter votre frère, dans sa voiture de bébé, et vous piquerez, de là-haut, une tête.

Tout en parlant, le Peintre vénitien, et tellement de Paris, explorait les poches extérieures de la veste du jeune homme. Il en sortit le revolver et un fort couteau fraîchement émoulu :

— Voilà des joujoux qu'il est dangereux de laisser à un gaillard comme vous. Allons, en route! pour la roche Tarpéïenne. Et filez droit, car, au moindre signe de résistance...

— Et si je refuse? Votre devoir est de m'arrêter. J'aurai, ainsi, quelques mois de plus à vivre.

— Lâche! Lâche! vociféra Lafon. Lâche! I. me forcera à le tuer, moi qui l'ai vu tout petit, comme un chien enragé... (Puis, se calmant)... Pour le nom de votre Père, dit-il à voix basse et suppliante, pour l'honneur de l'Usine! Monsieur Etienne... je vous en conjure...

Etienne Aubert s'était ressaisi :

— Marchons, dit-il, d'une voix rauque, conduisez-moi.

Le long trajet, qui semblait interminable aux deux justiciers, entre lesquels le condamné marchait d'un pas égal au leur, le long trajet se fit en silence. L'orage grondait dans le ciel, devenu tout à fait sombre, et dans les cœurs des trois hommes. De temps en temps, de grands éclairs, en zigzags ou frangeuses nappes, éclairaient la montagne, tout le littoral jusqu'à Cannes, Juan-les-Pins, et la mer glauque, remuée par la tempête et le vent. Cette tragédie passagère de la nature enveloppait, exaspérait, celle qui, dans le groupe en marche, agitait les trois pensées trouvant inutile de s'exprimer. Louis Lafon, le vieil ouvrier, la poitrine serrée, le larynx étreint par l'angoisse du devoir, n'aurait pu, d'ailleurs, prononcer une syllabe.

De grosses gouttes commençaient à tomber, précursion de l'orage formidable, de l'ouragan qui allait crever sur le drame. « — Hâtons-nous! murmura le Peintre. — Oh! fit Etienne, narquois. » L'artiste aperçut, dans un éclair suivi d'un énorme coup de foudre, une roche qui, côtoyant la route, surplombait, en abîme, le torrent.

— Pas besoin d'aller jusqu'au bout du Tournant. Ce précipice fera très bien l'affaire.

Eclatant soudain, avec une violence inouïe, après le prélude des larges gouttes de pluie, l'orage, qui menaçait depuis si longtemps, se déchaîna. Plusieurs éclairs, quasi simultanés, illuminèrent splendidement le ciel noirâtre, comme venimeux, et tout le paysage, et la foudre, avec un fracas terrifiant, vint frapper un des grands sapins qui bordaient le gouffre, y mit le feu, l'enflammant comme une torche gigantesque.

— C'est là, dit Fabio Canti. Voulez-vous avancer, monsieur?

Sur l'étroit plateau, où les trois hommes étaient, les autres sapins étaient sinistrement éclairés par le camarade foudroyé, embrasé, qui brûlait, au-dessous, accroché par ses racines, sur l'énorme trou, d'un noir velouté, que montraient, de minute en minute, les éclairs zébrant les nues.

Au fond, rugissait le torrent qui, aux lueurs fulgurantes, roulait, en cet endroit, des tourbillons d'écume et des blocs de roche arrachés à ses bords.

Etienne Aubert, dont Louis Lafon venait de trancher les liens, avançait lentement et jetait autour de lui des regards éperdus sous la menace des revolvers des deux justiciers, qui s'étaient découverts en frissonnant d'horreur, et tenaient, de la main gauche, leurs chapeaux. Un éclair éblouissant les aveugla tous, l'espace d'une seconde. Etienne avait vu Jean Chrysostome, cramponné, sur les pentes du gouffre, à un autre sapin, et lui montrant du doigt l'arbre embrasé, que le jeune sapin rejoignait. Ce fut aussi rapide que l'éclair : Etienne avait compris. Là était, peut-être, le salut. Sauter de façon à tomber dans cette chevelure d'aiguilles vertes en flammes, dans cette masse de branches, de cordages végétaux, s'y agripper, malgré des brûlures possibles, s'y cramponner et atteindre Jean Chrysostome qui se tenait prêt à le saisir.

Dès lors, il n'hésita plus. Le désespéré recule un peu pour prendre son élan, attend un nouvel éclair et s'élance. Un cri se mêle au tumulte du torrent, un éclat de tonnerre, à la pluie qui s'écroulait en véritables cataractes. Dans l'effort calculé que le parricide avait fait pour bondir, comme il fallait, ses pieds avaient glissé sur la mousse humide, en rompant son élan, et sa force de projection l'avait roulé sur la pente.

Il s'engloutit, comme une mouche noyée.

XXI

DANS UNE PLANÈTE MEILLEURE

Finale. Il y a toujours, sur cette terre, de braves et d'ignobles gens, dans toutes les professions, même parmi les gens de plume et les artistes en tout genre, chez qui tout est pire et chez qui l'égoïsme naturel, propre à tout être, se complique et s'exaspère, à dégoûter le reste des humains, de ridicules vanités. Dieu est mort, après les dieux du paganisme, et les morales ne sont plus que des masques désuets, effrités, déformés, démodés, bons encore pour des hypocrites et des malins retardataires, à cacher leurs intérêts. Les arrivistes, qui étaient — il y a trente ans encore, quand je publiai ce livre: l'*Arriviste* — la minorité, si ce n'est l'exception, sont devenus presque l'unanimité.

Pourquoi pas?

L'enfant, dès qu'il sort du giron de sa mère, ouvre la bouche pour respirer, intérioriser le plus d'air possible. Ensuite, dès qu'on l'a nettoyé des impuretés premières, débarbouillé, il s'agrippe, avec toute la force de ses petites mains, au sein nourricier, et le vide goulûment. Ça continue, — jusqu'à la vieillesse repue ou qui n'a plus la force de rien prendre, — toute la vie.

Mais, revenons aux personnages de cette histoire, dont les héros sont, plus ou moins, des synthèses de notre temps. Sous la pluie diluvienne, les deux justiciers, Louis Lafon et Fabio Canti, revinrent, quelque peu épouvantés de ce qu'ils venaient de faire. Mais, le matin, à huit heures, quand la ville s'éveilla, dans la féerie parfumée de ses roses de septembre, le ciel était redevenu, — comme il advient fréquemment dans les pays de soleil, où la tempête passe vite, — très pur, un velum sans nuages, extraordinairement azuré. Jamais, d'ailleurs, dans ce nid, parmi les fleurs, jamais les femmes et les enfants, (sauf la vieille compagne de Lafon) ne surent ce qui s'était passé dans cette nuit d'orage et de justice.

D'autant plus qu'on ne retrouva point le cadavre d'Etienne Aubert. Le torrent, aux eaux formidablement grossies dans la nuit par l'ouragan, l'avait roulé, avec ses quatre cent billets de mille francs. Inutilité de l'argent, lorsque nous serons morts, même du dollar, maître pourtant de tout. C'était un homme à l'amour; il fut un homme à la mer.

Etienne Aubert tua son père : *le Vieux*. Mais l'Etat, lui aussi, après avoir décimé la jeunesse pendant la guerre, *tue les vieux*, plus lentement, mais à coup sûr, en les réduisant à la misère, sans rien craindre d'eux, car ils n'ont plus la force de protester. Ils ont travaillé quarante ou cinquante ans pour voir réduit des trois quarts, et demain à rien, tout ce que, à force de labeur et de privations, ils économisèrent, afin d'assurer l'hiver de leur vie.

Confiants, inébranlablement, de 1914 à 1925, dans les vertus et la garantie de la France, les petits rentiers ont vidé leurs bas de laine pour souscrire à tous les emprunts nationaux, tandis que les malins, les nouveaux riches, plaçaient leurs bénéfices de guerre et leurs gains illicites à l'étranger, transformaient les francs mal acquis en livres sterling ou en dollars. *Les vieux! Les pauvres vieux!* On les vole, on les ruine, *on les tue*, sans pitié.

Tandis que les jeunes gens n'aspirent qu'à de gros gains immédiats et personnels, font le syndicat des moins de trente ans contre les barbons, réclament tous les postes élevés, toutes les places bien rétribuées pour leur génération, veulent, à grands cris de sauvages, place nette pour leurs ambitions et leurs appétits, les vieux tout bas, n'osant parler ni agir, réclament, *in petto*, sans oser le formuler. QUELQU'UN, qui rétablira l'ordre dans les esprits, l'équilibre dans les finances, matera les grands voleurs, et leur fera rendre gorge. Après le Directoire, ce fut Bonaparte. Après Painlevé, Caillaux, Briand, — QUI DONC?

Sixte Coutan, devenu, aux élections du 11 mai 1924, député de Paris, pour la section de Grenelle, porté sur la liste triomphante du Cartel des Gauches, s'est mis, en attendant de lécher les bottes du tyran futur, *s'il a des bottes*, du côté du manche, au cas où l'opinion publique voudrait faucher les fortunes des profiteurs les plus extraordinaires.

En tout cas, les habiles, incertains tout de même du surlendemain, mettent en pratique, comme les jeunes gens, l'autre formule : *Jouir!* après avoir abattu, flanqué par terre, le nez dans leur détresse justifiée par leur sottise, les serins de la prévoyance et les crétins de l'épargne. — *Jouir!* — *Jouir!*

Sixte Coutan, lui, vient d'acheter une villa très bien située, à Beaulieu-sur-Mer, dans ce cagnard où les fleurs, en tapisserie multicolore, dévalent de toutes les terrasses, la Petite Afrique, où s'est installé un état-major qui veut dresser un autre Palais du Jeu, — concurrence à Monte-Carlo, plus fréquenté que par la fripouille et le commun, — dans un décor délicieux, en Italie, à deux kilomètres de la frontière française. Sixte Coutan, député de Paris, bien en cour près de Mussolini, pour les autorisations suprêmes du Roi et du Président du Conseil de la Couronne d'Italie, est du consortium. Et Josette est une pieuvre plus jolie et plus troublante encore, et les bras et les jambes adorables sont des tentacules irrésistibles qui servent, pour les captures, sa bouche souriante et la bouche secrète.

Sans-Liquette? Qu'est-elle devenue?

On ne sait pas.

Partout, on danse. Petit frère, il faut jouir. Mesdames, il faut jouir. Et, comme dit Anquetil, *Satan conduit le bal.* Le jazz-band symbolise pour les échappés de l'immense tuerie, et pour les enfants de la grande saloperie de cinq ans, l'incohérence clownesque, la rigolade et le hourvari de la société, la sarabande cynique et désarticulée du genre humain. — Qu'est-ce que ça fait? Après nous, l'abîme. — Mais, *avant*, le sourire.

Quant à Berthe Jafaux, Souriah la Voyante, on a pu lire, vers la fin du même mois de mai 1924, dans les journaux :

« La jeune femme dont le célèbre et mystérieux docteur Marc Vanel, surnommé par ses admirateurs, *Homo-Deus*, surveillait l'état cataleptique, et dont la crise durait depuis cinquante jours, n'est sortie de cette demi-mort que pour expirer, véritablement, quelques heures après. Le docteur Marc Vanel put constater un singulier cas de dualité mentale, dont il avait douté jusqu'alors, croyant avoir affaire à une simulatrice, (cas extrêmement fréquent chez les hystéro-somnambules). Mais, quand la malade, — que des humoristes appelaient : *la Banâme Double* — se vit elle-même prête à mourir, tout mensonge devenait improbable. Elle montra une singulière satisfaction d'être libérée d'une enveloppe qui lui faisait horreur, et dit :
« — Enfin! je vais donc quitter la coquine dont je partageais le corps et cette sale planète. »

Nice, 27 avril 1925.

TABLE DES CHAPITRES

LIVRE DEUXIÈME

Les piments de l'inceste et du danger

INTERMÈDE :

Radotage sur la Colline

LIVRE TROISIÈME

En zigzags vers le châtiment

IMPRIMERIE RAMLOT ET Ce
52, Avenue du Maine, 52
PARIS

1925